오스칼

오스칼 1

초판 1쇄 찍은 날 § 2007년 12월 30일
초판 1쇄 펴낸 날 § 2008년 1월 10일

지은이 § 김수희
펴낸이 § 서경석

편집장 § 문혜영
편집책임 § 이종민
편집 § 한지윤

펴낸곳 § 도서출판 청어람
등록번호 § 제1081-1-89호
등록일자 § 1999. 5. 31
어람번호 § 제5-0175호

주소 § 경기도 부천시 원미구 심곡1동 350-1 남성B/D 3F (우) 420-011
전화 § 032-656-4452 팩스 § 032-656-4453
http://www.chungeoram.com
E-mail § eoram99@chollian.net

ⓒ 김수희, 2007

ISBN 978-89-251-1103-2 04810
ISBN 978-89-251-1102-5 (SET)

요스칼

김수희 지음

1

도서출판
청어람

Prologue

"**넌** 네 엄마를 꼭 닮았구나."

할머니인 황성심 여사의 첫 번째 말씀이었다. 그리고 두 번째 는,

"그래도 어쩌겠어, 내 핏줄이니 받아들일 수밖에. 휴우……."

짜증이 밴 한숨이 길게 쏟아지더니 세 번째 말씀이 이어졌다.

"하지만 널 보니 네 엄마가 생각나는구나. 가능하다면 생각을 안 하고 살고 싶은데 말이다."

그렇게 말씀하시는 할머니의 입에서 아까보다 더 깊고 짜증 스런 한숨이 나왔다.

웃음기라곤 없는 얼굴. 서늘한 눈매와 그 눈빛만큼이나 차갑

고 무뚝뚝한 목소리.

열 살의 어린 손녀와 처음 대면한 이 노인이 바로 '나의 할머니' 황성심 여사였다. 미리 듣지 않았다면 믿지도 못했을 것이다. 얼음보다 더 차가운 노인이 '나의 할머니'라는 것을 말이다.

아버지는 이분이 '나의 할머니'라고 했다. 사실 아버지가 '나의 아버지'라는 것도 엄마와의 결혼사진을 보고서야 알게 되었다. 철저하게 나 혼자인 줄 알았는데 어느 날 갑자기 하늘에서 뚝 떨어진 것처럼 가족들이 생겼다. 이 세상에 존재하는지도 몰랐던 아버지와 오빠, 거기다 할머니까지.

물론 그들이 두 팔 벌려 날 환영해 줄 거라곤 기대하지 않았다. 저 세상으로 가버린 엄마도 나를 진심으로 원한 적은 없었다. 날 낳아서 키워주신 엄마를 원망해선 안 된다는 걸 안다. 하지만 싫은 건 싫은 거다. 싫은 데엔 이유가 없다. 내가 원하지 않은 상황, 원하지 않은 가족이 생겼다고 마냥 기뻐해야 하나? 아니, 바라는 건 전혀 없었다. 아주 잠깐, 나 혼자라는 사실에 두려움을 느끼지 않아도 된다는 게 좋았을 뿐이다. 그랬는데 황성심 여사는, '나의 할머니'라는 노인은 왜 저렇게 무서운 표정을 짓는 건지 모르겠다. 잠깐 동안의 착각마저 허락하지 않겠다는 뜻인가?

"마녀."

나도 모르게 그 말을 내뱉고 말았다. 입 안에서만 맴돌던 단어가 저절로 나온 것이다.

깜짝 놀라는 노인. 칼날 같았던 눈동자가 휘둥그레진 걸 보자 기분이 좋아졌다. 가슴 밑바닥에 가라앉아 있던 뭔가가 부글거리며 솟구쳐 올랐다. 분노보다 더 뜨겁고, 슬픔보다는 더 깊은 어떤 것. 그게 뭔지 알 수 없어도, 한 마디도 하지 말자던 결심을 잊을 만큼 강력한 것임은 분명했다.

"마녀."

두 번째에 노인은 새파랗게 질렸다. 고약한 말만 쏟아내던 노인의 입술이 부들부들 떨렸다. 바로 이거다. 저 마녀의 약점을 찾아낸 것 같다.

"뭐, 뭐라고?"

세 번은 안 된다. 저 마녀가 원하는 건 뭐든지 들어주기 싫다. 황성심 여사, 마녀를 '나의 할머니' 라고 부를 순 없잖아?

"사빈우, 너 지금 내게 뭐라고 했니?"

흥.

턱을 들어 올려 딴 곳을 바라보았다.

얼마든지 떠드시지요, 마녀 할머니. 나는 당신이 싫거든요.

"사빈우!"

내 이름은 김빈우이다. 사빈우 따위가 아니란 말이다.

"너, 넌 정말…… 대책이 없는 아이로구나!"

"어머니, 그만 하세요."

그때 남자의 나지막한 음성이 끼어들었다. '빈우야, 내가 너의 아빠란다' 라고 말하던 때의 그 부드러운 말투가 아니다.

"제 엄마를 잃은 충격에서 아직 깨어나지 못한 아이입니다. 눈앞에서 엄마가 죽는 걸 봤다고요."

"나도 안다. 그래서 어쩌라고?"

역시 기대에 어긋나지 않는 마녀 할멈.

"난 애를 데려오라고 한 적 없다. 내게 손주는 준이 하나로 족해."

"빈우도 어머니의 손녀예요. 친자확인서를 또 보여 드릴까요?"

"그 망할 계집 때문에 우리 집안이 망신당한 걸 생각하면……."

"그만 하시라니까요!"

싸움이 세상에서 가장 재미난 구경거리라는 소리는 틀렸다. 그건 나와 아무 상관 없는 사람들이 싸울 때 해당하는 소리다. 고함을 지르면서 싸우는 두 어른. 아이 앞에서 부끄럽지도 않은 건가?

아예 날 투명인간으로 취급하시지. 두 어른 사이에 왔다 갔다 하는 탁구공 신세가 되는 건 질색이다. 지난 십 년 동안 엄마에게 식충이 취급을 받은 것과는 차원이 다르다. 나, 김빈우. 어리지만 바보가 아니다. 왜 원하지도 않는 할머니와 아버지가 나타나서는 날 이렇게 바보로 취급하시냔 말이다. 이미 죽은 엄마까지 들먹이면서.

"이 아인 네가 데려왔으니 네가 책임져."

마녀의 최후통첩. 그리고 막돼먹은 아들의 반격.

"준이와 똑같이 취급해 주세요. 우리 집안의 상속자는 둘이라
는 걸 잊지 마세요, 어머니."

"어떻게 잊겠니? 네가 그 계집과 몰래 혼인신고를 했을 때 나
는 모든 희망을 버렸어. 우리 집안이 진흙탕에 떨어진 건 모두
네 탓이라는 걸 기억해라."

"압니다. 안다구요, 어머니."

어제는 엄마의 장례식 날이었다. 그리고 오늘은 김빈우가 사
빈우가 된 날이다. 내가 원하든 원하지 않든 간에.

막돼먹은 아들의 맹렬한 반격에 마녀의 기세가 잠시 주춤했
다. 하지만 나를 쳐다보는 마녀의 눈빛은 여전히 무시무시하다.
눈에서 초강력 레이저빔이 쏟아져 나오는 것 같다. '나의 할머
니'만 아니라면 여쭈어보았을 것이다. 어떻게 해야 그런 눈빛을
낼 수 있냐고.

"너 아까 내게 뭐라고 했니? 마녀?"

나는 최대한 심술궂게 보이라고 히죽, 웃었다. 눈도 깜박이지
않고 나를 쳐다보던 마녀, 입술을 씰룩이다 야릇한 표정을 짓는
다.

"재미있군, 재미있어."

대체 뭐가 재미있으신가요?

"어디에 가서 누굴 만나도 기가 죽진 않을 아이야. 배짱 하나

는 마음에 들어."

마음에 안 들어도 되는데요.

"늦지 않았어. 이제부터 잘 가르치면 돼."

마녀에게 가르침을 받고 싶진 않습니다요.

"나가보거라. 머리가 아파서 좀 누워야겠다."

그러고는 사람 면전에서 등을 홱 돌려 앉았다. 고약한 마녀 할멈은 끝까지 내 예상을 빗나가지 않았다.

부릅뜬 눈으로 그 등을 아주 오래 노려보고 있었던 것 같다. 어느 순간부터 눈알이 시큰거리고 눈물이 핑 돌았다. 한숨만 푹푹 내쉬던 아버지가 그런 내 어깨를 살며시 끌어안았다.

"빈우야, 괜찮아. 할머니는 지금 편찮으셔서 그래."

이래서 눈싸움이 싫다. 눈알이 빠져라 노려보고 있으면 뭐 하나, 눈물밖에 안 나오는 걸.

이건 패배의 눈물이 아니다. 눈알이 발악하는 거다. 제발 깜박거려 달라고 항의하는 거다. 저 마녀 할멈 따위에게 무시당해서 우는 게 아니다. 어제 엄마의 장례식에서도 울지 않은 인간이 나다. 나는 어리지만 바보가 아니다. 마녀 할멈 따위, 내가 먼저 무시해 주겠다. 두고 봐, 마녀. 김빈우는 죽을 때까지 김빈우인 걸.

마음속으로 결심한 것들을 차곡차곡 쌓아놓았다. 상황에 따라 하나씩 꺼내어 써먹을 수 있도록.

누가 날 무시하려 들면 먼저 무시하자.

절대 울지 말자.

도와달라고 애원하지도 말자.

나는 강하다. 혼자서도 잘살 수 있다.

그런 결심들을 한 번 더 되뇌었다. 아버지의 옆구리에 달라붙은 건 잠시 에너지를 충전하기 위해서라고 생각하자. 오빠라는 인간을 만나기 전에 잠시 숨을 돌리는 거라고.

"빈우야, 오빠가 보고 싶지?"

머리 위에서 다정한 목소리가 들려왔다. 아니, 다정한 척하는 목소리다. 십 년 만에 만난 아버지에게서 다정함을 찾는다는 게 말이 되나. 그래서 나는 대답하지 않았다.

"네게 쌍둥이 오빠가 있단다. 신기하지?"

"……."

"일찍 널 찾아가지 못해 미안하구나. 이 아빠가…… 바보라서 그래. 바보 아빠라서, 널 너무 늦게 알아봤단다."

"……."

"널 미워하는 게 아니야. 그러니까 이 아빠를 봐줘. 한 번만 용서해 주렴, 빈우야."

내 어깨를 끌어안은 아버지의 손이 덜덜 떨린다. 처음 만났을 때처럼 울음을 터뜨릴 것 같은 음성으로, 그때와 똑같은 말씀을 하신다.

난 그런 아버지를 쳐다보지도 않고 마음속으로 중얼거렸다.

왜 이러시나요? 울고 싶은 건 나라구요.

어이가 없잖아. 자기 자식을 나 몰라라 할 땐 언제고, 이제 와서 이런 쇼를 하는 어른을 어떻게 이해해야 하냔 말이다.

십 년 만에 내 앞에 나타난 아버지에게 난 묻고 싶었다.

"왜 날 버렸어요? 할머니 말씀처럼 내가 엄말 닮아서 버린 건가요? 왜 오빠만 데려간 거예요? 내가 남자였다면, 나도 데려갔을 건가요?"

하지만 그 말은 입 안에서만 뱅뱅 돌 뿐, 아버지의 울먹이는 소리가 커질수록 내 가슴은 더욱 싸늘히 식어간다. 한 번만 봐 달라고, 아빠라 불러보라고 애원하는 아버지에게 내가 할 수 있는 건 철저한 무관심.

그게 바로 나, 김빈우의 복수다. 아들이 아니라는 이유로 김빈우를 버린 아버지를 향한.

무책임한 어른들. 무책임한 아버지.

두고 봐라. 김빈우의 복수가 언제까지 계속될 건지.

내 침묵에 지친 아버지는 한숨을 쉬며 현관을 나섰다. 동화책에서나 봤던 대궐 같은 집이 바로 아버지의 집이란다. 단칸방에서 살다가 나중엔 집세가 없어 여관방에서 지내야 했던 엄마와 김빈우의 구질구질한 삶과 달라도 어쩌면 이렇게 다를 수 있을까.

정원 한가운데의 연못, 바로 그 앞의 커다란 인어 조각상이 눈에 들어왔다. 검은 원피스에 앞치마를 두른 아줌마들이 오가는 집을 나오자 약간 기분이 나아졌는데, 그 멋진 조각상에 기대어선 남자애를 보자 또다시 기분이 가라앉았다.

보자마자 그 애가 '나의 오빠'라는 걸 알았다. 왜냐하면 나와 똑같이 생긴 얼굴이었으므로.

정말 재수없게 나와 똑같이 생긴 녀석이다. 곱실거리는 머리만 다를 뿐, 또 하나의 김빈우를 보고 있는 것 같은 착각이 들 정도로 닮았다.

녀석에게 가까이 다가갈수록 화가 났다. 어른들의 이기심에 구역질이 올라왔다. 부모라는 사람들이 미웠다. 똑같이 생긴 두 아이를 각각 떼어내어 오랜 세월 방치했던 어른들. 차라리 끝까지 외면하지. 김빈우가 고아가 되어 죽든 말든, 그냥 무시하고 살지. 십 년이 지난 뒤에야 나타나서 뭘 어쩌라는 거야?

발소리에 녀석이 고개를 돌렸다. 붉게 충혈된 눈동자, 계집아이처럼 빨갛고 도톰한 입술. 또 하나의 내 모습이다. 그런 녀석이 손등으로 눈가를 쓱 문지르고는 날 똑바로 쳐다본다. 내 얼굴에 구멍이 나겠다. 기분 나쁜 녀석. 또 눈싸움을 해야 할까 보다.

"넌 엄말 꼭 닮았다면서?"

어이가 없다. 저게 나랑 똑같은 얼굴을 한 녀석이 할 질문인가?

"난 엄말 본 적 없어. 그런데 네 얼굴을 보니까 알 것 같다."

피식 웃는 저 얼굴. 비웃음이 분명해.

"김빈우, 넌 거지냐?"

"……."

"말해봐. 너 왜 여기에 기어들어 온 거야?"

"……."

"너 말이야, 나한테 오빠라고 하지 마. 나는 너 같은 거지를 내 동생으로 둔 적 없거든."

"……."

"눈 안 깔아? 이게 지금 누굴 꼬나보는 거야?"

눈처럼 하얀 블라우스와 검은 체크 반바지. 거저 줘도 안 입을 옷을 걸치고 있는 녀석이 사내자식이라니, 원.

나는 녀석이 가소롭다는 듯이 피식 웃었다. 그러니까 녀석이 파르르 떤다.

"지금 시비 거는 거냐?"

"……."

"어쭈, 이 거지 같은 계집애가!"

녀석이 다다다 뛰어와서 주먹을 휘둘렀다. 퍽 소리가 나면서 내 볼이 불타는 것처럼 뜨거워졌다. 때마침 전화를 받느라 뒤돌아서 있던 아버지가 그 소리에 휙 몸을 돌렸고, 하필 그때에 나는 크게 휘청거리며 한쪽 무릎을 꿇었다.

"준아!"

경악한 아버지의 고함 소리에 녀석이 의기양양하게 웃었다.

"한 번만 더 까불어봐. 그땐 두 주먹으로 널……."

철썩!

그 순간 고요한 정원의 대기 속으로 날카로운 마찰음이 울려 퍼졌다. 그와 동시에 녀석이 바닥으로 철퍽 소리를 내며 쓰러졌고, 나는 얼얼한 주먹에 입김을 불며 깡충깡충 뛰었다. 제대로 맞추었다. 녀석의 코에서, 정확히 두 개의 콧구멍에서 새빨간 액체가 주르르 흘러나왔다.

통쾌하다. 이런 비리비리한 녀석은 내 상대가 안 된다. 이래 봬도 나, 김빈우는 예전 학교에서 6학년 남학생 열 명과 맞붙어 싸워 이긴 몸이시란 말이다.

손등으로 자기 코를 쓰윽 닦아낸 녀석은 너무 놀라서 아무 말도 못했다. 그러다 빨간 액체의 정체가 뭔지 깨달은 듯이 얼굴이 하얗게 질렸다. 아버지는 눈을 깜박이며 그 광경을 보고 있었다. 녀석이 울음을 터뜨렸다. 사내자식이 그렇게 우는 건 처음 봤다. 눈물, 콧물, 코피까지 짜내면서 엉엉 울어대는 녀석. 좀 심했나, 라는 생각에 약간 미안해지려는 찰나, 녀석이 집게 손가락으로 날 가리키며 이렇게 소리 질렀다.

"저 거지를 우리 집에서 쫓아내요, 아빠!"

나는 한숨을 쉬며 고개 저었다. 저런 게 '나의 오빠'라니.

김빈우, 열 살.

파란만장한 삶이 시작될 것 같은 예감이 들었다. 마녀 할멈에 막돼먹은 아버지, 울보 오빠까지.

해도 해도 너무하신다. 대체 신은 김빈우에게 왜 이런 시련을 내려주시는 건지 도통 알 수가 없다.

나는 하늘을 올려다보며 소리 없이 울부짖었다.

하느님, 절 왜 이렇게 미워하시나요?

Chapter

1

Chapter 1
—17년 후, 오늘—

[사준은 지금 여행 중입니다. 제게 급한 볼일이 있으신 분은 010-2345-XXXX로 전화하십시오. 그러나 생명에 지장이 없는 일이라면 부디 참아주시길 바랍니다. 감사합니다.]

한계다. 더 이상은 견딜 수 없어!

벽으로 내동댕이쳐진 전화기가 완전히 박살났다. 그래도 부족했다. 미친 듯이 주위를 둘러보다 거실 장식장 속에 곱게 진열되어 있는 자수정 조각품들을 발견했다. 바로 저거야! 자수정 애호가인 준이 애지중지하는 돌고래 상을 꺼내어 거실 구석에 세워둔 미니 농구 골대를 향해 냅다 던졌다.

퍽! 와장창!

그제야 속이 조금 시원해졌다.

"준 사, 사장님이 가장 아끼시는 건데……."

겁에 질린 여자의 목소리가 등 뒤에서 들려왔지만 돌아보진 않았다. 그녀는 새파랗게 질려서 거의 숨이 넘어가기 직전일 것이다.

"열흘 동안 연락 한 번 없었다고?"

"네."

미친놈, 돌아오기만 해봐! 기필코 아작을 내고 말 거야!

속으로 굳게 다짐하며 툭툭 손을 털며 돌아섰다. 아니나 다를까, 숨을 몰아쉬고 있는 여자의 얼굴이 보였다. 헉헉거리는 숨소리에 짜증이 났다. 이런 일이 한두 번도 아닌데 이 여잔 매번 숨이 넘어갈 것 같은 얼굴이 되니, 원.

"강미영 씨, 내가 이러는 거 처음 봐?"

황급히 고개를 젓는 여자를 노려보며 또박또박 끊어서 말을 했다.

"참는 데도 한계가 있어. 그 인간 때문에 여러 사람이 피해를 당하는 것도 한두 번이지, 번번이 이게 뭐야? 더 이상은 못 참아 줘. 우리도 제대로 좀 살아보자고!"

말을 하다 보니 더욱 흥분됐다. 그러나 자그마한 여자의 얼굴이 파랗다 못해 이젠 하얗게 탈색되는 걸 보면서 겨우 흥분을 가라앉혔다. 뒤늦게 흥분한다고 해서 달라질 건 없었다. 행방불명된 사장이 저지르고 간 일을 수습하는 건 우리 몫이니까. 젠장, 그 믿을 수 없는 놈에게 일을 맡긴 내가 잘못이지, 누굴 탓해?

"그래서, 〈댄튼〉 쪽 사람이 몇 시에 도착한다고 했지?"

미영은 행방불명된 사장 놈의 비서이다. 평소엔 침착하고 유능한 비서이지만, 지금은 허둥대는 어린 소녀나 다름없다. 보다 못해 그녀의 손에서 스케줄 표를 빼앗아 보았다.

"인천 국제공항에 오후 두 시 도착. 이름이…… 유리 세바스…… 젠장, 이름이 뭐가 이렇게 어려워? 세바스티안…… 세바스티안느……."

"세바스티앙인데요."

"세바스티앙? 미국계가 아냐?"

"프랑스와 미국의 혼혈에 어머니가 한국인이랍니다."

휘파람이 절로 나왔다. 그야말로 다국적 핏줄이 아닌가.

"유리 세바스티앙 댄튼……. 댄튼? 이 집안 사람인가 보군."

"네, 삼 형제 중의 막내라는데요."

미국 기성복 시장의 절반을 점유하고 있는 국제적인 의류 회사 소유주의 막내아들이 직접 한국까지 오시겠다는 건가?

갑자기 머리가 아파왔다. 한숨을 내쉬며 잠시 눈을 감았다가 떴다.

"미영 씨, 두통약 있나?"

아무래도 약을 먹어둬야 할 것 같았다. 기어이 집 밖으로 날 끌어낸 사장 놈을 탓하기 전에 당장 오늘 오후에 도착할 미국인을 상대하는 것이 더 급했다. 사람을 상대하는 일은 웬만하면 피하려고 했는데, 기어이 사준이 망할 짓을 벌이고 도망간 것이다. 뒤늦게 알아차리고 준의 아파트에 왔을 때는 이미 상황은 종료.

어쩐지 열흘 내내 휴대폰에 불이 났다고 생각했지. 그 녀석은 왜 내 전화번호를 사방에 가르쳐 줘서 사람 피곤하게 만드는 거야? 아무튼 사준, 넌 죽었어.

"약국에 가서 더 좋은 약으로 사 올까요?"

이쪽의 눈치를 살피며 두통약을 내민 미영이 조심스럽게 물었다. 고개를 젓고 물도 없이 알약 두 알을 삼켰다. 그런 뒤 짧은 머리를 두 손으로 빗어 넘겼다.

"내 꼴이 말이 아니지? 밤샘작업 했거든. 〈대정 어패럴〉에 넘겨줘야 할 디자인의 초안을 잡느라 골치를 앓았어."

그 말에 미영의 얼굴이 환해졌다.

"끝내셨군요?"

"응. 조만간 돈다발이 굴러들어 올 거야."

돈 얘길 하자 기분이 약간 좋아졌다. 어쩌겠는가. 허수아비 사장 놈을 대신해 이 몸이 직접 나서는 수밖에.

"씻고 나올 테니까 미영 씨는 댄튼 씨에 관한 보고서를 준비해 줘. 그 남자에 대해서 개인적으로 아는 게 거의 없거든."

"근데 갈아입을 옷은 어떻게……."

"사장님 옷을 빌려 입지 뭐."

"그래도……."

뒷말을 얼버무리는 미영의 속내를 파악했으나 싱긋 웃어주곤 욕실로 들어갔다. 이곳에 올 때마다 사용하는 손님용 욕실은 화려한 걸 좋아하는 집주인의 성격을 고스란히 반영하고 있었다. 황금과 크림색의 대리석 욕조에서 월 풀의 풍부한 거품 목욕을 즐길 수 있는 초호화판 욕실이었다.

벌거벗고 전신 거울 앞에 섰다. 182㎝의 키와 호리호리한 체격. 자연스럽게 흩어지는 짧은 커트머리와 짙은 눈썹, 맑은 다갈색의 눈동자. 그다지 눈여겨볼 구석이라곤 없는 얼굴이다.

두 손으로 가슴 앞을 더듬어보았다. 툭 튀어나온 젖꼭지가 눈에 거슬린다. 손바닥 안에 감싸지는 가슴은 거추장스럽기만 하다. 그 아래로 납작한 아랫배를 스쳐 무성한 수풀을 지나면 끝. 가끔 이런 생각을 할 때가 있다.

사준과 바꿔서 태어났다면 더 나았을까? 그 정신 나간 놈이 내 여동생이라면?

신은 장난꾸러기가 틀림없다. 여자이기를 바라지 않는 인간에게 이런 거추장스런 물건을 달아주셨으니.

그녀는 거울 속에 비친 봉긋한 가슴을 두 손으로 덮고 절망적인 한숨을 내쉬었다. 사빈우. 스물일곱 살의 XX 염색체를 가진 한국인. 신음이 나왔다. 그녀는 거울에 이마를 찧으며 괴롭게 중얼거렸다.

"정말 싫다, 싫어. 왜 내가 나가야 하냐고……!"

지금쯤 애인과 태평양의 어느 무인도에서 한창 즐기고 있을 쌍둥이 오빠──혹은 동생. 누가 먼저인지는 아직까지 정확히 밝혀지지 않았다──를 저주하며 빈우는 거품이 보글거리는 욕조 안으로 들어갔다.

　　〈Welcome! Yuri Sebastian Danton!〉

　　큼지막한 알파벳이 쓰인 푯말을 들고 거의 한 시간을 서 있었을 것이다. 그동안 주위에서 쏟아지는 시선에 피부가 따가울 정도였다.

　　목을 감싸는 검은색의 폴라 스웨터에 검은 진바지, 허벅지까지 내려오는 검은색의 캐시미어 코트.

　　까만색으로 중무장한 그녀를 준으로 착각할 만했다. 검은 뿔테 안경까지 쓰고 있으니 더욱 분간하기 어려울 것이다. 아까는 사인을 해달라는 여자들에게 준인 척하고 멋들어지게 사인을 해주었다. 가까이 와서 보면 사준과 다른 느낌이 들 텐데, 약간 의아해하면서도 여자들은 사준의 사인을 받기 위해 갖은 애교를 다 떨었다. 한창 잘나가는 슈퍼모델이자 영화배우인 사준에게 이란성 쌍둥이 여동생이 있다는 사실은 알려져 있지 않았다. 베일에 가려진 준의 사생활은 소속사에서 완벽하게 단속하고 있었기 때문이다.

그나저나 너무 오래 기다렸다. 사람들의 시선에 노출된 채 이토록 누군가를 기다려 본 건 처음이었다. 두 시간 연착이라는 전광판의 영어들을 불구대천의 원수처럼 노려보았다. 그러다 마침내 뉴욕발 아메리칸 에어라인 항공기의 탑승객들이 하나둘씩 출구로 쏟아져 나오기 시작했다. 〈댄튼〉 사의 전용기를 마다하고 굳이 민간 항공기를 타고 온 댄튼 가의 막내아들을 드디어 보게 되는 것이다.

그런데 대기실의 사람들이 거의 다 빠져나간 뒤에도 그 남자는 보이지 않았다. 혹시 놓친 건 아닌가 싶어 데스크에서 탑승객의 명단을 다시 확인해 봤다. 퍼스트 클래스에서 그 이름을 찾았다. 치솟는 짜증을 억누르고 대기실 안을 다시 둘러보았다. 예정했던 시간에서 세 시간이 더 지났다. 미국에 전화해서 확인해 볼까, 아니면…….

"준!"

갑자기 어깨 너머에서 누군가가 소리쳤다. 남자의 목소리에 놀라 휙 돌아섰지만 이내 단단한 가슴에 부딪치고 말았다. 동시에 기다란 두 팔이 그녀의 등을 힘차게 감싸왔다. 큼지막한 손이 그녀의 등을 팡팡 두드렸다. 순간 숨이 턱 막힐 정도로 엄청난 힘이었다.

"몰라보겠는데? 분위기가 너무 달라서 준이 아닌 줄 알았어."

그녀의 몸이 뒤로 확 밀려 나갔다. 그제야 영어로 말하는 상대 남자가 시야에 들어왔다.

나이는 갓 서른이 넘었을까? 그는 엄청나게 키가 컸다. 검은 머리와 청회색의 야릇한 눈동자, 높게 치솟은 콧날 아래 미소를 머금은 풍부한 입술. 전형적인 서양인의 얼굴인데도 왠지 분위기가 오묘한 남자였다. 모델을 해도 손색이 없을 만큼 스타일 또한 완벽했다. 그녀보다 좀 더 큰 키에 진회색의 비즈니스 정장을 걸친 몸은 크고, 다부지고, 길었다. 그의 모든 것이 큼직해서 바라보고 있으니 절로 숨이 차 올랐다. 무엇보다 그 특이한 눈동자에서 시선을 뗄 수 없었다. 안개 낀 밤하늘, 혹은 짙푸른 안개가 내려앉은 새벽의 호수를 연상시키는 눈동자였다. 그 눈동자가 번쩍번쩍 빛을 발하면서 그녀의 전신을 재빠르게 훑어 내렸다.

"나야, 유리 세바스티앙 댄튼. 늦어서 미안해."

이 남자가 바로……!

"자넨 머리를 잘랐군. 그래서 첫눈에 못 알아봤지."

활짝 웃는 남자의 입술 사이로 하얗고 가지런한 치아가 드러났다. 미소 한번 끝내준다.

"준, 날 기억 못하는 건가?"

그가 미심쩍은 투로 물었다. 반년 전, 뉴욕에서 준을 만난 적이 있는 남자인데도 그녀를 준으로 착각한 모양이다.

빈우는 그에게 자신이 누구인지를 설명하기 위해 입을 열었다. 그러나 그가 더 빨랐다.

"며칠 동안 자네와 연락이 안 돼서 포기하려던 참이야. 사장이 나와 있지 않으면 그냥 돌아가려고 했지. 〈빈우〉의 사장이 직접 나서지 않으면 이번 제휴 건은 없었던 걸로 할 생각이었으니까."

빈우는 조용히 입을 닫았다. 등으로 식은땀이 흘렀다. 사준 사장이 행방불명이라고 말하면 이 남자는 어떻게 반응할까? 순간 치미는 충동을 간신히 잠재우고 그녀는 목소리를 내리깔고 말했다.

"안심하십시오, 미스터 댄튼. 이번 계약은 기필코 성사시키고 말 테니까요."

〈댄튼〉과 손을 잡게 되면 〈빈우〉가 미국의 온라인 기성복 시장을 장악하는 것도 시간문제였다. 프리—빅(Free Big) 사이즈의 유니섹스 모드를 표방하는 그녀의 옷들은 독특한 디자인과 실용성으로 미국인들의 기호에 딱 맞을 게 분명했다. 그래서 〈댄튼〉이라는 거대 기업에서 한국의 통신 판매 의류 회사인 〈빈우〉와 손을 잡으려 하는 것이다. 한국의 통신 판매 부문에서 이미 혁신적인 매출을 기록한 〈빈우〉와 손을 잡는다면 〈댄튼〉의 한국 시장 진출 문제도 저절로 해결이 될 게 뻔했다.

이런 상황에 사준 사장이 행방불명이라는 걸 알려?

아니, 그녀를 준이라 철석같이 믿고 있는 미국 남자에게 진실을 밝힐 수는 없었다. 진퇴양난이다.

빈우는 나직한 저음으로, 최대한 감정이 느껴지지 않는 어조로 말했다.

"윈─윈(win win) 전략은 아시죠?"

그 말에 미국 남자가 웃음을 터뜨렸다. 굵직한 저음과 마찬가지로 피부를 간질이듯 깊고 풍부한 웃음소리였다. 두문불출하면서도 영어회화 공부를 게을리 하지 않은 게 천만다행이다.

"느낌이 너무 달라서 혼란스러운데?"

남자가 미간을 찌푸린 채 아래위로 빈우를 훑어보았다. 내심 뜨끔했지만 빈우는 당당히 그를 마주 보았다. 동양인의 외모를 잘 구별하지 못하는 서양인의 시각에선 준과 그녀의 차이점을 단번에 알아내기 힘들 것이다. 이럴 땐 보통의 여자들보다 큰 키와 볼륨이 없는 몸매가 고마웠다. 언뜻 봐도 남자인지 여자인지 잘 구분이 되지 않을 테니까.

그러나 가느다란 눈으로 그녀를 살피던 남자가 이렇게 말했을 땐 가슴이 철렁했다.

"준, 자네 혹시 여자 아냐?"

유리 세바스티앙 댄튼이 예리한 감각의 소유자라는 걸 인정해 주자.

"그럴 리가요. 좀 여성적이라는 말은 듣고 있지만, 전 분명히 남잡니다. 옷을 벗고 확인시켜 드릴까요?"

미국인이 쿡쿡 웃으며 손을 내저었다.

"천만에. 난 남자의 벗은 몸엔 관심이 없어."

이반은 아니군.

빈우는 만족스럽게 그를 훑어보았다. 성적 취향도 알아냈다.

"우선 호텔로 모시겠습니다. 가방을 제가……."

"달링!"

그때 하이힐 소리를 요란하게 울리면서 금발의 여자가 다가 왔다. 허리까지 출렁이는 금백색의 머리와 늘씬한 몸매는 패션 잡지에서 오려낸 모델처럼 완벽했다. 황금빛의 실크 원피스와 금색 스트랩 슈즈까지, 온통 황금빛 일색이라 눈이 부실 정도였 다. 그녀는 어깨에 두른 모피 숄을 신경질적으로 잡아 내리면서 미국 남자를 향해 투덜거렸다.

"내 화장품 가방을 두고 내렸나 봐요. 샤넬에서 선물 받은 거 라 꼭 찾아야 돼요."

미국 남자는 손목시계를 가리키며 여자에게 말했다.

"당신 때문에 약속 시간을 어겼어. 더 이상은 안 돼."

"세바스티앙!"

"안 돼."

단호히 잘라 말한 남자가 이번에는 웃는 얼굴로 빈우에게 말 했다.

"홈그라운드의 이점을 최대한 이용하게. 단, 거짓은 용납 못 해. 비즈니스에서 신의는 최고의 덕목이라고 생각하니까. 이제 우릴 호텔로 안내해 줘, 준."

〈댄튼〉의 온라인 사업 부문의 총책임자다운 말이었다. 지난 몇 달간 빈우는 준의 명의로 〈댄튼〉의 책임자와 수십 통의 이메 일을 주고받았고, 그걸 통해 사장인 유리가 사업적인 감각이 대단하다는 건 인지하고 있었다. 서른두 살의 이 미국 남자가 뼛속까지 사업가라는 건 분명했다. 오죽하면 〈빈우〉와의 합작 건에서 상표 특허권 이양 문제를 해결하기 위해 한국까지 직접 날아오셨겠는가!

그런데 이제라도 내가 누구인지 밝혀야 하는 게 아닐까?

"여긴 일처리가 체계적이지 못해요. 가방 하나 찾는 데만도 몇 분이나 걸렸다구요."

그 순간 앙알대는 여자의 음성이 들리지 않았다면 일을 저질렀을지 모른다. 수십억이 걸린 계약을 파투 내는 미친 짓을 말이다.

아무튼 댄튼이 데려온 마론인형은 무례하기 짝이 없었다. 그녀는 빈우에게 인사말조차 건네지 않았다.

"언제까지 여기에 있을 건가요? 얼른 마치고 파리로 가요. 당신 아파트에서 우리 둘이……."

"앨리스, 조용히 있을 거라고 내게 약속하지 않았나?"

나직한 경고조에 여자의 얼굴이 굳어졌다. 그녀는 무표정한 남자의 얼굴을 쏘아보고는 휙 몸을 돌려 앞서 걸어나갔다. 미국 남자가 한숨을 쉬며 빈우에게 대신 사과했다.

"여자는 종잡을 수 없는 물건이야. 우리 남자들에겐 필수품이지만 때론 귀찮기 짝이 없지. 자네도 그렇게 생각하지 않나?"

빈우는 대답하지 않았다. 속으로는 앨리스를 동정했다. 그녀는 이 부유한 사업가에게 침실 파트너 이상도, 이하도 아님을 똑똑히 느낄 수 있었다. 심지어 그는 빈우에게 앨리스를 정식으로 소개해 주지도 않았다. 그럴 필요조차 느끼지 않는 듯했다.

여자가 첫눈에 반할 만큼 잘생긴 남자들은 왜 하나같이 거만한 마초들이란 말인가?

평소 같으면 이런 남자, 가뿐히 밟고 지나갔을 테지만 상대는 〈댄튼 인터내셔널〉의 유리 세바스티앙 댄튼. 그녀의 마음이야 어쨌건 당분간 참고 봐야 하는 남자였다.

그렇게 생각하면서도 빈우는 실망감에 입 안이 썼다. 실로 오랜만에 만난, 거의 완벽한 미남에 대한 호감이 줄어들었으니 말이다.

주차장으로 향하는 동안 두 외국인 사이에는 험악한 기운이 감돌았다. 단단히 삐친 여자는 빈우가 운전하는 차에 올라서도 입을 열지 않았다. 그러나 빈우나 미국 남자 둘 다 그녀의 침묵에는 신경 쓰지 않았다.

차가 공항을 벗어날 때쯤 금발머리가 갑자기 입을 열었다.

"세바스티앙, 여자와는 함께 일을 하지 않는다고 했잖아요?"

빈우는 깜짝 놀라 룸미러에 비친 두 남녀를 보았다. 미국 남자가 들리지 않는 목소리로 뭐라 중얼거리더니, 뒤이어 앨리스에게 냉정하게 내뱉었다.

"준은 남자야."

"어머!"

그 뒤 앨리스는 입도 벙긋하지 않았다. 그러나 빈우는 룸미러

속에서 날카롭게 빛나는 미국 남자의 눈을 의식하지 않을 수 없었다.

저 남잔 신의가 비즈니스의 최고 덕목이라고 했었지. 맙소사, 처음부터 내가 누구인지 밝혔어야 했는데!

하지만 어이없는 거짓의 시간은 한 치의 오차도 없이 흘러가고 있었다.

유리 커플이 묵을 호텔 앞에 취재진의 차량이 대기하고 있었다. 카메라를 든 남자들이 호텔 정문 주위를 배회하는 모습이 보였다. 방송국의 로고가 찍힌 승합차를 본 순간 빈우는 입속으로 욕설을 중얼거리며 힘껏 핸들을 꺾었다. 타이어의 마찰음이 울려 퍼졌다.

"무슨 일인가?"

뒤에서 유리가 큰 소리로 물어왔다. 갑작스런 차의 회전에 적잖이 놀란 음성이다.

"기자들이 보여서요."

유리가 혀를 찼다.

"비공식 방문이라 소문나지 않을 줄 알았는데."

빈우는 기가 차서 헛웃음을 지었다.

유리 세바스티앙 댄튼이라는 이름만으로도 이슈 메이커가 되고 남을 남자인데, 아무것도 모르겠다는 저 말투 좀 봐라.

상황 파악은 그 옆의 머리 빈 마론인형이 더 빠른 듯했다.

"정보가 샜나 봐요. 어떡해요, 달링?"

미국 남자는 대답하지 않았다. 불쾌해하는 건가? 빈우의 신경이 온통 뒷좌석의 남자에게로 쏠린 그때에 마론인형이 운전석에 대고 쏘아붙였다.

"이봐요, 사준 씨. 대체 일을 어떻게 처리한 거예요? 세바스티앙은 사진 찍히는 걸 무지 싫어한단 말예요."

빈우는 한숨을 쉬었다. 타이어 마찰음에 뒤돌아본 몇몇 기자들이 쫓아오는 모습이 보였다. 끈질긴 인종들이라 끝까지 추격해 올지도 모른다. 아뿔싸, 사준이 걸어다니는 스캔들 메이커라는 걸 깜박했다.

"제 불찰입니다. 급히 공항으로 달려가느라 이런 일에 대비하지 못했습니다."

빈우는 정중한 말투로 사과했다. 룸미러에 비친 미국 남자는 찌푸린 얼굴을 창 쪽으로 돌린 채 뭔가 생각하는 표정이었다. 앨리스는 낄 데 못 낄 데 상관없이 자기 말만 하는 타입이었다. 그녀의 투덜거림에 운전석의 빈우는 귀가 다 얼얼했다.

"호텔로 가지."

이윽고 생각을 끝낸 남자가 나직이 명령했다. 평상시 같으면 그런 명령조에 발끈했겠지만 빈우는 얌전히 핸들을 돌려 다시 호텔로 향했다. 뒤에서 따라오던 취재 차량들도 줄줄이 유턴했다.

특급 호텔의 정문 앞에 차가 서자 카메라의 플래시가 불을 뿜기 시작했다. 운전석에서 내린 빈우는 재빨리 뒷좌석의 문을 열고 유리 커플이 내리는 걸 도왔다. 유리는 한 팔로 앨리스를 안고 침착하게 내려섰다. 만일의 사태에 대비해 빈우는 그와 취재진 사이에 섰다. 몸싸움이 벌어질 경우 그녀가 대신 막아줄 생각이었다. 그러나 유리는 한 팔로 그녀를 제치고 앨리스를 안은 채 앞서 걸어갔다. 빈우가 멈칫한 사이 그들과 간격이 벌어졌고, 그때를 기다렸다는 듯이 기자 한 명이 뛰어들어 왔다.

"사준 씨! 이번에 〈댄튼〉과의 사업제휴가 성사되면 도미(渡美)할 거라는 소문이 사실입니까?"

그게 도화선이 된 양, 여기저기에서 아우성이 들려왔다.

"사준 씨, 지난번 영화 이후로 연기 활동을 잠시 쉰다는 소문이 있던데……."

"유리 세바스티앙 댄튼 씨와는 언제부터 친분을……!"

기자들의 질문이 소나기처럼 쏟아지는 동안 간격은 점점 더 벌어졌고, 그 와중에 유리가 그만 앨리스를 놓치고 말았다. 빈우는 앨리스의 금발머리가 흔들리다가 두 명의 남자들에게 포위당하는 장면을 목격했다. 빈우 역시 기자들에게 둘러싸여 움직이기가 힘들었지만 안간힘을 써서 진로를 뚫었다. 그리고 당황해서 얼어붙어 있는 미국 여자에게로 곧장 달려가 그녀의 날씬한 허리에 한 팔을 둘러 안았다. 뭐가 뭔지 모르겠다는 표정으로 우두커니 서 있는 여자의 귀에 빈우가 속삭였다.

"Run."

그러고는 앨리스를 감싸안은 채 호텔을 향해 뛰기 시작했다. 뒤늦게 합류한 호텔의 안전요원들이 취재진을 막아주었다.

막 로비 안에 들어왔나 싶은 순간, 빈우의 팔이 거칠게 잡아당겨졌다. 아차 하는 사이에 그녀의 몸이 단단한 벽에 밀어붙여졌다. 그건 캐시미어 코트에 감싸진 남자의 가슴이었다. 은은한 소나무 향기를 담은 남성적인 체취가 콧속으로 밀려들어 왔다. 놀라서 고개를 들자 번뜩이는 청회색의 눈동자가 보였다.

"다치지 않았나?"

그 와중에도 빈우는 오묘한 빛의 눈동자를 보며 생각했다.

이 남자, 화가 난 걸까?

"괜찮습니다."

동요한 탓인지 몹시 가라앉은 목소리가 나왔다. 남자의 눈길이 훑고 지나가는 그녀의 몸이 움찔움찔, 자신도 이해할 수 없는 떨림을 계속했다. 나름대로 납득한 후에야 미국 남자는 그 옆의 금발머리에게 시선을 돌렸다.

"앨리스, 당신은?"

빈우에게 말할 때보다는 화가 덜 난 목소리였다. 그 미묘한 차이를 빈우는 알아차렸고, 그러자 기분이 나빠졌다.

아니, 자기 애인을 구해준 사람에게 왜 화를 내는 거야?

"내 머리! 저 사람들, 미친 거 아니야?"

정신을 차린 앨리스가 문밖의 취재진을 손가락질하며 펄쩍 뛰었다. 여자의 신경질적인 반응에도 유리의 무표정한 얼굴은 변하지 않았다. 그러나 빈우는 깨달았다, 미국 남자가 짜증을 억지로 참고 있다는 것을. 앨리스의 목소리만 들어도 짜증나는 건 그녀 또한 같았다.

"이봐요, 사준 씨! 일 처리를 어떻게 했기에……."

"앨리스, 준에게 말조심해."

유리가 악문 잇새로 경고했다. 처음 들어보는 싸늘한 어조에 빈우는 깜짝 놀랐다. 개구쟁이처럼 웃는 남자에게서 저렇게 냉혹한 음성이 나올 수 있다니.

"달링!"

앨리스는 울상이 되었고, 유리의 무표정한 얼굴은 더욱 굳어졌다. 그는 왜인지 몰라도 몹시 화가 난 상태였고, 빈우는 나름대로 이해했다. 보안 문제를 해결하지 못한 이쪽의 실수에 유리가 짜증을 내는 거라고 말이다.

그때 호텔의 수석 매니저가 달려나와 머리 숙여 사과를 했다. 중년 남자의 얼굴은 보기 안쓰러울 만큼 하얗게 질려 있었다. 호텔의 VIP 손님에게 큰 실례를 범했으니 그럴 만도 했다.

"사준입니다. 저희 회사로부터 연락을 받지 못하셨습니까?"

빈우는 수석 매니저에게 단호한 음성으로 물었다.

"유리 세바스티앙 댄튼 씨의 안전에 각별히 신경 써달라고 부탁을 드렸는데, 오늘 소동은 왜입니까?"

한국말이지만 추궁하는 어투인지라 유리에게도 그 의미가 충분히 전달될 것이다. 그가 이쪽을 빤히 쳐다보는 게 느껴졌다.

빈우는 도수가 없는 안경이라도 쓰고 있어 다행이라 생각했다. 아니면 미국 남자의 눈빛 광선을 맞은 그녀의 피부가 죄다 녹아 버렸을지도 모른다. 차갑게 빛나던 청회색의 눈동자가 이 순간 엔 깜짝 놀랄 만큼 강렬한 빛으로 반짝이고 있었다.

"비용은 제가 부담할 테니, 안전요원의 수를 더 늘리고 보안에 문제가 생기지 않도록 더 신경 써주십시오. 감당하기 어려운 일이 생기면 즉각 이쪽으로 연락해 주시고요."

빈우는 준의 개인 휴대폰 번호가 적힌 명함을 건넸다. 준이 알면 난리가 날 테지만 지금은 사생활 보호를 운운할 때가 아니다. 장승처럼 옆에 버티고 선 미국 남자의 노골적인 시선에 낯이 뜨거워 미칠 지경이었다. 사람을 빤히 쳐다보는 통에 침착한 목소리를 내려면 안간힘을 써야 했다.

눈빛만으로도 사람을 초조하게 만드는 남자.

그런 남자에게 무심하지 못한 자신이 이해가 되지 않았다. 처음 만나는 남자에게 보이는 반응으로는 지나친 감이 있었다. 그러나 오묘한 빛깔의 눈동자에 맞닥뜨리면 저도 모르게 숨이 멎는 것 같아 혼란스러웠다. 그런 마음을 반영하듯 그녀의 목소리가 떨렸다.

"저기요."

빈우는 마지못해 유리를 쳐다보았다. 그가 계속 말하라는 듯이 한쪽 눈썹을 치켜올렸다.

"제게 하실 말씀이 있으십니까?"

"꼭 있어야 되나?"

되묻는 남자의 천연덕스런 표정에 빈우는 울컥했다.

"절 빤히 보고 계시기에."

"지나치게 공격적이군. 난 자네의 적이 아니야."

농담 따먹기를 하자는 건가.

"이유없이 사람을 빤히 쳐다보는 건 버릇입니까?"

"응. 기분 나쁜가?"

뭐야, 이 남자. 초면에 뭐 하자는 거야?

"기분이 좋지는 않습니다. 처음 만난 사이에 너무 친한 척하는 건……."

그렇게 말하던 빈우는 유리의 얼굴이 잔뜩 찌푸려지는 걸 보고 입을 다물었다. 가느다란 청회색의 눈이 그녀를 의심스럽게 훑어 내렸다.

"이상하군. 내게 먼저 친구처럼 편하게 지내자고 말한 건 자네였잖아?"

아차! 지금 나는 사준이지.

빈우는 당황한 티를 내지 않으려고 이를 악물었다.

"……그렇군요. 깜박했습니다."

"앞으로 오래도록 함께 일할 사이에 이것저것 따지면 피곤하잖아. 그런데 아까 매니저에게 뭐라고 했나?"

"미스터 댄튼의 안전에 신경을 더 써달라고 부탁했습니다."

유리가 뜻 모를 미소를 머금었다.

"누군가가 날 위해 전사처럼 싸워주는 건 근사한 일이군."

빈우의 눈이 동그래졌다.

"전사…… 라구요?"

"음. 자네를 적으로 돌리면 안 되겠다는 생각이 들어."

"그건 칭찬입니까?"

"자네 좋을 대로 생각하게."

유리가 쿡쿡 웃어대자 빈우는 기가 막혔다. 기자들에게 당할 뻔했음에도 웃는 저 얼굴. 그럼 아까 화가 난 건 왜지?

"아무튼 사과드리겠습니다. 다시는 이런 불상사가 생기지 않도록 조심하겠습니다."

남자가 한숨지었다.

"준. 릴랙스라는 말, 들어봤나?"

"네."

"그럼 실천을 해야지. 애늙은이처럼 굴지 말고. 지금 자넨 나보다 더 늙어 보여. 자넬 형이라고 불러줄까?"

기가 차다 못해 온몸에서 기운이 싸악 빠져나가는 기분이 들었다. 저게 농담이라면, 유리 세바스티앙 댄튼의 유머감각은 그야말로 북극곰 수준이다.

"……명심하겠습니다."

어쩌겠는가, 이런 대답만 나오는 것을.

"그리고 한 가지 더."

돌아서는 빈우의 발길을 나직한 남자의 음성이 잡아챘다. 빈우가 눈을 들어 그를 쳐다보았다. 아까 화를 낼 때처럼 번뜩이는 눈빛이 날카롭지만, 음성은 처음처럼 부드럽기만 했다.

"내 안전 문제는 내가 알아서 하겠네. 자네에게 손을 빌리지 않아도 충분히."

"하지만 미스터 댄튼."

"비공식 방문이지만 예전부터 추진해 온 다른 사업자들과의 제휴 건도 마무리 지을 생각이야. 때로는 인터뷰가 불가피할지도 몰라. 이런저런 경우를 다 고려해 봐도 자네를 방어막으로 쓰는 건 말이 안 돼."

부드러운 어투이지만 자신의 말을 거역하지 말라는 경고가 분명했다.

두 사람은 눈싸움을 하듯 서로 노려보았다. 유리는 강경했다. 자신의 의지를 내세움에 있어서는 한 치의 양보도 있을 수 없다는 투였다. 그런 남자와 실랑이를 하는 건 시간 낭비라는 생각이 불현듯 들었다.

"알겠습니다. 주제넘게 나서지 않도록 하죠."

미국 남자가 흡족한 얼굴로 끄덕였다. 빈우는 왠지 맥이 빠지는 기분으로 힘없이 말을 이었다.

"그럼 미스터 댄튼, 전 내일 다시 찾아뵙겠습니다."

"오늘 수고했네."

"별말씀을."

짧은 악수를 나누고 돌아서는 빈우의 발걸음이 무거웠다. 아주 찰나였지만 유리에게 잡힌 그녀의 손이 녹아내리는 줄 알았다. 감전된 듯이 짜릿한 감각이 손바닥을 통해 전해져 왔던 것이다. 생소하면서도 즉각적인 반응에 놀란 나머지, 그에게서 손을 와락 빼내고 말았다.

"정신 좀 차려."

자신에게 되뇌는 빈우의 음성이 잔잔히 떨렸다. 유리가 서 있는 곳을 돌아보지 않으려고 얼마나 애를 썼는지 모른다. 쫓기듯이 호텔 건물을 나와서야 자신이 호흡을 잊고 있었다는 걸 깨달았다.

"뭐야, 사빈우. 긴장했던 거야?"

어처구니가 없어 웃었지만 당혹스런 마음은 가시지 않았다. 그러느라 생각에 잠긴 눈으로 그녀를 쳐다보고 있는 남자의 존재는 까마득히 잊고 말았다.

Chapter

2

Chapter 2

—수상한 그 녀석—

"거참, 이상하단 말이야. 내 느낌이 틀린 적이 없는 데……."

유리는 거울 속의 자신을 노려보며 면도기를 집어 올렸다. 거품이 묻어 있는 턱에 칼날이 닿은 순간 또다시 혼잣말이 나왔다.

"벗어보라고 할 수도 없고……. 이상해, 정말 이상해."

그는 '이상해'라는 말을 반복하며 능숙한 솜씨로 면도를 하기 시작했다. 머릿속에선 단 하나의 의문이 계속 자라나고 있었다.

지난밤엔 거의 잠을 이루지 못했다. 어쩌면 공항에서부터인지도 모른다. 사준을 만난 뒤부터 시작된 그 하나의 의문 때문에.

"오버 센스야. 어이가 없군."

순간 뇌리를 스치는 생각에 어이가 없어 피식 웃고 말았다. 판단력에 혼란이 생긴 모양이다. 사준이 여자라니, 그런 말도 안 되는 일이……!

육 개월 전의 그 녀석이 어렴풋이 떠올랐다. 광고 촬영 때문에 빨갛게 염색했다는 긴 머리와 민소매 티셔츠, 몸에 딱 붙는 스키니 진과 낡은 운동화. 여자인지 남자인지 알 수 없는 모습으로 나타난 녀석에게서 사업가의 면모라곤 찾아볼 수 없었다. 그런 재수없는 녀석이 보기 싫어서 자리를 박차고 나가고 싶은 마음을 몇 번이나 억눌러야 했었다. 하나, 지나가는 여자들을 뻔뻔하게 쳐다보던 녀석의 시선은 분명 남자의 것이었다. 냉소적으로 입술을 비틀며 미소 짓는 버릇은 그때나 지금이나 똑같지만 말이다. 그리고 보니 육 개월 전의 사준이 지금보다 더 여자 같지 않았나 싶다. 이렇게 헷갈릴 줄 알았다면 좀 더 자세히 봐두는 건데.

그래, 이건 순전히 내 착각이야.

유리는 고개를 젓고 다시 면도날을 턱에 갖다 댔다. 바로 그 순간,

"자기, 오늘 점심은 나랑 먹을 거죠?"

"앗!"

갑작스런 여자의 목소리에 놀라 면도날이 목표물을 빗나갔다. 턱 아래로 주르륵 미끄러지는 면도날을 위험천만한 순간 겨우 멈출 수 있었다. 거울 속에서 앨리스가 휘둥그레진 눈으로 그를 보고 있었다. 그는 버럭 소리 질렀다.

"턱이 날아갈 뻔했잖아! 노크, 몰라?"

검은색의 실크 슬립만 걸친 금발머리가 눈을 깜박거렸다.

"우리 사이에 노크가 필요한지 몰랐어요."

"무슨 일이야?"

그녀에게 자신의 머릿속을 보인 것만 같아 유리는 난폭하게 말을 뱉었다. 어이없는 상상을 한 자신과 노크도 하지 않고 욕실로 들어온 여자에게 짜증이 났다.

처음 만났을 때 앨리스는 아름답고 열정적인 여자였다. 그들의 관계는 서로 부담없이 즐기는 사이로 출발했지만 어느 순간부터 앨리스는 자신이 가질 수 있는 것 이상을 원하기 시작했고, 그에게 달라붙어 사사건건 간섭을 해댔다. 더욱이 그의 인내심을 바닥나게 한 결정적인 이유는 그녀의 바람기였다. 그는 줄지어 늘어선 그녀의 연인들 중 하나가 되고 싶은 생각이 없었다. 따라서 조용히 그녀와의 관계를 정리할 방법을 찾게 되었고, 그러던 차에 이번 한국행이 결정되었다. 눈치가 빠른 앨리스는 자신을 한국에 데려가 주면 절대 그를 귀찮게 하지 않을 거라 약속했었다. 거기에 넘어간 것이 실수였다. 애초에 여자와 약속 따위를 하지 말았어야 했는데…….

유리는 한숨을 쉬며 거울 속의 앨리스에게 물었다.

"무슨 일이냐니까?"

"점심을 어디에서 먹을 거냐구요. 설마 날 혼자 팽개쳐 두진 않겠죠?"

"난 점심 약속이 있어. 미안하지만 오늘 점심은 당신 혼자 먹어야겠어."

금발머리는 못마땅한 듯이 투덜거렸다.

"이럴 줄 알았다니까요. 여자처럼 생긴 그 남자와 약속이 있는 거죠?"

"누구, 사준 말인가?"

앨리스가 그의 등 뒤로 바싹 다가와 섰다. 근육질의 매끄러운 등을 손바닥으로 쓸어내리며 그녀가 속삭이듯 말했다.

"남자치곤 너무 예쁘장하지 않아요? 키가 큰데 몸매는 어쩐지……. 목소리도 너무 낮고 허스키해서 남잔지 여잔지 알 수가 없고. 당신 생각은 어때요?"

그녀의 손이 유리의 아랫도리를 가린 수건 안으로 슬그머니 파고들었다. 유리는 재빨리 그 손을 떼어내고, 페이퍼타월로 턱을 닦았다.

"남자가 예쁘장한지 아닌지는 관심없어. 그리고 목소리만으로 성별을 판단하는 건 어리석은 일이지. 마지막으로, 당신이 여기서 나가줬으면 좋겠군. 여덟 시 삼십 분에 사준 사장과 만나야 되거든."

앨리스의 얼굴이 확 붉어졌다. 유리는 그녀와 함께 한국에 온 것을 다시금 후회했다. 말 잘 듣는 애처럼 얌전히 있을 테니 함께 데려가 달라는 그녀의 애원을 뿌리치지 못한 것이 잘못이었다. 여자의 말을 믿는 실수를 범한 그 자신을 탓할 수밖에.

"당신, 정말……."

그때 전화벨이 울렸다. 유리는 집게손가락으로 앨리스의 입을 막고서 조용히 하라는 신호를 했다. 그러고는 거실로 달려가 수화기를 들었다.

[잘 도착했니?]

경쾌한 여자의 목소리가 들려왔다. 유리는 천장을 올려다보며 나직이 한숨을 쉬었다.

"네. 잠도 잘 잤구요, 아침은 룸서비스로 먹었어요."

[녀석, 퉁명스럽긴. 혼자 있니?]

"아뇨, 앨리스와 함께요."

그러자 침묵이 흘렀다. 유리는 속으로 숫자를 셌다. 몇 분 만에 어머니의 잔소리가 터져 나올지를 계산하면서.

[아들, 대체 언제 철이 들래?]

겨우 이십 초.

[네 나이가 몇이냐. 서른둘이야, 서른둘! 네 나이 때 형들은 전부 유부남이었어. 일찌감치 좋은 짝을 만나서 행복하게 잘살고 있잖아. 근데 넌 어째 그런 이상한 여자들고만 어울리는 거니? 그렇게 정력을 낭비하다 나중에 애도 못 만들게 되면 어

떡해, 응?]

유리는 이를 악물고 대답했다.

"때가 되면 알아서 결혼할 테니까, 엄만 제게 신경 좀 덜 써주세요."

[이 엄만 널 가장 사랑해. 알잖니, 유리야?]

마지막 말에 유리는 머리털이 몽땅 곤두서는 것 같았다. 그는 수화기를 움켜쥐고 사납게 부르짖었다.

"그렇게 부르지 말라고 했잖아요! 난 여자가 아니라 남자라고요, 남자!"

그의 어머니가 깔깔깔 웃음을 터뜨렸다.

'유리'는 딸을 너무나 바라시던 어머니가 그에게 붙여준 이름이다. 한국어로 '유리'가 여자 이름이라는 걸 안 뒤로, 유리는 결코 자신이 '유리'라고 불리길 원하지 않았다. 그래서 그를 아는 사람들은 모두 그를 미들네임인 '세바스티앙'이라 불렀다. 괜히 그의 심기를 건드려 좋은 일이 없었기에.

[잘됐구나. 이왕이면 거기서 좋은 아가씨를 만나고 와. 결혼 약속까지 하고 오면 더 좋지. 결혼식이야 한국에서든 여기서든 편한 대로 하면 되니까.]

미치겠군!

"엄마, 저 나가봐야 되거든요? 나중에 제가 전화 드릴게요."

그때 어머니가 한국어로 뭐라고 중얼거렸다. 유리는 짜증스럽게 내쏘았다.

"또 제 욕하시는 거죠?"

[호호호, 어떻게 알았니?]

"엄만 욕을 할 땐 한국어로 하잖아요. 다 안다구요."

[쯧쯧, 한국인 며느리를 얻기가 이렇게 어려워서야⋯⋯. 너만은 꼭 한국 여자와 결혼을 시키고 싶은데, 그럴 가능성이 있을까?]

언제나 되풀이되는 상황에 이젠 짜증도 나지 않았다. 위로 두 형이 모두 순수 미국 여자와 결혼을 하는 바람에 혼자만 한국계라며 슬퍼하시던 어머니는 이제 타깃을 막내며느릿감으로 변경한 상태였다. 그 작고 통통한 한애경 여사님의 관심에서 벗어나기란 여간 힘든 일이 아니었다.

유리는 벽시계를 바라보며 건성으로 대답했다.

"애써볼게요, 엄마. 이제 전화 끊어요."

[참, 앨리스와 너무 하진 마라. 네 아내를 위해서 몸을 아껴둬야지. 엄마 말 명심해, 유리야.]

비명이 나오기 전에 그의 어머니가 먼저 전화를 끊었다. 부숴버릴 듯이 수화기를 내려놓은 유리는 옆에서 자신을 빤히 쳐다보는 여자의 시선을 깨달았다.

"미안해. 피곤해서 신경이 좀 날카로워졌나 봐."

그는 앨리스의 입술에 가볍게 키스했다. 그녀의 마음을 상하게 해서 한국에서의 체류 기간 동안 신경전을 벌이고 싶진 않았다. 앨리스는 신음하며 그의 가슴을 손가락으로 문질렀다.

"오늘 밤엔 나 혼자 버려두면 안 돼요. 사흘 동안 당신이 너무 그리웠어요."

내 몸이 그리운 거겠지.

유리는 속으로 덧붙이며 활짝 웃었다.

"오케이. 오늘 밤, 기대하고 있어."

앨리스는 섹스를 할 때도 요구가 많은 여자였다. 스태미나에서 그녀에게 밀리지 않으려면 오늘 하루 종일 먹는 음식에 신경을 써야겠다고, 유리는 막연히 생각했다. 그는 또다시 아랫도리로 향하는 여자의 손을 밀어내며 부드럽게 말을 이었다.

"나 이제 옷 입어야 돼. 누가 보고 있으면 짜증나니까 내 방에 불쑥 들어오진 말아줘."

농담이라고 생각한 모양인지 앨리스는 깔깔 웃어댔다. 돌아서는 유리의 얼굴에 짜증스런 표정이 섞였다.

밤새 그의 침대에서 여자를 재운 적이 없듯이, 그의 침실에 여자가 제 방처럼 드나드는 것도 질색을 하는 그였다. 여자가 그의 사생활을 마구 침입해 오는 것도 용납할 수 없었다.

그래서 결혼은 그의 사전에 없는 단어였다. 한 몸처럼 여자와 붙어서 하루 종일 생활해야 하는 거, 생각만으로도 소름이 끼쳤다. 순간적인 열정에 눈이 뒤집어진 남녀가 비좁은 공간에서 하루 24시간을 함께 지내야 하는 게 결혼이다. 그런 생활을 상상하는 것만으로도 오싹했다.

'사내 녀석이 속눈썹이 너무 길잖아. 그리고 저 눈 좀 봐. 동양인도 저런 색깔을 가질 수 있는 건가? 입술은 또⋯⋯.'

문득 선홍색으로 빛나는 입술에 시선이 멎은 순간, 숨이 턱 막혔다. 그런 자신의 반응에 너무 놀라 유리는 세차게 고개를 저었다.

"마음에 안 드십니까?"

"너무 마음에 들어서 탈이지."

반사적으로 튀어나온 대답에 그도, 테이블 맞은편의 남자도 똑같이 놀랐다. 유리는 낭패감을 삭이려 애쓰며 맞은편의 남자에게 웃어 보였다.

"아, 계속하게."

사준이 가느다란 눈으로 그를 살피고 있었다.

눈처럼 흰 스웨터와 흰색의 코르덴바지에 캐러멜색의 반코트를 입고 나타난 사준은 뭐라 설명할 수 없이 묘한 분위기를 풍겼다. 뒤로 빗어 넘긴 머리 탓에 크고 시원시원한 이목구비가 뚜렷이 드러났다. 안경에 가려진 눈이 얼마나 맑고 깊은지는 이미 알고 있다. 아무튼 녀석의 얼굴은 남자치곤 지나치게 예쁘장했다.

그러나 여자라 하기에는 너무 크고 시원스런 골격이다. 억세지 않으면서도 마냥 여린 것만은 아닌 이목구비 때문에 이렇게 묘한 인상을 받는 게 아닌가 싶었다. 전체적으로 호모섹슈얼한 분위기인데, 혹시 사준의 성적 취향이 그쪽이 아닐까 잠시 고민해 보았다. 그러나 한국에서 꽤 알려진 연예인인 사준에게 한 다스가 넘는 여자 친구들이 있다는 기사를 본 적이 있었다. 그런 녀석이 호모일 리는 없었다.

유리는 가만히 고개를 젓고 다시 사준의 얼굴에 시선을 던졌다. 두 눈이 자연스럽게 윤기가 흐르는 준의 입술에 고정되었다.

그린 듯한 윤곽이 무척 매력적인 입술이었다. 도톰하면서도 촉촉한 살결은 보이는 것만큼 부드러울 것 같았다. 말을 할 때마다 그 입술의 한쪽 끝이 비스듬히 기울어지는 버릇도 신경이 쓰였다. 그 입술이 움직일 때마다 저절로 눈길이 거기로 쏠렸다. 이러다 엄청난 실수를 하게 되진 않을까 슬슬 걱정이 되기 시작했다. 사내 녀석의 입술에 매혹을 당하다니, 이런 젠장!

"〈빈우〉라는 상표를 제거한 상태에서는 우리 제품을 출시할 수 없습니다. 이미 말씀드렸다시피, 원상표를 그대로 살리는 한에서 최대한 〈댄튼〉의 요구를 수용할 생각입니다. 동등한 입장에서의 협력을 원하는 거죠."

사준의 사무적인 어조에 정신이 들었다. 유리는 들고 있던 제휴 계약서의 초안을 테이블에 내려놓았다.

"〈댄튼〉의 패브릭 라인을 믿지 않나 보군."

의류 사업의 초석이 된 섬유제조는 〈댄튼 인터내셔널〉의 주요 사업 중 하나였다. 날실과 씨실의 조합에서부터 마지막으로 제품 라벨의 부착까지 전담하는 원—웨이(One Way) 경영 시스

템이 바로 오늘날 〈댄튼〉 의류 라인의 전통과 명성을 잇게 한 원인이었다.

사준의 무표정한 얼굴이 약간 상기되는 걸 보면서 유리는 묘한 만족감을 맛보았다. 자신보다 다섯 살이나 어린 녀석이 너무 경직되어 있는 것이 내심 불만스러웠던 것이다.

"그렇진 않습니다. 단지 저희는……."

"자네 회사의 로고가 들어가지 않은 제품은 원하지 않는다는 뜻인가?"

"네. 미국에서든 한국에서든 〈빈우〉라는 이름은 유일무이하다는 걸 알리고 싶으니까요."

거침없이 대답하는 녀석에게 감탄하면서도 유리는 냉담하게 질문을 던졌다.

"미국 내에서 자네 회사의 브랜드 경쟁력이 얼마나 될까?"

"해보기 전엔 알 수 없죠. 사업은 도전이고, 그 도전을 피하지 않는 자만이 성공할 수 있다고 배웠으니까요."

"빙고."

유리는 두 손을 펴서 준에게 흔들어 보였다.

"일단 자네 생각엔 동의하네. 이젠 보고서와 청사진을 곁들인 계약서의 조건들을 꼼꼼히 살핀 뒤에 제2차전을 치르도록 하지."

"2차전이요?"

안경 너머로 녀석의 눈이 휘둥그레졌다. 보고 있으니 저 안경이 여간 눈에 거슬리는 게 아니다. 방해물을 치우고 싶어 근질거리는 손가락을 힘껏 움켜쥐고 유리는 나지막한 소리로 말했다.

"비즈니스의 파트너와 협상을 할 땐 어깨에서 힘을 빼고 포커페이스를 유지해. 상대에게 속마음을 읽히면 협상에서 유리한 고지를 빼앗길 수 있으니까. 눈은 깜박이지 말고 목소리는 최대한 낮춰서. 자네, 이쪽 일을 한 지 얼마나 됐지?"

준이 머뭇거리는 기색이 감지되었다. 경직된 표정에서 녀석의 속셈을 읽기란 어려웠다.

어린 녀석이 여간내기가 아니다. 여섯 달 전, 뉴욕에서 녀석을 만났을 때 이 정도는 아니었다. 그땐 놀고먹는 한량이라는 인상을 받았는데, 한국에서 다시 만난 녀석은 나름대로 강단이 있는 사업가로 변신해 있지 않은가. 하긴, 뉴욕에선 길게 본 것도 아니었다. 한 시간쯤? 그렇다면 이건 홈그라운드의 영향인가?

"제가 〈빈우〉를 설립했습니다."

낮게 읊조리는 준의 음성은 허스키한 미성이다. 잠에서 막 깨어난 여자가 연인의 귓가에 속삭이는 목소리, 저절로 그런 연상을 불러일으키는 음색이다. 사내자식이 저런 목소리를 내다니, 진짜 어처구니가 없다. 그런데 사업 삼 년이면 초보는 아니지.

"자넬 모욕할 의도는 없어. 내 눈에 보이는 대로 믿기에는 내가 때가 타서 말이야."

녀석의 눈이 반짝이는 걸 보며 유리는 문득 생각했다.

아깝군. 여자로 태어났으면 더 나았을 텐데.

충동적인 질문이 나온 건 그 순간이었다.

"자네 혹시 여자 형제가 있나?"

젠장!

수습할 수 없는 실수였다. 깜짝 놀라는 녀석의 얼굴을 보자 유리는 낭패감에 휩싸였다. 일을 하다가 헛소리를 한 적도 없거니와 망상에 사로잡힌 적도 없었는데!

차마 대답을 못하는 사준에게 유리는 재빨리 사과했다. 아무렇지 않은 척하며, 자신이 생각해도 가증스러울 만큼 태연자약한 목소리를 냈다.

"없으면 됐고."

"왜 그런 질문을 하시는……."

"그냥. 준, 담배는 피우나?"

"네."

"나가지. 담배가 절실한데 이곳은 금연 구역이라 내내 참고 있었어."

유리는 벌떡 일어나 준에게 다가갔다. 몸을 일으키자 두 사람의 키 높이가 거의 비슷해졌다. 준의 정수리가 내려다보이는 것에 안도하며 유리는 그를 앞세워 걸어나갔다.

"멋진 날씨군."

호텔을 벗어나 도로를 달리는 동안 유리는 조수석에서 차창 밖을 구경하고 있었다. 뉴욕만큼 춥지 않은 한국의 겨울은 을씨년스럽지 않아서 마음에 들었다. 하늘을 잘라먹지 않는 도심의 스카이라인도 괜찮았다. 그는 웃는 얼굴로 운전석을 돌아보았다.

"십삼 년 전에 엄말 따라 한국에 온 적이 있었어. 그때의 기억과 너무 달라. 정말 많이 변했어. 교통은 그때나 지금이나 끝내주지만."

마구잡이로 밀고 들어오는 차량들과 난폭한 경적 소리에 정신이 없을 정도였다. 그러나 준은 능숙하게 차 사이를 빠져나갔다. 핸들을 잡고 있는 녀석의 갸름한 손가락이 보였다. 가느다란 손가락 관절에 실핏줄이 보이는 하얀 피부. 얼굴만큼이나 하얗고 보드라워 보이는 살결이었다.

그 길고 날씬한 손을 보고 있는 동안 뱃속에 거북한 느낌이 더욱 심해졌다. 유리는 들리지 않게 한숨을 내쉬었다. 뭔가, 딱 꼬집어 말할 수 없는 어떤 이유로 그의 신경체계는 줄곧 경계상태였다. 언제라도 먹이를 향해 달려들 준비가 된 맹수처럼 긴장을 하고 있었던 것이다. 도대체 먹잇감이 존재하지도 않는데 말이다. 이런 자신의 상태를 의식하고 유리는 쓴웃음을 지었다.

"점심은 어디에서 먹을 건가?"

준이 그를 힐끗 쳐다보았다. 유리는 볼에 보조개가 잡힐 만큼 활짝 웃었다.

"난 매운 것도 잘 먹어. 엄마가 집에서 곧잘 만들어주시거든. 김치찌개나 불고기 같은 거."

쿡쿡 웃는 소리가 들렸다. 유리는 웃고 있는 녀석을 의아하게 쳐다보았다.

"왜 웃는 거지?"

"원래 그렇게 말씀하세요, 엄마라고?"

"그런데?"

태어나서 지금까지 불러온 '엄마'라는 호칭을 이상하게 여긴 적은 없었다. 그런데 준이 계속 키득거리자 유리는 기분이 나빠졌다.

"뭐가 이상한가?"

"Mom, Mother 중에서 어떤 것이 더 부르기 편하세요?"

"Mom."

"그럼 됐어요."

아이처럼 해맑은 미소를 짓고 있는 준에게서 눈을 돌릴 수가 없었다. 억지로 안 보는 척하는 것이 더 어설프게 보이겠지. 차라리 대놓고 감상을 하는 게 낫지 않을까?

"왜, 왜 그러세요?"

뚫어지게 바라보자 녀석이 말을 더듬었다. 하얀 귓불이 불그스름하게 물들었다. 순진한 건지, 원래 잘 빨개지는 타입인 건지……

"그냥."

맙소사, 사내 녀석을 상대로 이게 뭐 하는 짓이지?

"배가 고파서 아무 생각이 안 나."

육 개월 전 뻔뻔하게 웃고 있던 네 녀석의 얼굴은 제외하고. 그날은 네 녀석의 재수없는 면상에 주먹을 날리고 싶었었는데, 지금은 왜……?

"미스터 댄튼."

그때 준이 가라앉은 목소리로 그를 불렀다. 유리는 준의 입술에서 억지로 눈을 떼어 반짝이는 눈동자를 마주 보았다.

"제게 관심이 있으시면, 상대해 드릴게요."

뭐, 뭣?

당황한 유리의 귀에 달콤하고도 섹시한 허스키 보이스가 잇달아 들려왔다.

"단, 제 아래에 깔릴 준비는 하고 오셔야 됩니다. 전 깔리고 싶진 않거든요."

준은 사뭇 즐거운 듯이, 이를 드러내고 웃었다.

"동성애를 경험하고 싶으시면 언제든지 환영합니다, 미스터 댄튼."

Oh, My God!

유리는 그 뒤 입도 벙끗하지 못했다.

사준은 양성애자다.

그렇게 결론을 내리고 나자 마음이 편해졌다. 하여, 관심을 끊어야 옳았다. 경악할 사실이지만 성적 취향이야 개인의 문제인 것이고, 이제부터 사준에 대한 개인적인 관심을 자신에게 허용하지 않아야 마땅했다.

그런 결심을 한 것까진 좋았다. 당황한 심정을 감추고 녀석과 전통 한식당의 룸에 마주 보고 앉을 때까지도 냉정할 수 있을 거라 믿었다.

그랬는데 어색한 양반다리를 하고 앉은 순간부터 그의 결심은 빠른 속도로 허물어지기 시작했다. 코트를 벗은 사준은 남성 패션 잡지에서 튀어나온 것처럼 완벽했다. 그가 우아한 동작으로 자신의 눈앞에 앉는 모습을 유리는 멍하니 바라보지 않을 수 없었다.

"이 집의 불고기 맛이 끝내주거든요. 저절로 '원더풀'이란 소리가 나올 겁니다."

말을 할 때마다 녀석의 도톰한 입술 한 끝이 슬쩍슬쩍 올라갔다. 유리는 멍한 눈길로 사준의 가느다란 손가락이 자신의 앞에 수저를 늘어놓는 걸 보았다.

곱상한 외모만큼이나 세심한 성격이다. 그런데 사람들과 접촉하는 건 질색을 하는 것 같았다. 누군가와 악수를 할 때에도 손끝만 살짝 잡았다가 재빨리 놓아버리는 걸 몇 번이나 보았었다. 결벽증인가 싶었는데, 담뱃재가 묻은 손을 바지에 문질러 닦는 걸 보면 또 그건 아니었다. 개방적인 것 같으면서도 몹시 폐쇄적인 일면이 순간순간 느껴졌다. 그처럼 종잡을 수 없는 녀석이 어떻게 연예인이 된 건지……

"드세요. 필요한 게 있으면 말씀하시구요."

유리는 젓가락질에 능숙했다. 어릴 때부터 해온 일이라 어렵지 않게 음식을 집어 들었다.

"음, 맛있군."

고기 조각을 씹어 삼킨 그가 만족스럽게 중얼거렸다. 한 상 가득 차려진 한국 음식들은 어머니가 해주신 것과는 다른 맛이 났다. 담백하면서도 골고루 배합이 된 토속적인 양념이 재료 특유의 맛을 살려주었다. 한국에 와서야 제대로 된 한국 음식을 맛볼 수 있게 된 것이다.

빈우는 내심 감탄했다. 유리는 김치와 젓갈 종류의 매운 음식도 잘 먹었다. 긴 다리를 접어 바닥에 앉는 것을 불편해하면서도 그녀에게 자리를 옮기자는 소리를 하지 않았다. 나름대로 고집이 있고 자존심도 센 남자인데, 상대방을 배려하는 매너가 몸에 배어 있다. 한국의 어른들이 흔히 말하듯 '가정교육을 잘 받은' 사람의 냄새가 났다. 가끔 엉뚱한 말로 사람을 당황하게 만드는 것만 제외하면 그와 원만하게 지낼 수 있겠다는 생각이 들었다.

어느새 불고기와 잡채 그릇을 말끔히 비운 유리가 물을 마시는 모습이 보였다. 그에게 고기를 더 주문할까 물어보려는 순간 그녀의 휴대폰이 울렸다. 물론 사준의 휴대폰이다. 빈우는 유리에게 양해를 구하고 고개를 돌린 채 휴대폰을 열었다.

"네, 사준입니다."

유리는 물 컵의 테두리 너머로 녀석을 응시했다. 긴 속눈썹을 내리깔고 통화를 하는 녀석의 옆얼굴이 무척 고왔다. 사내 녀석에게 곱다는 표현이 어울릴까만은, 사준에게는 '곱다, 섬세하다, 예쁘장하다'라는 여성형 단어들이 저절로 갖다 붙여졌다.

"어, 리애야."

유리는 자신도 모르게 낯을 찌푸렸다. 내내 침착하던 녀석이 반색을 하며 부른 이름이어서 그런지도 몰랐다. 무슨 생각을 하는지 모르게 무표정하던 얼굴이 갑자기 활짝 펴져서 빛을 내기 시작했다. 전화 상대가 여자라서 저런 건가?

"지금 일하는 중. 나중에 전화할게. 그래, 아홉 시."

유리는 일부러 준을 빤히 쳐다보았다. 그의 눈길을 불편해하는 녀석이 어떻게 반응할 것인지 알고 싶은 충동에 내몰렸다.

"아니, 이따 설명할게."

녀석이 흘끔 이쪽을 쳐다본다. 신경이 쓰이는 건가. 그래도 얄미울 만큼 침착한 표정이라 유리는 눈에 더 힘을 주고 녀석의 얼굴을 뚫어질 듯 쳐다보았다.

"끊을게."

휴대폰을 닫는 동작에서 짜증이 묻어나왔다. 겉보기만큼 침착하지 못하다는 뜻이다. 유리는 피식 웃으며 천천히 시선을 돌렸다.

"미스터 댄튼."

녀석의 허스키 보이스가 들릴 때마다 유리는 달갑지 않은 느낌에 시달렸다. 뱃속이 간질거리는 것 같은 느낌. 차가운 손이 그의 등줄기를 기어올라 와 가만히 목덜미를 죄어오는, 오묘하고도 낯선 느낌에 말이다.

"더 드시겠습니까?"

준은 정작 하고 싶은 말 대신 딴소리를 했다. 유리는 그런 녀석을 비웃듯이 빙그레 웃으며 고개 저었다. 그의 도발을 눈치챘을 텐데, 사준은 침착하게 상황을 정리했다.

"그럼 디저트를 시키죠."

그 후 식혜와 수정과, 커피까지 곁들인 디저트를 마시고 일어설 때까지 침묵이 이어졌다. 그동안에도 사준의 휴대폰은 쉼없이 울려댔다.

수진, 마리, 미영.

처음의 리애까지, 여자 이름만 자그마치 네 명이었다. 그녀들에게 무뚝뚝한 목소리로 응답한 사준은, 곧이어 걸려온 남자들의 전화에도 한결같이 냉정한 어조로 상대했다. 쉴 새 없이 울려대는 휴대폰에 짜증이 난 녀석이 끝내 배터리를 분리해서 코트 주머니에 던져 넣었다. 그러고는 아무 말 없이 일어나 먼저 룸을 나갔다.

유리가 홀로 나가자 카운터 앞에서 준이 어떤 여자와 대화를 하고 있었다. 한국말인지라 알아들을 수 없지만 몹시 상기된 여자의 표정을 보니 준의 팬인 것 같았다. 아니나 다를까, 준을 황홀하게 쳐다보던 여자가 갑자기 그를 와락 끌어안았다. 어찌나 세게 끌어안았던지, 바로 뒤에 선 유리의 가슴팍으로 두 사람이 한꺼번에 안기는 상황이 되고 말았다.

유리는 피하지 않고 두 사람을 받아 안았다. 그 순간 사준에게서 나는 비누 냄새와 달콤한 향기가 그의 후각을 자극했다. 찰나이지만 그 강렬한 향기에 유리의 머리끝이 곤두섰다. 그것이 사준을 끌어안은 낯선 여자의 향기라고 착각할 이유는 없었다. 유리의 턱 아래, 사준의 머리에서 풍기는 향기가 분명했으므로.

당황한 녀석보다 먼저 유리가 행동을 개시했다. 그는 단호한 손길로 두 사람을 떼어냈다. 그러고는 사준에게 엉겨 붙어 있는 여자를 한 손으로 멀찍이 밀어냈다. 좋아하는 남자에게서 억지로 밀려난 여자가 눈을 부릅뜨고 유리를 쳐다보았다. 그제야 유리가 외국인이라는 것을 깨달은 여자가 움찔한 사이, 유리는 짜증이 난 음성으로 자신이 알고 있는 한국어를 말했다.

"꺼져."

여자가 파랗게 질려서 뒷걸음질쳤다. 그런 여자를 본체만체하곤 유리는 사준을 끌고 밖으로 나갔다.

"항상 있는 일인가?"

주차장으로 향하며 유리가 물었다. 그때까지 한 마디도 하지 않던 사준이 입을 열었다.

"오늘은 좀 덜한 편입니다."

"저러고 어떻게 살아?"

"살아집니다."

"자네, 실은 즐기는 거 아닌가?"

그의 말에 준이 걸음을 멈췄다. 스산한 바람이 그들 사이를 스치고 지나갔다. 빤히 서로 응시하는 동안 시간이 얼마나 흘러갔는지 알 수 없었다.

"저는, 남자든 여자든 제 마음에 드는 사람을 즐기는 편입니다만, 자학하는 취미는 없습니다."

유리의 눈동자가 짙어지면서 휘둥그레졌다. 그걸 흡족한 눈길로 쳐다보던 준이, 심술궂게 웃으며 덧붙였다.

"비즈니스가 우선인지, 저의 취미에 동참하고 싶으신 건지 빨리 정하십시오. 머리 아픈 게임은 질색이니까요."

"……!"

"가실까요, 미스터 댄튼?"

그러고는 차 뒷좌석의 문을 열고 한 팔을 벌려 유리에게 타라는 시늉을 했다. 당황해서 굳어 있던 유리가 크게 숨을 내쉬었다. 그는 빈우가 열어준 뒷좌석 대신 조수석에 몸을 실었다. 차에 타는 동작이 사뭇 거칠었다. 불편한 심기, 물론 빈우가 의도한 바였다.

그녀는 들리지 않게 한숨을 쉬며 운전석에 올랐다. 급격하게 냉랭해진 차 안의 공기가 가슴을 눌러왔다. 호흡을 조절하려 애쓰며, 그녀는 우울한 눈으로 전방을 노려보았다.

Chapter

3

Chapter 3

—Kiss—

유비무환(有備無患).

누구나 알고 있는 사자성어를 몸소 실천하게 될 줄은 꿈에도 몰랐다. 그것도 생면부지의 미국인을 상대로.

그러나 부담스럽게 접근해 오는 상대를 물리치는 데는 그만 이었다. 미국 남자는 그날 이후로 그녀를 경계하는 기색이 뚜렷 했다. 연 이틀 이어진 상담과 협력 사업체의 탐방 때도 그는 입 을 꾹 다물고 비즈니스에만 전념했다. 지나치게 사무적인 남자 의 태도가 우습기도 하고 또 한편으론 아쉬웠다. 그녀를 남자로 알고 있는 미국 남자의 열기 띤 시선을 은근히 즐기고 있었기 때문에.

"사흘 뒤 내 보좌관이 가져올 우리 쪽 자료를 보고서 다시 의논하기로 하지. 미국 내 브랜드 네임의 효율성에 대한 정확한 통계수치와 증거자료들을 보면 마음이 달라질 걸세."

무뚝뚝한 목소리가 귀를 스쳤다. 빈우는 고개를 들어 미국 남자를 바라보았다. 시선이 마주친 순간 그가 미간을 찡그렸다.

"내 말에 집중하면 안 되겠나?"

"네? 아…… 네."

내심 놀랐지만 빈우는 침착하게 테이블 위에 늘어놓은 서류들을 챙겨 들었다.

"미스터 댄튼의 보좌관이라면 미스터 쇼어?"

유리는 자신의 비서보다 먼저 한국에 와서 〈빈우〉의 사장을 만나기로 약속을 잡았었다. 그의 비서인 크리스 쇼어는 유리보다 두 살 아래인 남자로, 제휴 계약서에 관련된 미국 쪽의 자료들을 모두 준비해 올 예정이었다.

"음, 크리스와도 구면이지?"

순간 가슴이 뜨끔해서 빈우는 냉수를 들이키지 않을 수 없었다.

사흘 뒤가 문제군. 그전에 사준이 돌아와 주면 좋을 텐데!

"미스터 쇼어의 얼굴은 잘 기억나지 않습니다."

가까스로 대답을 하자 유리가 피식 웃었다.

"그 녀석이 섭섭해하겠군. 사준 사장을 무척이나 마음에 들어 했는데 말이야."

"그분도 바이(bisexual)입니까?"

의미심장한 질문에 유리의 얼굴이 굳어졌다. 의도한 터라 빈
우는 만족스럽게 미소 지었다.

"설마. 내가 아는 한 그렇진 않네. 그런데 라벨 건에 관한 자
네의 생각은?"

"브랜드 네임이 어느 쪽으로 결정이 나든, 우리 〈빈우〉의 옷
이라는 사실엔 변함이 없죠. 그게 제일 중요하지 않을까요?"

즉답을 회피한 반문에도 유리는 별다른 반응을 보이지 않았
다. 탐색전은 계속되었다.

"그렇긴 하지. 한데, 자네가 입고 있는 옷은 자네 회사의 제품
인가?"

브이넥의 헐렁한 보랏빛 스웨터와 딱 달라붙는 낙타 빛의 인
조 스웨이드 바지는 빈우의 늘씬한 몸을 눈에 띄게 강조하고 있
었다. 넉넉한 상의로는 몸매를 알 수 없지만, 타이트한 옷감으
로 인해 죽 뻗어 내린 그녀의 다리 선이 유감없이 드러났다. 그
아래 검은 가죽 부츠까지 한 번에 뽑아낸 맞춤복인 양 그녀에게
잘 어울렸다.

빈우는 짙은 눈썹을 치켜올려 유리를 똑바로 쳐다보았다.

"감상이 어떻습니까?"

유리는 턱을 손으로 만지작거렸다. 뭔가 곰곰이 생각할 때의
버릇이라는 걸 빈우는 알고 있었다. 수염 자국이 희미하게 남은
남자다운 얼굴은 거의 완벽했다. 키아누 리브스도 울고 갈 독특

한 분위기는 동서양의 결합이 얼마나 근사한지 몸소 증명하고 있었다.

빈우는 몰래 한숨지었다. 어머니가 돌아가신 후 대인기피증에 시달리던 과거부터 지금까지 유리 세바스티앙 댄튼처럼 그녀의 마음을 어지럽힌 남자는 없었다. 그가 바라볼 때면 가슴 한구석이 불편했다. 그가 보조개를 잡으며 웃을 때면 숨을 쉬는 박자를 잊어버렸다. 불쾌하면서도 불쾌하지만은 않은 묘한 느낌……. 너무 위험하다. 그녀가 준이 아니라는 걸 알게 해선 안 된다. '신뢰가 비즈니스 최고의 미덕'이라고 밝힌 이 미국 남자가 자신이 속았다는 걸 알게 되면 얼마나 노발대발할 것인가! 그래서 사준이 양성애자라고 밝혔으니 다가오진 않을 것이다…… 라고 생각했지만 가끔 그의 날카로운 시선을 의식할 때면 빈우는 가슴이 철렁했다.

"성별을 정확히 알 수가 없군. 의도적인 건가?"

"〈빈우〉의 콘셉트입니다."

"흠."

유리는 더 이상 캐묻지 않았다. 그러나 뭔가가 마음에 들지 않는 듯 내내 찌푸린 얼굴이었다.

그 뒤 미팅이 끝날 때까지 그는 사적인 대화를 피했다. 그의 관심이 자신에게서 완전히 떠났다는 걸 인식하고서야 빈우는 마음을 놓았다. 이제부턴 사업적인 파트너로서만 그를 대하면 된다.

"저녁 식사를 함께하지 않겠나?"

호텔의 일층으로 향하는 엘리베이터 안에서 유리가 제안했다. 빈우는 옆 눈으로 그를 흘끔 보았다.

"그 여자분의 의향은요?"

"앨리스? 상관없어. 결정은 내가 하는 거니까."

지독히도 독선적인 남자군. 이런데도 눈을 뗄 수 없으니, 원. 빈우는 속으로 중얼거리며 생각에 잠겼다.

궁상맞게 혼자 먹는 것보다는 낫지 않을까? 위험한 시기는 지난 것 같으니 함께 있어도 무방하겠지.

결정은 빨랐다. 그녀는 엘리베이터의 문이 열리기 전에 대답했다.

"그렇게 하죠. 몇 시에 올까요?"

"일곱 시에 스카이라운지에서 만나지. 자네 파트너와 동행해도 돼."

빈우는 고개를 끄덕이고 먼저 엘리베이터에서 내렸다. 그녀를 응시하는 남자의 얼굴에 의미심장한 미소가 떠오르는 걸 보지 못한 채.

"우리 이제 어디로 갈까요?"

디저트까지 먹어치운 세 사람은 포만감을 만끽하며 창밖의 야경을 즐기고 있었다. 스카이라운지에서 내려다보이는 밤거리는 휘황찬란했다. 유리는 아이처럼 들뜬 앨리스를 놀리듯이 웃었다.

"뭘 하고 싶은데?"

"춤추러 가요. 여기 호텔 나이트클럽이 끝내준대요. 한국의
유명 가수들도 와서 공연을 한다는데 어떨지 궁금하거든요."

앨리스는 수다스럽지만 함께 있기엔 즐거운 상대였다. 여자
특유의 애교와 고집을 적절히 사용해 남자를 자극할 줄 아는 기
술이 몸에 배어 있었다. 그녀는 파트너 없이 동석한 빈우에게도
여성적인 무기를 마음껏 휘둘렀다. 마치 빈우를 매혹시키려고
작정한 여자처럼 굴었다. 그것이 무심한 애인을 자극하기 위한
술수라는 걸 빈우는 꿰뚫어 보았다. 잠깐 마주친 유리의 눈에서
재미있어하는 기색을 포착하고, 그 역시 앨리스의 속셈을 알고
있다는 걸 깨달았다.

"자네는 어떤가?"

뜻밖에도 유리가 물어왔다. 빈우는 앨리스의 표정을 살피면
서 조심스럽게 대답했다.

"저는 춤을 별로 좋아하지 않습니다. 두 분이서 가시죠."

"우린 여기에 처음이잖아. 자네가 가이드를 해주면 좋겠는
데."

"글쎄요, 저는 잘……."

"사준 씨가 싫다고 하잖아요. 우리끼리 가요, 세바스티앙."

앨리스가 끼어들었다. 그러나 유리는 눈도 깜박이지 않고 빈
우를 응시했다.

"함께 가지."

그가 순수하게 원하는 것이 가이드라는 걸 믿어도 될까?

"거절하면, 우리의 비즈니스에도 영향을 미칠까요?"

유리는 껄껄 웃었다.

"자네 좋을 대로 생각하게. 인식의 차이를 좁히는 것도 자네 몫이지. 여기선 내가 이방인이니까. 자, 어떤가?"

어깨를 온통 드러낸 붉은 드레스 차림의 금발 미인을 옆에 두고 딴생각을 하진 않겠지. 그런데 내가 왜 이런 고민 아닌 고민을 하고 있지? 이 미국 남자가 내게 성적인 관심을 보인 것도 아닌데.

빈우는 복잡한 생각을 잘라내듯 단호한 음성으로 말했다.

"그렇게 하겠습니다, 미스터 댄튼."

"미스터는 빼고 그냥 이름을 부르게."

"네, 유리."

그 순간 남자가 몸서리를 쳤다. 영문을 몰라 하는 빈우에게 앨리스가 충고했다.

"이이는 유리라는 이름에 알레르기가 있어요. 꼭 세바스티앙 이라고 불러요."

"아……!"

빈우는 낄낄거리지 않으려 이를 악물었다. 얼굴이 벌게진 미국 남자는 그들보다 먼저 테이블을 떠났다. 빈우는 앨리스가 일어나도록 예의 바르게 의자를 빼주었다. 금발 여자가 이쪽을 빤히 바라보는 폼이 그래 주길 바라는 게 분명했으므로.

"뉴욕의 클럽에는 못 미치지만 여기도 나름 괜찮네요."

지하의 나이트클럽 안에 들어가자마자 앨리스가 내뱉은 얄미운 말이다. 빈우는 속물근성으로 무장한 미국 여자의 말에는 신경을 쓰지 않기로 했다. 그녀의 관심사는 오로지 앨리스 옆의 남자였다.

"룸이 다 찼답니다. 좀 번잡해도 홀에 자리를 잡아야 할 것 같은데요?"

"그렇게 하게."

진회색의 슈트를 입은 유리는 자연히 시선을 끌었다. 장신의 외국인이란 것과 고급스런 슈트에 감싸진 몸에서 풍기는 초연한 분위기가 그에게서 눈을 떼지 못하게 했다. 그는 앨리스를 보호하듯 허리에 한 팔을 감아 홀 안으로 내려갔다. 빈우는 느린 걸음으로 그들을 뒤따랐다.

대담한 옷차림의 사람들이 북적이는 클럽은 어디 외국의 유명 클럽을 연상시켰다. 오 년 전 그녀가 대학 친구들과 마지막으로 가봤던 나이트클럽과는 딴판이었다. 하긴, 최고급 호텔 나이트클럽이 대학가의 클럽과 비교가 되나.

"술, 좋아하나?"

홀 안쪽의 테이블에 앉아 플로어를 구경하고 있던 유리가 빈우에게 물었다. 앨리스는 화장을 고치려고 화장실에 가고 없었다.

"즐기진 않습니다. 잠이 안 올 때 캔 맥주 하나 정도?"

"연인은 없나?"

"누구, 동성 애인 말입니까?"

"동성이든 이성이든."

"몇 년 전에 깊이 사귄 남자가 있었는데 성격 차이로 헤어진 뒤로는 없습니다."

이젠 기억도 나지 않는 첫사랑이지.

빈우는 어깨를 으쓱하며 맥주 잔을 입으로 가져갔다.

"관계가 깊어지면 환멸을 빨리 느끼게 되고, 그 다음은 이별만 남더군요. 그래서 심각한 연애를 하고 싶은 생각이 별로 없습니다."

"한국에서는 커밍아웃하기가 쉽지 않을 텐데?"

"저와 가까운 몇 사람만 그 사실을 알고 있고, 대외적으론 여자를 밝히는 바람둥이로 알려져 있죠."

사준이 바람둥이라는 건 사실이니까 뭐.

빈우의 거침없는 대답에 유리가 소리 없이 웃었다. 그는 장소에 어울리지 않는 정장 차림인데도 아주 편안해 보였다.

"색안경을 끼고 자넬 보고 싶진 않아. 안심하게. 우리의 비즈니스는 정상적인 수순을 밟을 테니까."

빈우를 향해 씨익 웃는 남자의 얼굴에 장난기가 어렸다.

이렇듯 진지하다가도 갑자기 장난스럽게 툭 내뱉는 그의 말에 빈우는 마음을 졸일 수밖에 없었다. 그를 어떻게 대해야 할지 몰라 허둥대는 자신을 깨달을 때면 소스라치게 놀라곤 했다. 능수능란한 말솜씨와 무장해제를 종용하는 자연스런 매너에 넘어가면 안 된다. 난 사빈우가 아니라 사준이니까. 망할 자식, 돌아오기만 해봐! 여자와 휴가를 즐기려고 중요한 사업상의 약속을 까맣게 잊어버렸지? 새삼 준에 대한 원망이 치밀어 오르는 걸 느끼고 빈우는 몸을 일으켰다.

"춤추러 가죠."

그러고는 대답도 기다리지 않고 플로어로 향했다. 이토록 번잡한 곳은 질색이지만 아무 생각 없이 몸을 흔들기엔 최적의 장소였다.

실로 오랜만의 외출이다. 줄곧 집 안에 틀어박혀 디자인과 씨름을 하느라 유흥을 잊고 살아왔다. 준이 대외 홍보 활동과 마케팅을 전담했지만, 실질적인 경영에 있어 최종 결정은 언제나 그녀의 몫이었다. 사업을 위해 굳이 밖으로 나가야 할 필요는 없었다. 하지만 은둔 생활이 길어지면 몸에서 곰팡내가 난다고 준이 말했었지. 빈우는 쿡쿡 웃으며 눈을 감았다. 그리고 고개를 든 채 조금씩 몸을 흔들기 시작했다. 그녀를 흘낏거리던 사람들이 점차 주위로 몰려들었다. 누군가가 외치는 소리에 그녀는 눈을 떴다.

"어머, 사준이야! 실물이 더 멋있다!"

한숨이 나왔다. 아무리 쌍둥이라지만 이란성인데 이렇게 못 알아볼 수 있을까?

빈우는 두 팔을 들어 보란 듯이 나른하게 기지개를 켰다. 그러자 여기저기에서 꺅꺅거리는 소리가 들려왔다. 그녀의 동작하나 하나에 여자들이 환호했다. 어쩐지 재미있어 좀 더 몸을 움직여 보았다. 역시 비명 같은 환호성이 터져 나왔다. 준 녀석의 왕자병이 어디에서 기인한 것인지 알 것 같았다. 빈우는 유리가 앉은 테이블 쪽을 보았지만 그는 자리에 없었다. 의아하게 주위를 둘러보는데 누군가가 그녀의 오른 어깨를 톡 건드렸다.

"나 여기에 있어."

언제 다가왔는지 유리가 장난스럽게 웃고 있었다. 그를 보자 빈우는 얼굴이 달아올랐다. 그때 음악이 블루스 리듬으로 바뀌었다. 유리의 팔에 매달린 금발머리가 당연한 듯이 그의 목에 두 팔을 감았다.

"달링, 기억나요? 소호의 재즈 바에서 우리……."

그 순간 빈우에게 다가온 한 여자가 손을 내밀었다. 빈우는 거절하기가 뭐해 여자의 댄스 신청을 받아들였지만 곧 후회했다. 지나치게 몸을 밀어붙여 오는 여자의 풍만한 몸이 그대로 느껴졌다. 짙은 향수 냄새에 머리가 어지러웠다. 게다가 여자는 빈우의 목을 부러뜨릴 듯이 꽉 끌어안고는 은밀한 제안을 속삭였다.

"내 방으로 같이 올라갈래요?"

하룻밤의 정사? 빈우는 웃으며 조심스럽게 거절했다.

"유감이지만 다른 약속이 있는데요."

"나랑 있는 게 더 즐거울 거예요. 가요, 준 씨."

"취소하기 어려운 약속이라서요."

"나, 이 호텔의 주인 딸이에요. 당신이 원하면 여길 통째로 빌릴 수 있어요."

여자의 자신만만한 말투에는 한숨이 나왔다. 빈우는 난처한 표정으로 주위를 둘러보다 앨리스를 안고 지나치던 유리와 눈이 딱 마주쳤다. 그는 알 만하다는 얼굴로 엄지손가락을 치켜세웠다. 빈우는 고개를 설레설레 저으며 낙지처럼 달라붙어 있는 여자를 단호히 떼어냈다.

"볼일 좀 보고 올게요."

"아이, 그러지 말고……."

"화장실까지 따라오실 건 아니죠?"

준은 여자를 좋아하는 바람둥이라는 자신의 평판을 꽤나 마음에 들어했다. 그래서인지 드러내놓고 자신의 성적 욕구를 마음껏 발산했다. 그를 대신하는 입장에서 평판에 찬물을 끼얹지 않기 위해 빈우가 얼마나 고심했는지는 아무도 모른다. 여자의 유혹을 자연스럽게 물리치기 위해 인내심의 끝까지 발휘해야 했다. 아무튼 여자에게 구애를 당하는 경험은 그다지 즐겁지 않았다. 뭐, 한두 번 당하는 일도 아니지만.

빈우는 플로어를 내려와 화장실로 향했다. 저도 모르게 여자 화장실로 들어갔다가 깜짝 놀라 황급히 반대쪽으로 들어갔다.

소변기 앞에 죽 늘어선 남자들을 모른 체하고 손을 씻기란 여간 민망한 일이 아니었다. 그래서 대충 물만 묻히고 달려나갔는데, 몇 미터도 가지 못해 복도를 걸어오던 누군가와 심하게 부딪치고 말았다. 순간 충격에 비틀거리는 몸을 겨우 벽에 의지해 쓰러지는 불상사는 피했다.

"여어, 이게 누구신가?"

나른하게 빈정대는 남자의 목소리.

빈우가 이마를 문지르며 고개를 들자 눈이 번쩍 뜨일 만큼 잘생긴 남자가 싱글거리고 있었다. 한데 그의 번들거리는 눈빛이 꺼림칙하게 느껴졌다.

"원수는 외나무다리에서 만난다더니, 하나도 틀리지 않네."

"죄송합니다. 제가 부주의했어요."

그러자 남자의 얼굴에 놀란 표정이 떠올랐다. 그는 새삼스럽게 빈우를 훑어보았다.

"너 약 먹었냐?"

"무슨 말씀이신지……?"

"어쭈, 아예 못 알아보는 척하네?"

가슴이 두근거렸다. 준을 잘 알고 있는 듯한 이 남자를 어떻게 처리하지?

"일행이 기다리거든요. 다음에 얘기하도록 하죠."

돌아서던 빈우는 거세게 팔을 잡혀 벽으로 밀쳐졌다. 그 순간 부딪친 뒷머리에 지독한 통증이 일었다.

"너 때문에 내가 얼마나 피해를 봤는지 아냐? 김성수 감독님의 영화에서 밀려난 뒤 캐스팅 제의도 눈에 띄게 줄었단 말이다. 소문 한 번 잘못 나면 끝장인 바닥에서, 너 사준 때문에 내가 개망신을 당했다고!"

남자가 빈우의 머리 양쪽 벽을 두드리며 험악하게 외쳤다. 그는 취해 있었고, 말을 하는 동안 점점 더 흥분하는 기색이었다. 그는 사과의 말을 중얼거리는 빈우의 목을 움켜쥐고 사납게 흔들어댔다.

"잘 만났다. 언제 한 번은 네 잘난 면상을 부숴주고 싶었거든, 새꺄!"

퍽!

살과 살이 맞부딪치는 소리가 들리면서 빈우의 고개가 옆으로 돌아갔다. 연이어 두 번째 주먹이 다가왔을 때 빈우는 본능적으로 두 손을 들어 얼굴을 가렸다. 그러나 아무 일도 일어나지 않았다. 갑작스런 정적을 의아해하며 살며시 눈을 뜨자, 진회색의 슈트를 입은 외국 남자의 발 아래에서 사색이 된 남자가 버둥거리고 있었다. 유리는 그 남자의 배를 한 발로 밟은 채 낮은 목소리로 부드럽게 말했다.

"고소를 당하기 전에 실컷 두들겨 줄까? 어차피 미국과 한국의 국제 분쟁으로 번질 염려가 있다면, 그전에 내 성질을 실컷 풀어봐야 하지 않겠나?"

느리고 침착하기 짝이 없는 말투였다. 술김에도 그 영어의 의

미가 제대로 전달이 됐는지 유리 발밑의 남자는 새파랗게 질렸다. 멍하니 서 있는 빈우를 향해 유리가 명령했다.

"밖에 나가 있어. 이 녀석을 처리하고 뒤따라갈게."

"유리……."

그 말에 유리의 인상이 험악해졌다 아차! 빈우는 재빨리 화제를 돌렸다.

"이 남자, 연예인이에요. 일이 커지기 전에 그만두세요."

"그래? 괜찮은 스캔들감인데."

"댄튼 씨, 제발."

저절로 애원조가 되어버렸지만 그녀를 물끄러미 바라보는 미국 남자의 얼굴에 미소가 어리는 걸 보자 안심이 되었다. 이성을 잃진 않았다는 증거다. 유리가 남자의 배에서 발을 치우고 그의 멱살을 잡아 일으켜 세웠다. 단번에 일으켜진 남자는 자신의 코피를 보자 부들부들 떨기 시작했다. 그런 남자의 귀에 유리가 입술을 내려 뭐라고 속삭였다. 잘 알아들을 수 없지만 욕설일 게 뻔했다. 원색적인 단어 몇 마디가 빈우의 귀에까지 들려왔다. 그에 불쌍한 남자의 얼굴이 붉으락푸르락해졌다. 유리는 손 안의 남자를 확 밀쳐 내고는 보란 듯이 손을 탈탈 털었다. 더 이상의 소동을 원치 않는 모양인지 남자가 비틀거리며 사라졌다. 빈우는 비상구를 통해 먼저 클럽 밖으로 나갔다.

"왜 가만히 맞고 있었나?"

유리가 그녀의 옆에 서서 담배를 꺼내어 물었다. 빈우는 손등으로 입술을 문지르다 쓰라림에 움찔했다. 입술이 터진 모양이다. 입 안에서 쇳내가 났다.

"원래 싸움을 못하나?"

"네."

대답하기도 귀찮아서 짧게 수긍했다. 실은 갑작스런 공격에 반격할 틈이 없었던 것뿐이다. 준과 함께 각종 격투기를 취미 삼아 익혀온 그녀다. 싸움이라면 남자 못지않은데…….

"거기에도 피가 묻었어."

무뚝뚝한 목소리에 입술을 문지르던 빈우는 의아하게 유리를 쳐다보았다. 찌푸린 얼굴로 그녀를 물끄러미 바라보던 남자가 뭐라 중얼거리며 그녀의 턱을 잡아 올렸다. 그의 엄지손가락이 빈우의 입술 가를 스쳤다. 그녀는 숨을 멈춘 채 진지한 표정의 남자를 응시했다. 그녀의 떨리는 입술을 쏘듯이 보고 있던 유리가 마지못한 듯이 눈을 위로 움직였다. 짙은 회색의 광채가 번뜩이는 그의 눈동자는 커다랗게 열린 빈우의 눈에서 멎었다. 그 순간 숨이 막히는 정적이 찾아왔다. 소리 없는 폭풍을 예고하듯 공기의 흐름이 빨라졌다. 침묵이 무시무시한 무게로 그들을 짓눌렀다. 손가락 하나 까딱할 수 없었다. 그저 숨을 멈춘 채 서로 응시하고 있을 뿐.

"대, 댄튼……."

겨우 쏟아낸 빈우의 말을 유리가 '쉿!' 소리를 내며 막았다.

"젠장."

잠시 후, 그가 중얼거리며 빈우의 눈을 깊숙이 응시했다. 빈우의 입가에 머물러 있던 그의 엄지손가락이 살며시 보드라운 입술의 중앙으로 접근했다. 상처를 어루만지는 동작은 다정하고 부드러웠다. 남자의 엄지손가락이 닿은 부위에서 시작된 열기가 빈우의 온몸으로 삽시간에 번져 갔다. 피가 끓어올랐다. 머리끝까지 치솟아오르는 건 순식간이었다. 정신이 아득해지는 한순간, 빈우는 눈앞에 있는 넓은 가슴으로 고꾸라질 뻔했다.

"이러면 안 돼."

낮게 으르렁거리는 남자의 쉰 목소리가 빈우의 의식을 돌려 놓았다. 그녀는 검게 번득이는 남자의 눈을 멍하니 쳐다보았다. 감정의 혼란을 겪고 있는 남자의 눈은 밤하늘보다 더 깊었다.

"사내자식이…… 이래선 안 된다고."

그러고는 빈우를 확 밀쳐 냈다. 순간 균형을 잃고 비틀거리는 그녀를 향해 유리가 싸늘하게 말했다.

"난, 아니야. 그러니까 내게 수작 부리지 마."

"……?"

"자넬 여자로 착각하는 일은 없을 테니까 안심하라고. 젠장!"

그 말을 내뱉고는 발걸음도 거칠게 그곳을 떠나 버렸다.

빈우는 당황한 얼굴로 그의 뒷모습을 응시했다. 그러면서 입술을 더듬어보았다. 남자의 손가락의 감촉이 아직 남아 있어 화들짝 놀라 손을 뗐다. 내가 뭘 어쨌기에? 아무리 생각해도 미국 남자의 아리송한 말을 이해할 수 없었다. 그러나 긴장으로 얼어붙었던 그 한순간, 유리와 키스를 하는 상상에 빠졌던 자신을 인정해야 했다. 검게 변한 그의 눈동자에 사로잡힌 순간의 그녀는 여자인 사빈우였다. 철저하게 그를 속여야 하는 남자, 사준이 아니라.

차가운 밤바람이 뺨을 스쳤다. 그런데도 냉기를 느낄 수 없는 빈우는 멍하니 선 채 자신의 입술만 만지작거렸다.

Chapter

4

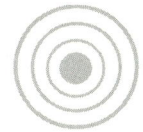

Chapter 4
—자각—

새벽 한 시. 어둠에 싸인 거실의 창문 앞.

유리는 미국에서 걸려온 전화를 받고 있었다.

"병원 기록은 찾아봤어?"

[네. 한국의 정보원에게 샅샅이 찾아보라고 시켰지만 이렇다 할 성과는 없었습니다. 출생 당시의 병원은 없어지고 의료기록들은 모두 다른 병원으로 넘어갔으니까요.]

"다른 병원이라니?"

[병원장이 은퇴를 하고 동업자가 그 병원을 인수했는데, 경영난을 겪다 오 년 만에 문을 닫았다고 합니다. 당시 소아과장에게 뒤처리를 부탁했는데, 그가 대학병원으로 자리를 옮긴 뒤에

는 완전히 손을 뗐다고요. 그쪽과도 연락을 해봤는데, 이십칠
년 전의 출생기록 대부분이 소실되어 찾을 길이 없다고 하더군
요.]

"젠장."

유리는 짜증스럽게 혀를 찼다. 혼란에 휩싸인 머릿속이 더욱
엉키는 느낌이었다. 출구가 없는 미로에서 제자리걸음만 하고
있는 기분이라고 할까. 사준의 정체를 철저하게 파헤쳐 내 이런
혼란을 멈추고자 했는데, 그게 이토록 어려울 줄이야.

그는 잠시 생각하다 자신의 비서인 크리스에게 냉정하게 명
령을 내렸다.

"일정을 앞당겨야겠어. 자네, 내일 한국에 들어와."

[네?]

깜짝 놀란 비서에게 유리는 초조한 음성으로 재차 말했다.

"시간을 절약하자는 말이야. 그러니까 당장 들어와."

크리스는 많이 놀란 모양인지 한참 머뭇거리다 말을 이었다.

[저, 사장님. 곤란한 일이 생겼습니까?]

유리는 어조를 내리깔아 싸늘하게 받아쳤다.

"자네답지 않게 말이 많군."

[죄송합니다. 곧 가겠습니다.]

하여튼 눈치 하난 끝내주는 녀석.

유리는 한숨을 쉬며 전화를 끊었다. 그의 비서들 중에 크리스
쇼어는 가장 오래 버틴 유일한 직원이었다. 완벽주의에 가까운

일처리를 요구하는 유리를 견디지 못해 뛰쳐나간 비서들이 한 둘이 아니었다. 그러나 유리의 대학 후배인 크리스는 무딘 건지, 초인적인 인내심을 발휘하는 건지 꿋꿋이 자신의 자리를 지켜왔다. 한번 일에 몰두하면 에너지가 고갈될 때까지 몰아붙이는 상사인 유리를 자신의 방식대로 보필하는 것도 크리스의 장점이라면 장점이었다. 때로는 건방지게 잔소리를 늘어놓는 것이 마음에 안 들긴 하지만.

아무튼 유리는 기대했던 성과를 거두지 못해 기분이 좋지 않았다. 하마터면 사준 녀석의 입술에 키스를 할 뻔했던 저녁의 일로 인해 잠자리에 누워서도 눈을 감을 수가 없었다. 결국 거실로 나와 크리스에게 명령했던 사준에 관한 데이터를 요구했지만 결과는 실망스러웠다.

팩스로 받아본 사준의 인적 사항은 세상에 알려진 그대로였다. 녀석이 태어나기 전에 부모님이 이혼했고, 유명 영화감독인 아버지의 손에서 자란 녀석이 아역 배우를 거쳐 패션모델로, 성인 연기자로 다방면에 걸쳐서 재능을 펼치고 있다는 내용은 유리도 잘 알고 있는 사실이었다. 연예계에서의 명성을 발판 삼아 런칭한 인터넷 의류 사업도 승승장구하고 있다는 건 특이한 사항이 아니었다.

그러나 유리는 세상에 알려진 내용 이외의 것을 원했다. 이를테면 녀석이 정말 양성애자인지, 혹은 남자 역할을 하고 있는 여자, 또는 게이나 레즈비언이 아닌지 몹시 궁금했다. 녀석이 여자라고 가정해 봤다. 커트머리 대신 긴 머리에 화장을 하고, 바지가 아닌 몸에 딱 맞는 드레스 차림의 녀석을 상상하자, 가슴이 덜컥 내려앉았다. 상상만 했을 뿐인데, 그런 녀석이 너무 예뻐 보여서 숨이 막힐 것 같았고, 아랫배 저 깊은 곳이 금세 묵직해졌다. 그건 마음에 드는 여자를 만났을 때 으레 일어나던 신체적인 반응과 흡사했다.

아, 젠장. 심각한 상황이다! 십대 때에도 상상만으로 흥분한 적이 없었는데.

유리는 꿍 소리를 내며 차가운 유리창에 이마를 찧었다. 벌거벗은 몸에 가운만 걸치고 있는데도 추위는 느낄 수 없었다. 오히려 후끈 달아오른 몸이 너무 더워 가운을 벗어 던지고 싶은 생각마저 들었다. 그러느라 그의 등 뒤에 누군가 다가와 선 것도 느끼지 못했다. 가느다란 두 팔이 그의 겨드랑이 사이로 들어와 가슴을 끌어안았을 때에야 유리는 정신을 차렸다.

"달링, 안 자고 뭐 해요?"

앨리스. 유리는 한숨을 삭이며 그녀의 팔을 잡았다.

"아직 안 잤나?"

"당신이 옆에 없으니 잠이 와야 말이죠."

앨리스가 긴 손톱으로 그의 손등을 살짝 긁었다. 등에 닿은 여자의 풍만한 젖가슴이 눌러오는 느낌은 평소라면 환영할 일이었다. 그러나 지금처럼 혼란스런 상태에서는 여자의 알몸이 반갑지 않았다. 앨리스는 실오라기 하나 걸치지 않은 상태였다.

"우리, 침대로 가요."

"……."

"닷새나 안 했잖아요. 나, 당신이랑 하고 싶어 미치겠어."

"……."

"달링, 뭐라고 말 좀 해봐요. 응?"

유리의 벗은 가슴을 어루만지던 여자의 손이 스르르 미끄러져 허리 근처를 더듬었다. 이내 가운의 끈이 풀리고 가느다란 손가락들이 그 사이로 파고들었다. 묵직하게 자리하고 있는 남자의 상징이 손 안에 들어오자 앨리스는 탄성을 쏟아냈다. 유리는 귓가에 훅 끼쳐 오는 여자의 뜨거운 숨결에 움찔했다.

"이봐요, 이렇게 성을 내고 있잖아. 얼른 풀어주지 않으면 더욱 화를 낼 것 같은데……."

남성의 위아래를 주물러대는 여자의 손길은 실로 오랜만이었다. 닷새나 섹스를 하지 않았으니 녀석이 성을 낼 만했다. 그러나 유리는 무감각하게 여자의 손길을 받아들였다. 후끈 달아올랐던 몸은 식은 지 오래였다. 그토록 열정적으로 소유했던 여자의 알몸이 이 순간은 그에게 아무 감흥을 주지 못한다는 사실은 또 한 번 유리를 충격에 빠뜨렸다. '설마 남성의 기능에 문제가 생긴 건 아닐까?'라고 의심했지만 앨리스의 손 안에서 점점 더 부풀어 오르는 녀석을 보니 기능의 문제는 아닌 것 같았다. 그렇다면 왜……?

"우리가 닷새 동안 섹스를 안 했다고?"

억지로 말을 하다 보니 목소리가 갈라졌다.

"응. 너무해요, 달링."

앨리스가 코맹맹이 소리를 내며 그를 쥔 손에 힘을 가했다. 절로 신음이 나오는 입술을 질끈 깨물고 유리는 몸을 돌려 그녀를 끌어안았다. 그의 맨살에 와 닿는 여자의 알몸은 예전 느낌 그대로였다. 안도감이 그의 내부에 차 올랐다.

"내가 너무 무심했군. 이번엔 제대로 하자고."

그를 쳐다보는 여자의 눈이 반짝 빛났다.

"아이, 달링. 여기에서 해도 되는데……."

"침대로 가지."

여자의 입술을 거칠게 내리덮으며 유리가 중얼거렸다.

아무 문제 없어. 잠시 잠깐의 혼란이었을 뿐.

그렇게 자신에게 되뇌며 유리는 앨리스를 안아 올려 침실로 들어갔다.

그녀를 침대에 던지듯이 내려놓자 까르르 웃음이 터져 나왔다. 가운을 벗어 던지는 유리를 쳐다보는 앨리스의 얼굴은 기대감으로 빨갛게 달아올랐고, 그가 침대에 올라오기도 전에 그녀는 두 다리를 활짝 벌려 남자를 맞이할 준비를 했다. 한 손으로는 잡을 수 없는 그녀의 젖가슴이 한껏 부풀어 올라, 핑크빛의 유두가 하늘을 향해 고개를 쳐들었다. 앨리스는 입술을 핥으며 알몸이 된 유리가 침대로 올라오는 걸 지켜보았다. 유리가 그녀의 벌린 다리 사이로 곧장 몸을 겹쳐 오자 간드러진 웃음소리를 내며 그의 허리에 날씬한 다리를 감았다. 모델이라 마른 몸매인데도 가슴만은 넘치도록 충만한 그녀에게 지극히 만족해하던 유리였다. 그녀의 몸 아래를 더듬자 촉촉이 젖은 속살이 만져졌다. 그의 손끝이 닿았을 뿐인데도 앨리스는 앓는 소리를 내며 즐거운 비명을 질러댔다. 만반의 준비를 끝낸 여자가 온몸으로 환영의 인사를 하며 그를 반겨주었다.

그러니 그녀의 속살을 비집고 들어가 힘차게 운동을 하면 됐다. 보통의 남자들보다 훨씬 더 큰 사이즈를 자랑하는 그의 남성을 탐욕스럽게 빨아들이는 동굴에서 마음껏 유영하기만 하면 끝나는 일이었다. 그러면 언제나 그렇듯이 쉽게 절정에 도달한 앨리스가 더 세게 해달라고 울부짖을 것이고, 그럴 때 그는 남성적인 우월감을 만끽하며 여자의 몸 안에서 더욱 강하게, 더 빠르게 움직이기만 하면 된다. 그러면 되는데…….

바로 그 순간, 앨리스의 얼굴 위로 또 한 사람의 얼굴이 겹쳐졌다. 뜨거운 숨을 토해내는 앨리스의 입술은 가느다랗게 말리던 누군가의 입술로 바뀌었다.

미소 지을 때면 그 입술의 한쪽 끝이 일그러지던 버릇, 하하 소리 내어 웃을 때 가지런한 치아가 보이고, 그 안의 촉촉한 살결, 선홍색으로 젖어 있는 혀가 파르르 떨리던 모습이 차례차례로 떠올랐다. 그 입술에 얼마나 입을 맞추고 싶었는지 모른다. 보이는 것만큼 그 살결이 부드러울지, 젖어 있는 것만큼 촉촉하게 그를 감싸줄지 알고 싶어서.

사준!

그 이름이 뇌리에 떠오른 순간 유리의 몸은 딱딱하게 굳어지고 말았다.

"아아…… 달링. 어서 들어와요…… 어서!"

여성의 입구에서 주춤하는 남자에게 안달이 난 앨리스가 직접 손을 내려 그의 남성을 잡아당겼다. 그러나 이내 당황해서 손을 떼어냈다.

"뭐, 뭐예요? 당신…… 벌써 끝난 거예요?"

끈적이는 액체가 그녀의 손가락을 적셨다. 경악한 건 그녀만이 아니었다. 사정하기 직전의 위험천만한 상황에서 유리는 간신히 이성을 되찾았다. 그리고 패닉에 빠지고 말았다.

"달링!"

앨리스가 부르짖었다.

낭패다! 유리는 후다닥 몸을 떼고 일어나 침대를 내려갔다. 앨리스에게 등을 돌린 채 허겁지겁 가운을 주워 입었다. 그의 허리 아래에 매달린 녀석은 수그러들지 않았다. 아니, 앨리스의 알몸에 접촉해 있을 때보다 더 커진 상태였다. 유리는 눈앞이 아득해졌다. 앨리스에게 어떻게 변명을 해야 하지?

"세바스티앙!"

흥분한 앨리스는 있는 대로 성을 냈다.

"당신, 거기에 문제가 생긴 거 아녜요?"

"아니야."

"그럼 다른 여자가 생겼어요? 조금 전에 날 안으면서 그 여잘 생각했죠? 그런 거죠?"

"아니라니까!"

차라리 여자라면.

유리는 절망적인 신음을 삼키며 욕실로 향했다. 침대를 뛰쳐나온 앨리스가 그의 팔을 잡아 돌려 세웠다. 그녀는 두 눈을 부릅뜨고 앙칼지게 쏘아붙였다.

"아까 저녁부터 이상했어. 아니, 한국에 온 순간부터 당신은 내가 아는 남자가 아니야. 대체 이유가 뭐예요? 나한테 싫증이 났으면, 그렇다고 말을 해요."

"싫증났어."

유리는 차가운 어조로 잘라 말했다. 앨리스의 얼굴이 하얗게 질렸다.

"어, 어쩜…… 내게 이럴 수 있어요?"

그녀의 성격에 질려 하던 차라 말이 곱게 나가지 않았다. 한국에 들어오기 전부터 그녀의 제멋대로인 성격에 염증을 느끼던 그였다.

"그만 하지. 당신에게 싫은 소릴 하고 싶지 않으니까."

일단 진정하자고 스스로 타일렀지만, 어리석은 여자는 더욱 흥분해서 쏘아댔다.

"대체 왜 이래요? 내가 당신한테 뭘 잘못했냐구요!"

"나가줘."

"날 무시하지 마요. 나, 그렇게 만만한 여자 아니니까!"

"두 달 전, 아카데미 영화 비평가 모임에서 당신이 무슨 짓을 했었는지 기억해 봐."

앨리스가 흠칫했다. 유리의 팔을 잡았던 그녀의 손도 후다닥 떨어져 나갔다. 유리는 씹어 뱉듯이 말을 이었다.

"레이놀드 감독과 사흘 밤을 함께 보냈다고 당신을 책망한 적 없어. 우리 관계가 어떤 것인지 충분히 알고 있었고, 지금도 마찬가지니까. 하지만 나와 잠을 잤다는 이유로 내 일에 사사건건 간섭하는 그 버릇, 마음에 안 들거든. 참는 데도 한계가 있어."

"나, 나는…… 그냥……."

앨리스는 심하게 말을 더듬다 끝을 맺지 못했다. 변명할 말도 없을 것이다. 할리우드에 진출하는 데 혈안이 된 그녀가 몇 명의 유명 감독들과 깊은 관계를 가졌는지 유리는 잘 알고 있었고, 그 이후로 그녀와의 관계를 정리하려고 마음먹었던 것이다. 한 번에 한 여자만 사귄다는 철칙을 고수하는 그에게 정조 관념이라고는 터럭만큼도 없는 앨리스는 어떠한 환상도 심어주지 못했다. 사랑이니 신뢰니 하는 형이상학적인 단어와는 거리가 먼 관계가 전부였다. 그러니 이왕 말이 나온 김에 끊어내자고 유리는 순간 결심했다.

"날 귀찮게 하지 않는다는 조건으로 당신을 한국에 데려왔어. 이번 여행이 무사히 끝난 뒤에 적절한 보상과 함께 깔끔하게 관계를 정리할 생각이었지. 하지만 더 못 참겠어."

"달링!"

"긴 얘기는 날이 밝으면 다시 하도록 하지."

단호히 돌아선 유리의 등에 대고 앨리스가 앙칼진 목소리로 외쳤다.

"그 남자 때문이죠? 사준. 남자 같지도 않은 그 인간 때문에!"

멈칫, 얼어붙은 유리의 뒤로 다가온 여자는 공격을 멈추지 않았다.

"당신네 둘, 서로 바라보는 눈길이 어떤지 알아요? 믿을 수가 없어, 유리 세바스티앙 댄튼이 남자에게 성욕을 느낀다니. 당신, 그 남자를 안고 싶은 거죠? 그래서 날 안을 수가 없는 거야. 한국에 온 뒤로 내게 키스조차 제대로 해준 적이 없어. 그건 바로……."

그 뒤의 말은 이어지지 못했다. 유리가 무시무시한 힘으로 그녀의 어깨를 틀어쥐었기 때문이다. 그는 격분한 표정인데도 믿을 수 없게 냉담한 어조로 말했다.

"날이 밝는 대로 짐 싸."

"달링……."

"미적거리다 내 눈에 띄면 당신 경력이 망가지게 될 거야. 앨리스 로런, 알겠어?"

앨리스는 두려움에 떨었다. 까다롭긴 해도 화를 잘 내지 않는 성격인 유리가 이토록 분노한 모습은 처음이었다. 그녀의 부정한 행위를 알고 있음에도 모른 척했던 남자가, '사준'이란 이름이 나오자마자 이성을 잃고 화를 내는 건 믿을 수 없을 정도였다. 그에게 잡힌 어깨가 바스러지는 것 같았다. 앨리스는 신음을 흘리며 그에게 애원했다.

"아, 알겠어요. 그러니까 어깨를……."

그녀의 말이 끝나기도 전에 유리가 손을 뗐다. 온몸으로 건드리지 말라는 신호를 뿌려대는 남자는 차디찬 눈길로 그녀를 쏘아보았다.

"말도 안 되는 소리는 지껄이지 마. 이번만 용서해 주지."

앨리스는 울먹이며 벌겋게 변한 어깨를 손으로 문질렀다.

"그, 그럼 우린 헤어지는 거예요?"

"짐 싸라고 했잖아."

"세바스티앙, 그럼 당신 회사와의 커버 걸 계약은 어떻게 돼요?"

〈댄튼 인터내셔널〉 의류 잡지의 커버 걸인 앨리스는 무엇보다 자신의 경력을 걱정했다. 유리가 입술을 비틀어 그녀를 비웃었다.

"육 개월 단발 계약은 그대로 가지."

"지난번엔 일 년이라고……."

"육 개월."

단언하는 남자의 표정이 무섭도록 냉정했다. 앨리스는 뒤늦게 자신의 실수를 한탄했다. 여자 문제에 관한 한, 이 남자가 얼마나 냉정하고 이기적인지 사람인지 잊고 있었던 게 실수다. 영화계로 진출하기 위해 세 명의 감독과 관계를 가진 일을 후회해 본들 무슨 소용인가? 이제는 그녀의 모델 경력에 흠집이 나지 않도록 유리의 마음을 달래는 게 더 중요했다.

"세바스티앙, 미안해요."

그녀는 진심으로 사과했다. 아니, 진심인 양 한껏 애절한 목소리를 냈다.

"날이 밝는 대로 돌아갈게요. 그러니까 너무 화내지 마요."

"사준과의 일은……."

불쑥 내뱉는 유리의 목소리는 언제 화를 냈냐 싶게 냉정하게 가라앉아 있었다.

"당신 착각이야. 난 지극히 정상인 남자야."

이를 악문 남자에게 앨리스는 어설픈 미소를 보냈다.

"당연히 그렇겠죠. 모두 내 착각이었어요. 사준, 그 남자가 문득 문득 여자로 느껴져서……."

"그래, 당신 착각이야."

'흥, 얄미운 인간!'

앨리스는 속으로 투덜대며 그의 침실을 나갔다. 완전히 나체였지만 슈퍼모델답게 당당한 걸음걸이는 흠 잡을 데가 없었다. 뻔뻔하고도 대담한 여자와의 열정적인 관계는 이로써 막을 내렸다.

유리는 지난 반년 동안의 정을 생각해서라도 앨리스에게 보상을 해줄 생각이었다. 이를테면 그의 회사가 스폰서로 있는 영화사에 그녀를 영화에 출연시키라고 압력을 넣는다든지, 아니면 그녀가 원하는 방식으로 영화계에 힘을 써줄 의향이 있었다. 그 정도는 관계를 맺어온 여자에 대한 당연한 보상이라고 유리는 생각했다.

그러나 욕실에서 샤워를 하는 그의 뇌리에서 앨리스는 이미 잊혀진 존재였다. 그는 위험천만했던 순간을 떠올리며 신음했다. 그의 욕망을 분출하게 한 상대가 앨리스가 아닌 사준이라는 것, 여자가 아닌 남자라는 것에 그는 절망하지 않을 수 없었다. 사준을 떠올린 순간 몸이 수그러들기는커녕, 거의 절정에 도달한 것처럼 사정을 할 뻔했지 않은가! 앨리스의 몸 밖에서!

"사준. 넌 누구지?"

육 개월 전의 녀석과 지금의 그 녀석. 같은 얼굴인데도 느낌이 사뭇 달라 이토록 혼란스러운 거다. 깃털처럼 가볍게 건들거리던 녀석이 지난 육 개월 동안 철이 들어도 한참 든 모양이다. 그 이유 외엔 없다. 단연코 그래야 한다고 생각하며 유리는 차가운 물을 온몸으로 맞았다. 그런데도 수그러들지 않는 하체의 반응을 의식하면서 그는 이를 갈았다. 그런 한편 다짐했다. 정체불명의 묘한 기운을 뿜어내는 그 녀석의 실체를 제 손으로 밝혀내고 말 것이라고.

"나쁜 자식. 죽여 버릴 거야!"

쩌렁쩌렁 울리는 고함 소리가 방 안에서 메아리쳤다. 빈우는 참을 수 없어 침대를 박차고 나왔다. 막 잠이 들려는 찰나에 걸려온 전화는 그녀를 격분시켰다.

"당장 돌아오란 말이야!"

넓은 거실 안을 미친 듯이 배회하며 그녀가 소리쳤다. 그동안 수화기 저편의 상대는 내내 침묵했다.

"왜 전화했어? 널 죽여달라고 부탁하려고? 사준, 가만 안 둘 거야. 네 녀석의 껍질을 다 벗겨 버릴 거야!"

[…….]

남자는 숨죽인 채 듣고 있었다.

빈우가 퍼붓는 소리를 얌전히 들어줘야 화가 빨리 가라앉는 다는 걸 잘 알고 있기 때문이다. 역시나 오 분쯤 지났을 때, 빈 우는 이성을 찾았다. 마구 소리를 지른 후유증은 잠긴 목소리와 떨리는 몸이 전부였다. 벌겋게 달아올랐던 얼굴도 평소의 냉담 한 표정을 되찾았다. 그게 보이는 것마냥 수화기 저편의 남자가 입을 열었다.

[허니, 이제 내가 말해도 될까?]

빈우의 것보다 더 낮은 톤의, 남자 특유의 깊은 울림이 밴 목 소리였다. 스크린을 통해 수백만 명의 여성 팬을 사로잡았던 그 목소리는 빈우를 더욱 짜증나게 했다.

"날 허니 따위로 부르지 말라고 했지?"

남자가 쿡쿡 웃었다.

[미안. 내 여자인 줄 착각했지 뭐야.]

"시끄러워. 언제 돌아올 건데?"

[내주 초에.]

내주 초? 엿새나 더 고문을 당하라고?

"빌어먹을!"

빈우의 욕설에 남자가 한숨을 쉬었다.

[좀 여자답게 굴 순 없니?]

"너한테 여자답고 싶은 마음 없거든. 대체 어디야?"

[글쎄, 피지섬 근처인 것 같은데 잘은 몰라.]

너무나 가벼운 대답에 빈우는 울컥했다.

"나쁜 자식. 댄튼과의 약속은 잊었니?"

[잊고 있었어. 휴가를 내고 곧장 공항으로 달려갔거든.]

"우리 회사를 말아먹으려고 작정했구나?"

[진짜 사장은 너잖아. 이름만 빌려주는 간판 사장보다 네가
훨씬 낫지.]

낄낄 웃어대는 녀석의 면상에 주먹을 날리고 싶었다. 그런 마
음으로 빈우는 이를 갈며 말했다.

"댄튼이 날 너로 알고 있어. 내가 사준인 줄 안단 말이야."

그녀의 목소리에서 초조감을 읽은 것일까? 잠시 침묵하던 준
이 생각에 잠긴 목소리로 물어왔다.

[널 남자로 안다고?]

"그래. 내 소개를 하려고 했지만 늦었지. 그 남자가 〈빈우〉의
사준 사장과 직접 담판을 지으러 왔다고 하는데, 내가 누군지

어떻게 말을 해? 너도 그 남잘 만나봤으니 알 것 아냐? 일에 있어서는 여간 깐깐한 사람이 아니야. 그런 남자에게 사준 사장이 행방불명이 되었다고 말할 순 없잖아. 그래서…….”

[댄튼 그 자식, 바보천치군.]

“내일 그의 비서가 올 거야. 크리스 쇼어. 알아?”

그러자 저쪽에서 ‘헉!’ 하는 소리가 났다. 빈우는 답답해서 비명을 지르고 싶었다.

“사준을 잘 아는 남자래. 이제 어떻게 하냐?”

[튀어.]

“나쁜 놈아!”

끓어오르는 분노에 빈우는 참을 수가 없었다. 이처럼 무책임하고, 엉뚱하며, 제멋대로인 인간이 그녀와 쌍둥이라는 사실이 저주스러웠다.

“당장 돌아와. 안 그러면 네 거실에 있는 물건들을 몽땅 창밖으로 던져 버릴 거야!”

이번에는 아까보다 더 거친 헐떡임이 들려왔다. 빈우는 그에게 들으라는 듯이 자수정 화병을 들어 힘껏 내던졌다.

쨍그랑!

생생한 효과음이 수화기를 통해 저쪽으로 전달되자, 준이 부르짖었다.

[사빈우! 너, 죽고 싶어?]

“언제 돌아와?”

준이 이를 갈았다.

[이 오빠가 오랜만에 맛보는 휴식을 꼭 방해해야겠냐?]

"휴식 같은 소리 하고 있네. 너, 한유란인가 뭔가 하는 여자와 그 짓 하러 무인도에 간 거잖아. 에라이, 덜떨어진 색마야!"

[너, 오빠한테 말투가 그게 뭐야?]

"네가 오빤지, 내가 누난지 알 게 뭐야."

[우리 아버지 말씀으론 네가 내 동생이야.]

"우리 엄마가 죽기 전에 내 동생을 찾으라고 말씀하셨거든."

그렇게 말하는 빈우의 눈이 벽시계로 향했다. 말다툼을 하느라 이십 분이나 허비했다. 그게 더 짜증이 나서 빈우는 평소보다 더 날카롭게 준에게 쏘아붙였다.

"아무튼 이번 계약이 깨지면 널 가만 안 둘 거야. 어차피 호적에 없는 우리 관계, 깨끗이 정리해 버릴 거라고."

으름장을 놓지만 그게 말뿐이라는 건 둘 다 알고 있었다.

빈우는 열 살이 되어서야 오빠의 존재를 알았다. 남매가 태어나기도 전에 이혼한 부모님을 따라 각자 떨어져 살아야 했던 세월은 빈우에게 너무도 큰 상처를 남겨놓았다.

며느리의 존재를 인정하지 않는 시어머니와 일에 바쁜 남편의 무관심. 그런 이유로 싸움이 끊이지 않았던 부부는 결국 결혼한 지 석 달 만에 이혼을 결정했고, 알량한 자존심 때문에 위자료 한 푼 받지 않고 이혼한 아내는 쌍둥이 남매를 낳은 후에야 남편에게 그 사실을 알렸던 것이다. 그리고 자신이 낸 음주 운전 사고로 죽는 순간까지도 아들의 존재를 숨겼다. 그 후 두 남매가 만났을 때에 빈우의 어린 가슴은 피폐할 대로 피폐해져 누군가를 마음으로부터 받아들이는 일은 할 수가 없는 상태였다. 준은 십 년 만에 찾은 여동생을 처음에는 거부했다. 그러다 언제부터인지 모르게 그녀에게 애정을 쏟아주기 시작했다. 심하게 낯을 가리고 사람들을 거부하는 여동생이 그래도 좋다며 오빠 행세를 하려 들었다. 빈우는 그런 오빠를 미워하지 않았다. 정에 굶주린 그녀에게 과분할 만큼 사랑을 쏟아준 오빠였다. 주위의 사람들을 블랙홀처럼 끌어들이는 그의 매력이 부러웠다. 한편으론 태어나자마자 아들만 데리고 가버린 아버지와 손자를 끔찍이 여기는 할머니를 볼 때마다 자신이 여자임을 저주했다. 딸로 태어났기에 어머니와 함께 버림받았다는 생각이 들었기 때문이다. 그럴 때면 찬란한 태양처럼 빛나는 준이 되길 얼마나 바랐었던가!

[왜 그렇게 미국 진출에 목을 매는데?]

어이없어하는 오빠의 물음에 빈우는 짜증스럽게 대답했다.

"노후를 대비하려고."

그녀의 어린 시절은 가난의 연속이었다. 삼류모델 출신 연기자인 어머니는 일자리를 찾아 전국을 돌아다녔었다. 당신이 낳은 자식들을 헤어진 남편에게 전부 빼앗기기 싫어 딸을 데리고 있던 어머니는 자신의 기분에 따라 애정 표현을 달리하는 무책임한 여자였다.

[돈이라면 내가 줄게. 아버지의 유산 중에 네 몫을 지금이라도…….]

"김빈우에겐 필요없는 유산이야."

김빈우. 어머니의 성을 따라 불리던 이름이다. 그녀의 대답에 준이 혀를 찼다.

[돌아가는 대로 우리 호적 정리부터 하자. 언제까지나 널 남처럼 둘 순 없어.]

어린 딸의 심각한 병적 거부 증상 때문에 호적 정리를 차일피일 미루던 아버지, 그런 손녀가 못마땅했던 할머니의 의도적인 무관심으로 이날까지 타인 아닌 타인으로 살아온 남매였다. 준의 말에 가슴이 뻐근해졌지만 빈우는 굳은 어조를 풀지 않았다.

"하여튼 크리스 쇼어는 어떡할까?"

[그 자식, 눈치가 장난 아니게 빨라. 네가 여자라는 걸 단번에 간파할걸?]

"아, 몰라. 댄튼 때문에 머리가 아파 죽겠는데."

[왜? 그 바람둥이 자식이 너한테 집적거리냐?]

빈우는 대답을 망설였다. 난감해하는 그녀를 느낀 듯이 준의 목소리가 갑자기 속삭임으로 변했다.

[널 사준으로 알고 있는데도 그 자식이 집적거린 거야?]

"아니야!"

[우와, 변태 자식이네!]

그렇게 말하는 준의 어조에 재미있어하는 기색이 잔뜩 묻어나왔다. 빈우는 초조하게 머리를 긁어대며 서둘러 부정했다.

"그게 아니라니까. 계속 그 남잘 속이는 게 찝찝해서 그래."

[사람한테 그렇게 무관심한 네가 신경을 쓰는 상대가 나타났구나. 축하한다, 인간 사빈우.]

정말이지 준과는 대화를 계속하기가 싫었다. 지금까지는 타인에게 관심이 없다기보다 굳이 신경을 쓰고 싶지 않아 어울리지 않았던 것뿐인데, 유리에게는 무관심한 척할 수도 없어 내내 곤혹스러웠다. 뭐라 표현할 수 없는 그녀의 혼란스러운 마음을 준이 너무 가볍게 생각하는 것 같아 짜증이 났다.

"좀 진지해질 순 없는 거야?"

[당하는 건 내가 아니라서. 후후후.]

음흉한 웃음소리가 흘러나왔다. 한계다.

"이번 주 안으로 돌아오지 않으면 네 애장품들이 죄다 부서질 줄 알아, 색마사준."

[후우, 돈에 미친 여동생님. 계약이 안 깨지게끔 조심하셔야 할걸, 무심빈우.]

그리고 둘은 동시에 전화를 끊었다.

빈우는 커다란 박스형의 티셔츠를 벗어 던졌다. 그녀보다 5㎝는 더 큰 준의 옷이라 팬티 위에 걸치면 잠옷 대용으로 충분했다. 팬티만 걸친 채 욕실로 향하며 빈우는 중얼거렸다.

"댄튼, 바이였던 거야?"

지난밤 클럽에서 유리는 분명히 그녀에게 키스하려 했었다.

다른 남자였다면 손목을 꺾어서 물리쳤을 텐데, 그 순간 뭐에 씌었는지 빈우는 꼼짝없이 그에게 잡혀 있었다. 어수룩한 여자처럼 키스를 당했을지도 모른다, 유리가 먼저 그만두지 않았다면.

쏴아~!

샤워기에서 세찬 물줄기가 쏟아져 내렸다. 빈우는 물속에 우두커니 서서 생각했다.

'그 남자와 키스를 하면 어떤 기분이 들까?'

설렘이 분명했다. 대학 4학년 때, 유일한 남자 친구와의 관계를 마지막으로 성적인 경험이 전무한 터라 궁금하기도 했다. 유리를 볼 때마다 그녀의 가슴에 구멍이 뚫린 것처럼 싸하면서 저릿저릿한 감각을 느끼는 이유가 말이다. 단순한 성욕? 그것뿐이라면 이토록 혼란스럽지 않을 것이다. 문제는, 그의 시선에 응시당하는 순간의 사빈우는 머리가 텅 빈 인형이 되어버린다는 거다. 남자에게 사랑받고 싶어 안달을 하는 여자들처럼 말이다. 하지만 남자에게 당하긴 싫었다.

'내가 먼저 해버릴까?'

엉겁결에 치른 첫 경험이 떠올랐다. 섹스를 할 때 남자의 몸 아래에 깔리는 기분은 정말이지 뭐라 표현할 길이 없었다. 아프고 끈적이고, 불편하기만 한 자세였다. 그러나 그녀 위에서 헐떡이는 남자는 세상을 정복한 자의 쾌감을 맛보며 제멋대로 그녀의 몸 안을 들락거렸다. 그녀가 사랑이라 착각하고 있었던 그 남자와의 섹스에서 진정한 기쁨을 맛본 건 딱 한 번뿐이었다. 강변 둔치에서의 카섹스. 그것도 술에 취한 그 남자를 그녀가 먼저 덮쳤을 때에. 그 사건 이후로 둘은 헤어졌고, 그때 비로소 그녀는 깨달았던 것이다.

섹스를 할 때 여성 상위는, 남성의 성적 우월감에 심각한 손상을 입힐지도 모르는 발칙한 체위라는 것을.

하지만 유리 세바스티앙 댄튼은 너무 위험하다. 그 덩치만 봐도 여자에게 만만하게 당하고 있을 남자가 아니다. 게다가 그녀에게 속았다는 걸 알게 되면 그가 어떻게 나올지 모른다. 그리고 앨리스는 어떻게 처리해야 하지?

이런저런 방해물을 치운다고 해도, 가장 중요한 의문이 하나 남아 있었다. 빈우는 자신의 알몸을 가느다란 눈으로 훑어보며 그 의문에 사로잡혔다.

그 남자가 끌리는 건 여자인 사준일까, 아니면 남자인 사준일까?

그건 그 남자만이 대답해 줄 수 있는 문제였다.

세 시간 후, 오전 아홉 시.

빈우는 유리의 호출을 받아 호텔로 달려가고 있었다. 만약을 대비해 준의 비서인 미영을 동반했다. 수상쩍은 기미가 보이면 미영만 남겨놓고 도망쳐 나올 작정이었다. 비겁하다 욕을 먹어도 할 수 없었다. 거의 뜬눈으로 밤을 보낸 후의 결론은 단 하나였으니까.

당하기 전에 피하자.

호기심을 만족시키려고 남자를 덮칠 수는 없는 일. 그래서 빈우는 마음의 무장을 다시 하고 사무적으로 유리를 대하자고 결심한 터였다.

그러나 스위트룸에서 그녀를 기다리고 있는 건 그 남자만이 아니었다. 문을 열어준 낯선 남자를 빈우는 똑바로 쳐다보았다. 유리만큼이나 키가 큰 남자를 처음 본 순간 떠오른 단어는 '아폴론'. 눈부신 황금빛의 머리와 사파이어 블루의 눈동자, 그리고 조각상처럼 매끈한 얼굴을 한 그 남자는 그야말로 신이 만든 최고의 피조물이라 칭할 만했다. 검은 양복을 걸친 몸매 또한 균형 잡힌 근육질이라 보고 있는 것만으로도 즐거웠다. 빈우는 감탄의 눈길로 그를 훑어 내렸다. 잘생긴 남자를 보았을 때 나오는 자연스러운 반응이지만, 유리는 그것이 못마땅한지 짜증스럽게 말했다.

"준, 들어오지 않고 뭐 해?"

웃음기라곤 없는 금발의 남자는 차가운 눈으로 빈우를 쏘아보고 있었다.

이 남자, 뭐야? 눈싸움이라도 하자는 건가?

빈우는 질 수 없다는 듯이 그를 노려보았다. 그들 사이로 초조해하는 유리의 음성이 끼어들었다.

"크리스, 준은 만나봤지?"

그 말에 누가 더 놀랐는지 모른다. 동시에 흠칫해서 뒷걸음질 친 두 사람은 서로 빤히 쳐다보았다. 금발 남자는 그제야 빈우가 누구인지 알아차렸다는 눈빛인데, 다음 순간에는 푸른 눈이 거의 까맣게 변했다. 생긴 것과 달리 냉담하기만 하던 그 표정에 알 수 없는 빛이 떠올랐다.

크리스 쇼어는 새삼스러운 눈길로 문밖에 선 빈우를 훑어 내렸다. 그녀의 짧은 머리와 검은 뿔테 안경, 질끈 깨문 입술, 검은 스웨터와 검은 반코트, 잿빛 코듀로이 바지를 훑어 내리는 그의 눈빛은 예리한 칼날 같았다. 방심하면 그 칼날에 난도질당할 게 뻔했다. 빈우는 차갑게 웃으며 그에게 부탁했다.

"좀 들어가도 될까요, 미스터 쇼어?"

그녀의 음성을 듣자 크리스의 눈이 더욱 가늘어졌다. 그는 문에서 비켜서더니 들어오란 듯이 고갯짓했다. 미영은 훤칠한 세 남자, 아니, 두 남자와 빈우의 옆에서 상기된 얼굴로 눈치만 살피고 있었다. 할리우드 영화에서나 보던 미남들이 한 방에 모여 있으니 눈이 휘둥그레질 만했다.

빈우는 얼떨떨해하는 그녀의 허리에 한 팔을 감아 방 안으로 들어갔다. 그리고 크리스 쇼어에게 살짝 고개를 숙여 보이고 지나치려는데…….

"당신, 누구지?"

반사적으로 고개를 쳐든 빈우의 눈에 크리스 쇼어의 굳은 얼굴이 보였다. 그녀와 시선이 마주치자 크리스는 재차 물었다.

"무슨 장난을 하고 있는 거야?"

이런, 젠장!

빈우는 소리 없는 비명을 삼키며 그를 바라보았다. 대답할 말이 생각나지 않았다. 하여, 그 남자의 얼굴만 뚫어지게 쳐다보고 서 있었다.

Chapter

5

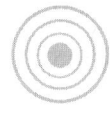
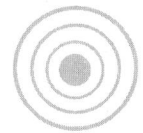

Chapter 5
—반전—

마음에 안 들어.

유리는 문 앞의 두 남자를 쏘아보며 중얼거렸다. 생각 같아서는 달려가 두 녀석을 확 떼어내고 싶었다. 크리스를 본 순간 반짝이기 시작한 준의 눈빛이 마음에 들지 않았다. 아니, 크리스에게 매혹당한 듯이 멍한 표정이 되는 것조차 보기 싫었다. 두 녀석은 서로에게서 눈을 떼지 못했다. 그 순간 이런 생각이 들었다. 과거에 저 두 녀석이 모종의 관계를 갖지 않았었나 싶은…… 그러다 들려온 크리스의 차가운 목소리에 유리는 깜짝 놀라 상념에서 깨어났다.

"그게 무슨 말이야?"

유리는 눈살을 찌푸린 채 크리스에게 물었다. 사준을 문전박대하는 크리스의 무례함에는 그 역시 당황했다.

"자네, 사준을 기억 못하는 거야?"

비난하는 어조로 그가 묻자 크리스가 몸을 돌려 그를 똑바로 쳐다보았다. 포커페이스라 불리던 녀석의 얼굴은 불쾌한 듯이 잔뜩 일그러져 있었다.

"기억하고 있는 것과 너무 달라서요."

"나도 그렇긴 해. 그래도 면전에서 그게 무슨 짓이야?"

빈우는 마른침을 삼키며 정신을 가다듬었다. 이 순간을 어떻게 헤쳐 나가느냐에 따라 그녀와 그녀 회사의 존폐가 판가름 날 것이다. 〈댄튼 인터내셔널〉의 파워는 그만큼 무시하지 못할 수준이므로.

"쇼어 씨가 뭔가 착각하신 것 같습니다."

그 말에 금발 남자가 불쾌하게 인상을 썼다. 빈우는 뜨끔했다. 쏘듯이 날아오는 푸른 눈동자의 광채는 그녀의 비밀을 낱낱이 파헤쳐 조각내 버릴 듯했다.

"다시 인사드리죠. 저는 사준입니다, 미스터 쇼어."

"크리스. 뉴욕에선 그렇게 불렸었는데."

삐딱한 말투 하고는.

빈우는 속으로 혀를 찼지만 부드럽게 미소 지었다.

"아, 깜박했습니다. 크리스라고 불러 드리죠."

크리스가 두어 걸음 뒤로 물러났고, 빈우는 얼어붙은 미영을 안은 채 거실로 들어섰다. 팔짱을 낀 채 거실 한가운데에 서 있던 유리가 가느다란 눈으로 미영을 쳐다보았다. 빈우는 그녀를 자신의 비서라고 소개했다. 유리의 눈은 미영의 허리에 감긴 빈우의 팔에 잠시 머물렀다가 여전히 인상을 쓰고 있는 크리스에게 날아갔다.

"내게 할 말이 있나?"

크리스의 눈썹이 꿈틀했다.

"생각을 좀 더 정리한 후에 말씀드리겠습니다."

"그러면 나 대신 앨리스를 배웅하고 와."

정체를 알 수 없는 초조감에 쫓겨 유리는 명령을 내렸다. 생긴 것과 달리 무뚝뚝한 성격의 크리스가 사준에게 필요 이상의 관심을 쏟는 것 같아 짜증이 났다.

"로런 양을 공항에 데려다 주라구요?"

알면서 되묻는 것도 크리스답지 않았다.

"그래, 무슨 문제 있나?"

"아닙니다."

그렇게 대답하는 녀석은 뭔가 할 말이 남은 얼굴이었다. 그걸 모른 척하며 유리는 소파에 나란히 앉아 있는 두 남녀에게 시선을 돌렸다.

사준은 여비서의 어깨 뒤 소파에 한 팔을 걸친 채 앉아 있었다. 뿔테 안경이 녀석의 작은 얼굴을 가리고 있지만 그 덕분에 어려 보이는 인상이 한결 차분해졌다. 남자치고는 너무 작은 얼굴이라 생각하며 유리는 직접 커피를 따라 그에게 내밀었다. 비서인 크리스와 함께 살펴봐야 할 서류들이 있었지만 어떻게든 될 거라 생각했다. 때마침 앨리스가 두 개의 슈트케이스와 화장품 가방을 든 채 방에서 나왔다. 그녀는 걸음을 멈추고 거실 안의 사람들을 쳐다보았다.

"설마 날 배웅하기 위해 모인 건 아니죠?"

그녀는 부글거리는 속을 감추고 농담을 던졌다. 그러나 소파에 앉아 있는 사준을 보자 지난밤의 굴욕이 떠올라 속이 부글거렸다. 온통 검은색의 옷을 입고 있는 그는 깔끔하면서도 지적인 분위기를 연출했고, 그녀를 똑바로 쳐다보는 눈길 또한 오만하기 짝이 없었다. 마치 그녀의 퇴장을 비웃는 듯한 느낌이라 앨리스는 이를 악물었다.

"크리스가 데려다 줄 거야. 그럼 잘 가."

그럼 잘 가? 그 냉담한 말투에 앨리스는 비명을 지르고 싶었다. 유리의 건조한 눈빛은 그녀에게 단 일 초도 머물지 않았다. 그녀에 대해 일말의 관심도 남아 있지 않다는 의미였다. 통한의 신음을 꾹꾹 누른 채 앨리스는 조그맣게 작별의 인사를 건넸다. 그리고 문 쪽으로 걸어가다 도무지 참을 수 없어 소파로 방향을 바꾸었다. 누구도 예측할 수 없었던 그 순간, 앨리스는 사준에게 다가가 그의 뒷머리를 움켜잡았다. 그리고 놀란 그가 고개를 들자 보란 듯이 얼굴을 내려 그의 입술을 덮쳤다. 커피가 묻은 그의 입술은 너무 부드러웠다. 한입에 쏙 들어오는 그 입술을 앨리스는 탐욕스럽게 빨았다. 모두 얼어붙은 채 그녀의 행위를 지켜보고 있었다. 경악해서 아무도 입을 열지 못했다. 단 몇 초만에 끝난 키스였지만, 고개를 든 앨리스는 흡족한 얼굴로 중얼거렸다.

"미국식 작별 인사예요, 준."

이 남자, 달콤해.

순간 앨리스는 아쉬움을 느꼈다. 시간이 좀 더 있었다면 이 한국 남자에 대해서 더 알아보았을 것이다. 남자이면서도 남자답지 않게 고운 얼굴의 이 남자는 침대에서 어떨까? 이렇게 아이러니컬한 분위기에 유리가 끌리는 것인지도 모른다. 사준의 옷을 벗겨서라도 확인하고 싶을 것이다. 이 정체불명의 묘한 기운이 어디에서 비롯된 것인지 알고 싶어서.

"앨리스!"

유리가 경고하듯 외쳤다. 또다시 격분하는 눈빛. 아하! 그제야 앨리스는 깨달았다. 사준의 옷을 벗기는 것만으로는 유리가 만족할 수 없을 거라는 걸.

"갈게요. 좋은 시간 보내요."

그녀는 달콤하게 속삭이고 사준의 얼굴선을 손으로 한 번 더 훑어 내렸다. 경직되어 눈만 깜박이고 있는 한국 남자가 귀여워 그녀는 살풋 미소 지었다. 크리스와 함께 나가는 그녀의 발걸음이 춤을 추듯 경쾌했다. 그녀는 콧노래를 흥얼거리기까지 했다.

서서히 정신을 차린 빈우는 자신에게 쏠리는 시선들을 의식했다. 미영은 경악해서, 유리는 험악한 눈빛으로 그녀를 뚫어지게 보고 있었다. 특히 유리의 눈앞에서 당한 키스라 민망했다.

"인사 한번 요란하군요."

빈우는 중얼거리며 엄지손가락으로 입술을 문질렀다. 앨리스의 립스틱 맛이 났다. 여자와는 처음으로 키스를 해봤지만 그리 불쾌하진 않았다. 너무 놀라서 어떤 감정을 느낄 정신이 없었던 게 사실이다. 시간이 좀 더 흐른 뒤에는 불쾌해서 미쳐 버릴 것 같겠지만, 현재의 그녀는 사준. 금발의 미녀에게 키스를 당한 것쯤이야.

"괜찮으십니까?"

빈우는 유리의 눈치를 살폈다. 짜증이 폭발할 것 같은 표정. 그녀의 물음에 유리는 표정만큼이나 험악한 어조로 대답했다.

"이젠 나와 상관없는 여자야."

"끝난 겁니까?"

놀라워하는 빈우에게 유리는 고개만 끄덕였다. 빈우는 속으로 혀를 찼다. 바람둥이라서 저런 건가? 무 자르듯이 여자와의 관계를 싹둑 잘라낸 남자가 마뜩찮아서 자연히 말투가 삐딱해졌다.

"진작 말씀해주지 그러셨어요. 로런 양에게 관심이 있었는데."

유리의 인상이 더 험악해졌다.

"자네가 여기에 온 건 일 때문이라는 걸 잊었나?"

"잊은 적 없습니다. 단지 금발의 미녀를 사귀어볼 기회를 놓쳤다고 생각하니 뭐."

"자넨 여자가 한둘이 아닐 텐데?"

"그래도 더 갖고 싶은 게 남자의 욕심이 아닙니까? 아하하!"

약을 올리는 대로 반응해 오는 남자를 더 놀려주고 싶었다. 그러나 옆에서 안절부절못하는 미영을 보고 참았다. 그녀는 언제 빈우의 정체가 밝혀지나 싶어 걱정이 된 나머지 커피 잔도 집어 올리지 못했다. 덜덜 떨고 있는 그녀의 손을 빈우는 슬그머니 잡아 자신의 허벅지 위에 올려놓았다. 그러고는 은근히 눈을 맞추어 속삭였다.

"긴장하지 마. 내가 통역해 줄게."

혹시 유리가 한국어를 알아들을까 싶어 필요한 말만 했다. 미영은 그녀의 말을 알아들었다. 즉, 이곳에서는 영어로만 말하겠다는 의미. 미영이 끄덕이며 빈우의 손을 힘주어 잡았다.

맞은편에서 유리는 그들의 친밀한 행위를 지켜보았다. 앨리스, 이번에는 자신의 여비서에게까지 페로몬을 뿌려대는 녀석. 역시 바람둥이라는 악명에 걸맞게 준은 대놓고 여자에게 수작을 걸었다. 애가 타는 한 남자의 심정은 전혀 알아주지 않은 채.

끓어오르는 화를 누르며 유리는 차가운 어조로 말문을 열었다.

"디자이너 웨어 건은 어떻게 할 건가?"

그의 질문에 준이 천천히 고개를 돌려 그를 보았다. 그 순간 유리는 가슴이 철렁했다. 나른하게 반짝이는 녀석의 눈빛이 너무나 섹시하게 느껴졌기 때문이다. 밤새 남자와 침대에서 뒹굴다 겨우 눈을 뜬 여자의 눈빛이라고나 할까. 잠긴 목소리만큼이나 섹시한 눈빛으로 준이 붉은 입술을 달싹이며 말했다.

"그건 〈댄튼〉에 일임하겠습니다."

"자넨 기성복만 전담하겠다?"

"네. 중저가의 비즈니스 캐주얼 웨어가 우리 〈빈우〉의 콘셉트니까요."

그런데 저 자식은 왜 저렇게 여자의 손을 만지작거리는 거야?

여비서의 손과 깍지 낀 채 꿈틀거리는 녀석의 손에 자꾸만 눈길이 갔다. 그런 자신을 억누르기 위해 유리는 더욱 무뚝뚝한 어조로 말을 이었다.

"알다시피 우리는 대량 생산되는 기성복에는 크게 기대를 하지 않네. 고급화 추세에 맞추어 전문 디자이너들이 각각의 아이템을 소화하고 있는 실정이야."

"그렇다고 〈빈우〉의 콘셉트 자체를 바꿀 순 없습니다. 우리 디자이너가 그걸 원치 않으니까요."

"자네 디자이너를 만나봐야겠군."

"월권이라는 생각이 드는군요."

두 사람의 시선이 부딪쳐 불꽃이 튀었다. 지켜보던 미영은 침을 꿀꺽 삼켰다. 소름이 끼칠 만큼 팽팽한 긴장감이 흐르는 분위기는 다시 겪고 싶지 않을 정도였다. 이런 분위기에서 침착하게 자기 페이스를 유지하는 빈우는 대단했다. 하기야 그 제멋대로인 오빠를 휘어잡고 사는 그녀에게 매번 감탄을 했었지만, 매처럼 무시무시한 눈을 번뜩이는 미국 남자에게 한 마디도 지지 않고 응수하는 빈우의 대담함에는 박수를 쳐주고 싶었다. 그런 한편 걱정이 깊어졌다. 저 성질 사나워 보이는 미국 남자가 빈우의 정체를 알게 된다면⋯⋯?

한기가 엄습해 몸을 떨자 빈우가 힐끔 쳐다보았다. 진정하라는 경고의 눈빛. 미영은 애써 미소 지었다. 자신으로 인해 정체가 탄로나게 되면 빈우는 그녀를 가만히 두지 않을 것이다. 평상시엔 무뚝뚝한 빈우가 이성을 잃으면 얼마나 거칠어지는지 알고 있었다. 예전에 사준의 아이를 임신했다며 찾아온 공갈 협박범을 잡아서 던지던 빈우를 떠올리자 미영은 간담이 서늘해졌다. 아무튼 빈우의 성질을 건드리지 말아야지.

"이 문제는 나중에 다시 얘기하도록 하지."

"이 문제로 더 얘기할 건 없습니다. 다음은요?"

유리는 건방진 녀석의 얼굴을 후려치고 싶었다. 그러나 곱상한 얼굴이 짓이겨지는 걸 상상하자 기분이 더 나빠졌다. 때려주고 싶을 만큼 건방진 것이 저 녀석의 매력이라면 매력이겠지.

유리는 화제를 바꾸어 대화를 계속했다. 크리스가 돌아오기 전까지 얘기를 끝내려다 보니 핵심만 짚고 넘어가는 식이었다. 그의 꼼꼼한 성격으론 있을 수 없는 일이었으나, 사준이 일어나

악수를 청할 때는 속이 후련했다.

"이따 점심을 함께하지."

유리는 손에 잡힌 녀석의 부드러운 손을 의식하며 중얼거렸다. 기름한 손에 부드러운 관절. 만져지는 것들이 온통 부드러워서 유리는 혼란에 빠졌다. 크림 빛이 도는 황금색의 피부는 감촉도 끝내줬다.

유리는 한국인인 어머니의 고운 살결을 떠올렸다. 백인의 창백한 피부와 달리 건강한 밀 빛으로 빛나던 어머니의 피부는 잡티라곤 찾을 수 없었다. 나이가 들면서 더욱 아름다워지는 어머니였다. 사준도 그럴까? 나이가 들면서 더욱 예뻐지겠지? 아니, 사내자식이 예뻐져서 어떻게 하겠다는 거야?

자신의 망상에 어이없어하는데, 사준의 나지막한 음성이 들려왔다.

"점심에는 선약이 있는데요."

"누구랑?"

반사적으로 튀어나간 질문에 준이 쿡쿡 웃었다.

"데이트요."

유리는 한숨을 쉬었다. 큰일났다. 마음에 드는 여자에게 몰두하는 버릇이 또 시작되었다. 그런데 이번에는 여자가 아니다. 그와는 국적, 사고방식, 성격마저 다른 한국 남자에게 말이다. Oh, God!

빈우는 유리가 창백한 얼굴로 굳어지는 걸 보았다. 그가 보내

오는 뜨거운 눈빛은 진작부터 의식했다.

그는 알고 있을까? 남자인 사준을 눈으로 잡아먹으려 드는 자신이 변태처럼 보일지도 모른다는 것을?

그러나 다행히도 빈우는 남자가 아니었다. 어쩌면 유리는 여자인 사준에게 본능적으로 반응하고 있는지도 모른다. 그의 남성이 빈우의 안에 숨어 있는 여성을 감지하고서 말이다. 애가 탈 것이다. 남자에게 끌리는 자신이 혐오스러울 거다. 그러나 저렇게 잘생긴 남자의 근사한 입술에 키스도 할 수 없는 자신의 처지가 더 한심했다. 사준이 아니라 사빈우였다면 성적인 호기심을 만족시키는 데 주저하지 않았을 거다. 실로 오랜만에 만지고 싶은 남자를 만난 건데.

"저녁을 함께하죠. 제가 대접하겠습니다."

이어지는 빈우의 말에 유리가 눈을 빛냈다.

"술도 한잔하지."

"네. 쇼어 씨도 초대할게요. 저는 파트너를 동반할 겁니다."

유리의 입술을 덮치는 실수를 저지르기 전에 불길을 잡아야 한다. 그러기 위해서는 방어막이 필요하지.

"누구, 여자?"

"네. 요즘 만나고 있는 여자입니다."

장난스럽게 윙크를 했지만 유리는 미간을 찌푸렸다. 그가 눈으로 미영을 가리켰다. 그녀와는 무슨 관계냐는 의미. 빈우는 의미심장하게 웃으며 유리의 눈을 응시했다.

"예전에 잠깐 그랬습니다."

미영이 사준의 과거 연인이었다는 뜻. 긴장해서 영어를 제대로 알아듣지 못한 미영이 의아하게 그녀를 올려다보았다. 그때를 기다렸다는 듯이 빈우는 그녀의 머리를 잡아 정수리에 입을 맞추었다. 눈은 유리에게 고정한 상태다.

"이따 보지."

유리가 거칠게 몸을 일으켜 문으로 걸어갔다. 짜증이 밴 그의 걸음을 빈우는 눈여겨보았다. 이렇게 거칠어진 분위기에서는 그녀의 정체를 헤아릴 여유도 없을 것이다. 그녀가 사준인 이상, 선택은 하나였다. 유리에게 혐오감을 심어줘서 스스로 나가 떨어지게 만드는 것. 그걸 위해서라면 사준이 천하에 못 말리는 바람둥이가 되는 것쯤은 문제도 아니었다.

"후아~ 죽는 줄 알았네."

엘리베이터 안에서 미영이 숨을 토해냈다. 자신의 어깨에도 닿지 않는 그녀의 머리를 내려다보며 빈우는 쿡쿡 웃었다.

"미영 씨, 너무 떨더라."

"말도 마세요. 영어를 듣는 것만으로도 가슴 떨리는데, 두 분의 포스가 워낙 강렬해서……."

"포스?"

"카리스마요. 그것도 사람 잡는 카리스마."

"하하하!"

큰 소리로 웃어대는 빈우를 미영이 원망의 눈길로 쏘아보았
다.

"웃지 마세요, 사장님. 들키면 어쩌려고요?"

"망하기야 하겠어?"

"그러다 사장님의 존재가 세상에 알려지면 어떡해요?"

그 말에 빈우가 웃음을 멈추고 인상을 썼다.

"빈말이라도 그런 말 하지 마. 끔찍해."

"그러니까 좀 더 조심하세요. 남자인 척하는 건 좋은데, 절 만
지진 마시구요."

미영의 야무진 대꾸에 빈우는 다시 쿡쿡거렸다.

"난 기분 좋던데."

"설마 사장님, 그쪽 취향인 건 아니죠?"

"걱정 마. 미영 씨는 내 타입이 아니거든."

빈우가 심술궂게 웃으며 말했다. 그녀에게서 후다닥 떨어져
선 미영이 동그란 눈으로 빈우를 훑어보았다. 남자 머리, 남자
옷, 남자의 제스처. 모든 게 남자라는 걸 부르짖고 있지만, 호리
호리한 몸에서 풍기는 분위기가 마냥 남자답지만은 않았다. 오
빠와 동반으로 모델 제의를 받았으나, 사람들 앞에서 광대 짓
하는 건 질색이라며 일언지하에 거절하던 빈우. 그녀는 이 시대
가 요구하는 메트로섹슈얼(metrosexual)의 대표 아이콘이 되고
도 남을 것이다. 담배를 물고 디자인에 몰두하는 그녀의 모습은
같은 여자의 가슴을 뛰게 할 정도로 근사했으니까. 그러나 빈우

는 자신이 원하는 일만 했다. 아마존의 여전사처럼 거침없이 자신의 삶을 영위해 가는 그녀가 얼마나 부러운지 모른다.

호텔의 로비를 걸어가는 동안 사람들의 시선이 몰려왔다. 사준인 척하는 빈우 때문이었다. 그러나 그녀는 눈길 한번 돌리지 않고 성큼성큼 걸어갔다. 그러다 막 회전문 안으로 들어온 금발의 남자를 보자 우뚝 멈춰 섰다.

미영은 황홀한 눈빛으로 크리스 쇼어를 바라보았다. 정말 잘생긴 남자다. 한 여자의 애인으로 욕심내는 것이 황송할 정도로 완벽한 피조물이다. 저런 인물은 여자들 모두의 눈요기감으로 둬야 더 가치가 있는 법.

그런 망상에 빠진 미영을 뒤로하고 빈우는 다시 걸어나갔다. 크리스의 정면에 서자 그가 얼음 같은 눈을 가느다랗게 좁혔다.

"지금 무슨 연극을 하고 있는 건가?"

빈우는 한숨을 쉬었다. 그녀의 정체를 간파했다고 해서 초면에 무례함을 저질러도 된다는 건 어느 나라 법인지……

"사업적인 이유 때문에 사준인 척하고 있습니다."

똑 부러진 대답에 크리스가 피식 웃었다.

"성전환 수술을 했다고는 하지 않는군."

"어떻게 하실 겁니까?"

누구에게든 협박당하는 건 질색.

"어떻게 해줄까?"

"다 밝혀도 상관없습니다. 대신 날 갖고 놀 생각이면 마음 고

처먹으시죠."

크리스 쇼어의 눈빛을 읽기가 힘들었다. 미국 남자들은 다 이렇게 처치곤란한 건가?

"사준과는 무슨 관계인가?"

"그의 여동생입니다."

"외아들이라고 했는데?"

"호적상이죠."

"이름은?"

"사빈우. 호적에는 김빈우."

미영은 차마 다가오지 못하고 뒤에서 머뭇거렸다. 심상치 않은 분위기를 그녀라고 왜 못 느끼겠는가? 빈우는 넌더리가 났다. 어이없는 연극에, 또한 무례한 이 남자에게, 그리고 무엇보다 그녀의 정체를 깨닫지 못하는 무딘 미국 남자, 유리 세바스티앙 댄튼에게.

그때 크리스가 불쑥 손을 뻗어 그녀의 목덜미를 잡았다. 스웨터 위로 살짝 드러난 살결을 그가 아프도록 힘주어 눌렀다. 아담스 애플(Adam's Apples: 갑상연골)을 확인하려는 건가? 빈우는 신음을 참았다. 겁을 먹었다는 시늉조차 하기 싫었다.

"여자가 맞군."

뜻밖이라는 말투. 빈우는 그의 손을 쳐냈다.

"협박하지 말라고 했습니다만?"

해볼 테면 해봐라.

"이런 연극을 하는 이유를 말해."

"준이 사라졌으니까요."

크리스가 한쪽 눈썹을 획 치켜올렸다.

"행방이 묘연하단 건가?"

"휴가를 떠났습니다."

"그래서 당신이 대타로……."

"〈빈우〉의 사장은 사빈우입니다. 눈치 채셨을 텐데요."

이 남자, 재수없다.

꼬장꼬장한 말투, 차디찬 시선, 쓸데없이 눈치가 빠른 것까지 맞서기에 너무 벅찬 상대가 크리스 쇼어다. 그러니 저 무책임한 사준 녀석이 도망치라고 했겠지.

"사기 행각을 언제쯤 밝힐 생각인가?"

"원하시면 언제라도."

"재미있군."

그렇게 말하는 남자의 눈빛이 더욱 짙어졌다. 그는 새삼스러운 눈길로 빈우의 머리에서 발끝까지 다시 훑어보았다. 불쾌해하던 시선에는 엷게나마 감탄의 빛이 감돌았다. 자기네 회사를 상대로 사기 행각을 벌이는 여자의 대담함에 감탄한 게 분명했다. 그런 생각이 들자 빈우는 다소 안심이 되었다. 그녀에게 적대적이기만 하던 남자에게서 약간의 틈이라도 발견하면 다행이지 않은가.

"그럼 저녁에 뵙죠."

"두렵지 않나?"

크리스가 지나치는 그녀의 팔을 잡아 세웠다. 빈우는 싸늘한 눈으로 그의 손을 쏘아보았다. 그러자 남자가 쿡쿡 웃으며 손을 떼어냈다. 심술기로 번뜩이는 저 눈빛 좀 봐라.

"원하시는 대로 하라고 말씀드렸잖습니까?"

뚫어지게 그녀를 쳐다보던 남자가 한 걸음 물러섰다. 일단 양보한다는 느낌. 그러고는 그가 중얼거렸다.

"정말 흥미진진하군."

빈우는 거칠게 몸을 돌려 회전문으로 향했다. 짜증이 나서 폭발할 것 같았지만 꼿꼿한 걸음걸이를 흩뜨리지 않았다. 안절부절못하던 미영이 종종걸음으로 그녀를 뒤따랐다. 걸으면서도 빈우는 뒤통수에 내리꽂히는 남자의 시선을 의식했다. 자신의 상사만큼이나 오만하고 재수없는 남자의 시선이었다.

룸으로 올라온 크리스는 거실 창 앞에 서 있는 유리를 발견했다. 그는 뒷짐을 진 채 창밖을 보고 있었다.

"사장님, 언제까지 여기에 계실 겁니까?"

크리스는 본론부터 꺼냈다. 유리는 돌아보지 않았다.

"글쎄."

그답지 않은 대답이라 생각하며 크리스는 조심스럽게 말을 이었다.

"빨리 마무리하고 돌아가시죠."

"그래야지."

깊은 생각에 잠긴 어조라 묻지 않을 수 없었다.

"뭘 고민하십니까?"

미국에서부터 이상한 기운을 감지하긴 했었다. 한국에 들어오기 직전, 사준에 대해서 빠짐없이 알아보라는 사장의 명령을 받은 순간부터 말이다.

"사준에게 관심이 있나?"

뜬금없는 질문에 크리스는 눈살을 찌푸렸다.

"무슨 뜻입니까?"

"그 녀석, 양성애자라고 고백하더군."

안타까움이 섞인 한숨 소리. 그 순간 크리스는 깨달았다. 사빈우, 그 여자가 유리를 상대로 무슨 장난을 치고 있는 건지.

문제는 그 여자에게 농락당하는 유리였다. 저토록 심각한 어조로 말하는 유리는 그가 알고 있는 상사가 아니었다. 어떤 여자를 만나도 자신의 페이스를 잃지 않았던 상사가 그 남자를, 아니, 사빈우를 어떻게 대해야 할지 몰라 고민하는 모습이라니!

"사장님, 사준이 정말 남자일까요?"

슬쩍 떠보자 유리가 휙 몸을 돌려 사납게 소리쳤다.

"무슨 소리야!"

"육 개월 전에 제가 만난 사준은 저렇지 않았거든요."

그는 사빈우!

그렇게 밝혀야 하건만 크리스는 호기심에 지고 말았다. 밥을 먹듯이 여자를 갈아 치우던 유리가 이렇게 안절부절못하는 건 처음이다. 매번 눈물 바람인 여자들을 떼어내느라 고생한 것은 유리가 아니라 자신이었다. 낮엔 유리의 명령에 들볶이고, 밤엔 유리가 만나는 여자들의 뒤치다꺼리를 하던 일들이 크리스의 뇌리에서 망령처럼 되살아났다. 재벌가의 막내아들로 태어나 고생이라곤 해본 적이 없는 유리가 이참에 인생의 쓴맛을 느껴 보는 것도 괜찮으리라. 크리스는 음흉하게 웃었다. 바람둥이 사장이 여자 같지 않은 여자에게 쩔쩔매는 걸 보는 것도 재미있을 것 같았다.

그래, 사빈우. 좀 더 지켜봐 주지.

"벗겨서 확인해 볼까요?"

시치미를 떼고 물었다. 그 말에 유리의 얼굴이 확 붉어지는 걸 보고 크리스는 쾌재를 불렀다. 이 제멋대로인 사장이 그 여자에게 단단히 코를 꿴 모양이다.

"너도 그쪽이냐?"

유리가 씹어뱉는 투로 추궁했다. 크리스는 영문을 모르겠다는 표정을 지었다.

"뭐가요?"

"게이냐고!"

"아닙니다."

"그럼 왜?"

"재미있을 것 같아서요."

기가 차서 유리는 말을 잇지 못했다. 그러나 크리스에게 반한 듯이 눈을 빛내던 준을 떠올리자 불길한 예감이 들었다. 혹시라도 그 녀석이 크리스에게 집적댄다면?

그런 상상만으로도 혈압이 치솟았다. 유리는 목덜미 뒤를 잡고 거칠게 내쏘았다.

"녀석에게 손끝 하나 대지 마. 가만있어."

"사장님, 설마……."

"무얼 상상하든 거기까지만."

유리는 이성을 잃기 직전이었다. 이젠 물러서야 할 때.

"저는 사준에게 성적인 관심이 없습니다. 그러니 안심하십시오."

놀랍게도 유리의 얼굴이 빨개졌다. 귓불까지 달아오르는 신기한 광경을 크리스는 감탄의 눈으로 바라보았다. 격분한 유리가 테이블을 발로 걷어찼다.

"젠장!"

크리스는 재빨리 도망쳤다. 저럴 때의 유리는 벌에 쏘인 불곰보다 더 사나웠다. 그러나 저렇게 이성을 잃은 사장은 대학 시절 이후로 처음이라 생각하며 크리스는 숨죽여 웃었다. 아무튼 사빈우. 대단한 여자임엔 틀림이 없었다.

Chapter

6

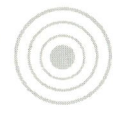

Chapter 6
—질투—

한애경 여사님이 가라사대,

"한국 여자를 우습게 보지 마라. 너처럼 단순한 녀석의 머리로는 이해할 수 없는 부분이 많으니까."

그리고 또 한말씀 하셨다.

"날 봐도 알 거다. 이 엄만 네 아버질 잡고 살잖아. 자고로 남잔 여자에게 잡혀 사는 게 행복한 거야. 우리 한국 여자들, 나약해 보여도 겉만 그럴 뿐이야. 네가 한국 여자와 사랑에 빠진다면 각오를 단단히 해두는 게 좋을 거야."

그때 어머니인 한 여사님께 그는 묻고 싶었다.

'그러면 한국 남자는요?'

그러나 그는 현명하게 침묵을 지켰고, 그저 한 여사님의 잔소리를 끈기있게 들어주었다. 앨리스 로런과 헤어졌다는 소식에 득달같이 전화를 해온 그의 어머니는, 이제 타깃을 한국 여자에게로 돌리라고 충고하셨다. 이왕 써야 하는 정력이라면 한국 여자에게 쓰라고, 그리고 아예 아이를 만들어서 오라고 말이다.

그게 대체 어머니라는 분이 할 말씀인가 의심스러웠지만, 그는 또한 침묵했다. 어떤 말을 하든 눈치 빠른 한 여사님이 알아차려서 추궁해 올 게 뻔하기에. '이번 상대는 한국 여자냐? 결혼할 거지?' 그런 질문은 두렵지 않았으나, 문제는 그 상대가 '여자'가 아니라는 것. 자신의 눈에 넣어도 아프지 않을 막내아들이 한국 남자에게 꽂혔다는 걸 알게 되면, 그 성미 급한 한 여사님은 거품을 물고 쓰러지실지도 모른다. 그리고 당장 한국으로 날아와 아들의 다리몽둥이를 부러뜨릴 것이다. 한애경 여사님이라면 충분히 그러고도 남았다.

그래서 저녁 무렵 호텔의 바(bar)로 내려온 유리는 침묵한 채 술잔만 비워냈다. 사준을 향한 정체불명의 감정—그걸 감정이라고 이름 붙여야 할지 그 자신도 알 수 없지만—에 괴로워하는 자신이 못마땅해 술잔에 집착하는지도 몰랐다. 그의 맞은편에는 한 커플이 앉아 있었다. 바람둥이 자식, 사준과 그의 파트너인 유리애.

이름도 기분 나쁜 유리애는 인기 영화배우라고 했다. 빨간 머리와 쭉쭉 빵빵한 몸매를 자랑하는 미인이지만 유리는 첫눈에 그녀가 싫어졌다. 고양이처럼 가느다란 눈으로 그를 훑어보는 것하며, 비음이 섞인 달달한 음성, 게다가 사준의 옆구리에 딱 붙어 앉아 연방 그의 허벅지와 손을 주물럭거리는 것도 마음에 들지 않았다. 유리애는 대놓고 사준을 유혹했다. 그들이 연인임을 과시하듯 스킨십을 연출했다. 바로 앞에 앉은 유리 세바스티앙 댄튼과 크리스 쇼어, 두 미국 남자는 꿔다 놓은 보릿자루마냥 그들의 행각을 지켜봐야 했다. 시간이 흐를수록 유리는 기분이 더 나빠졌고, 크리스의 알 수 없는 표정은 더욱 아리송해졌다. 예전부터 느낀 거지만 이럴 때의 크리스는 정말이지 의뭉스럽기 짝이 없었다.

유리는 답답한 마음에 담배를 빼 물었다. 그때 유리애와 뭔가 속닥거리던 사준이 그에게 물어왔다.

"담배, 더 있습니까?"

유리는 말없이 그에게 담뱃갑을 내밀었다. 한 개비 빼어 든 준이 싱긋 웃으며 말했다.

"이왕이면 담뱃불도."

한쪽 눈썹을 치켜올리긴 했지만 유리는 아무 말 없이 그에게 자신의 불 붙인 담배를 건넸다. 준이 고개를 숙여 입에 문 담배를 유리의 담배 끝에 갖다댔다. 준의 붉은 입술에 물린 담배에서 하얀 연기가 피어올랐다. 녀석은 한 모금 길게 빨아들이고는 가느다란 손가락 사이에 담배를 끼웠다.

"맛있는데요."

중얼거리는 음성이 낮게 잠겨 있다. 예쁘장하게 생긴 녀석이 목소리는 성별을 알 수 없을 만큼 낮고 허스키하다. 목구멍이 답답해졌다. 유리는 담배를 든 손으로 술잔을 입에 가져갔다.

"자넨 언제부터 담배를 피우기 시작했나?"

"대학에 들어가서요."

대답한 준이 또다시 한 모금 빨아들였다가 길게 내뱉었다. 허공을 향해 입술을 살짝 벌리는 그 모습은 정말이지……!

더 이상의 상상은 그만.

유리는 속으로 자신을 걷어차며 가까스로 시선을 옆으로 옮겼다. 준을 쳐다보는 유리애의 황홀해하는 표정이 볼만했다. 아주 녀석에게 빠진 얼굴이다. 갑자기 담배 맛이 형편없어졌다. 유리는 재떨이에 담배를 비벼 끄고 준의 비어 있는 술잔을 턱으로 가리켰다.

"한 잔 더 하겠나?"

"제가 사는 술이니 마음껏 드십시오."

그러고는 녀석이 손가락을 튕겨 웨이터를 불렀다. 달려온 웨이터에게 그가 위스키 한 병을 주문했다.

"칵테일이 술입니까? 음료는 그만 마시고 이제부턴 술을 마셔보죠."

크리스가 한숨을 쉬었다. 자신의 비서가 술을 즐기지 않는다는 걸 기억하고 유리는 피식 웃었다. 슬쩍 쳐다보자 크리스는 인상을 찌푸리고 있었다.

"자네 먼저 올라가지?"

그 말에 크리스가 고개 저었다.

"사장님을 지켜봐야겠습니다."

"나를, 왜?"

"아무래도 술독에 빠지실 것 같아서요."

잔소리꾼. 유리는 코웃음치고 위스키 병을 들었다.

"그럼 자넨 구경이나 해."

그러면서 준의 술잔에 위스키 병을 기울이는데, 크리스가 가라앉은 목소리로 말했다.

"과음하지 마십시오."

"자네가 지켜보고 있을 텐데, 뭐가 걱정이야?"

담배를 입에 문 채 쿡쿡 웃는 유리의 얼굴에 씁쓸해하는 표정이 떠올랐다. 슈트의 재킷은 벗어 던진 지 오래였고, 셔츠의 단추도 세 개나 풀려 있었다. 첫 술잔에 넥타이가 사라지고, 두 번째 술잔에 셔츠의 첫 번째 단추가, 그리고 둘째, 셋째 술잔에 단추가 하나씩 풀렸었다. 그리고 이번에는 위스키.

놀라운 일이었다. 이토록 초조해하는 유리의 모습, 지켜보는 재미는 있으나, 너무 괴로워하는 것 같아 기분이 좋지 않았다. 고약한 심술기에 져서 사빈우의 연극을 두고 보자 했으나, 여자를 파트너로 데려와 남자인 척하는 그녀를 보니 짜증이 났다. 유리애가 사준의 정체를 아는 걸까, 의심하다가도 순간순간 마주치는 빈우의 눈빛을 보아하니 순전히 장난이다. 혹시 사빈우가 레즈비언이 아닐까? 그렇게 생각할 수밖에 없는 것이 그녀와 사랑에 빠진 유리애의 모습이 너무나 리얼했기 때문이다. 그렇다면 유리는 그야말로 진퇴양난. 한국 남자에게 빠진 줄 알았는데, 알고 보니 레즈비언인 여자라니. 그게 더 유리에겐 끔찍한 사실이 될 것이다. 골치가 아프다. 지금이라도 사빈우의 정체를 밝혀 버릴까?

그렇게 고민을 하는 크리스의 귀로 사빈우의 나지막한 음성이 들려왔다. 눈을 감고 들으면 정말 여자인지 남자인지 알 수 없을 정도로 허스키한 음색이다.

"앨리스와는 왜 헤어졌습니까?"

알코올의 위력인지 녀석의 음성은 더욱 낮고 부드러워져 속삭이는 것처럼 들렸다. 평상시의 유리라면 사생활을 들먹이는 녀석에게 냉정하게 일갈을 했을 것이다. 그러나.

"오래전부터 헤어질 생각을 하고 있었어."

변명하는 것 같은 저 말투.

크리스는 속으로 한숨을 쉬었다.

"그런 금발의 미인과 헤어지는 게 쉽지 않았을 텐데요."

"그런 미인은 세상에 널렸어."

"우리 한국에서는 볼 수 없는 미인이거든요."

유리의 가느다란 눈이 유리애를 가리켰다.

"파트너를 옆에 두고 할 말이 아닌 것 같은데?"

그러자 준이 픽 웃고는 유리애의 어깨에 한 팔을 둘러 안았다. 유리애는 '아이, 오빠'라고 하면서 녀석의 어깨에 머리를 기댔다. 유리는 '오빠'라는 한국어를 알고 있었다. 한애경 여사님이 남편에게 뭔가 부탁하고 싶을 때, '오빠'라고 부르는 장면을 몇 번이나 보았으니까.

"리애는 날 믿고 있거든요. 내가 무슨 짓을 하든 결국에는 자신에게로 돌아갈 거라는 걸 말이죠."

"대단한 자신감이군. 그런데 애인이 몇 명인가?"

아무렇지 않은 듯한 질문 속에 가시가 숨어 있었다. 그걸 빈우도, 크리스도 느꼈다. 그러나 빈우는 시치미를 떼고 웃으면서 대답했다.

"글쎄요. 다섯 명 이후로 세어본 적이 없어서요. 하하하!"

유리가 인상을 썼다.

"나보다 더하군."

"아니, 사장님보다는 덜할 겁니다. 아직 백인 여자와는 해본 적이 없거든요."

"뭘 해?"

빈우는 이쯤에서 장난을 그만둬야 한다는 걸 알았지만, 도무지 충동을 누를 수가 없었다. 오랜만에 마신 술 때문이리라.

"섹스."

그 한 단어는 침묵을 불러왔다. 잔뜩 찌푸린 얼굴의 유리, 표정이 아예 사라진 크리스, 그리고 당황해서 낯을 붉히는 유리애까지. 오직 멀쩡한 사람은 빈우뿐이었다.

말을 하고 보니 정말 오래 굶었다는 생각이 들었다. 삼 년이 넘었나? 섹스에 미친 여자는 아니지만, 술을 마실 때는 한 번씩 충동을 느끼곤 했다. 취하면 아무나 붙잡고 키스를 퍼붓고 스킨십을 요구한다고 준이 그랬던가? 처음으로 그녀에게 사랑을 고백해 온 대학 선배와 얼떨결에 첫경험을 치른 것도 술을 진탕 마신 뒤였다. 그래서 절대 취할 정도로는 술을 마시지 말라고 그녀의 오빠가 말했었다. 아, 그런데 오늘 왜 이렇게 술이 고픈 거야?

빈우는 위스키 잔을 죽 들이키고 한 잔 더 따랐다. 그리고 한 번에 마셔 버렸다. 그녀가 석 잔을 비우는 동안 얼어붙어 있던 사람들이 정신을 차렸다. 그녀의 술잔을 빼앗은 것은 유리였다. 그는 험악한 어조로 내뱉듯이 말했다.

"먼저 취하면 어떻게 하나?"

"아직 취한 거 아닌데요."

이 남자의 입술은 어떤 느낌일까?

빈우는 게슴츠레한 눈으로 유리의 입술을 보았다. 남자답게 입매가 뚜렷하고 적당히 부풀어 있지만, 남자치고는 다소 선정적인 느낌을 주는 붉은 살결이다. 그를 처음 볼 때부터 궁금했었다. 남자의 입술이야 거기에서 거기인데, 어째서 이 미국 남자의 입술은 이렇게 탐스러운지, 먹어버리고 싶은 건지 말이다.

그녀의 시선을 느낀 모양인지 유리의 인상이 더욱 험해졌다.

"그만 마셔."

빈우는 자신의 술잔을 잡은 그의 손을 떼어냈다.

"잔소리는 사절입니다."

"취한 녀석의 뒤치다꺼리는 질색이야."

"누가 제 뒤치다꺼리를 하라고 했습니까?"

그렇게 빈정대는 빈우는 절반쯤 취한 상태였다. 그때 유리가 술을 한입에 털어 넣고 소리 나게 술잔을 내려놓았다. 그러고는 거의 까맣게 변한 눈으로 빈우를 바라보았다.

"그럼 자네가 내 뒤치다꺼리를 해야겠군."

무슨 소리냐는 듯이 쳐다보자 유리가 입꼬리를 올려 미소 지었다.

"술, 한번 마셔보자고."

"내기를 하자고요?"

"브랜드 네임의 선택권을 갖는 걸로."

빈우는 잠시 고민했다. 술내기로 비즈니스를 한다? 말도 안 되는 일이지만 그녀를 바라보는 유리의 표정을 보자 승부욕이 불끈 치솟았다. '겁이 나면 포기하시지' 유리의 표정은 그렇게 말하고 있었다. 뚫어지게 그를 쳐다보며 몽롱한 머릿속으로 승산을 계산해 보았다. 불안하다. 그러나 질 수 없다는 오기가 불끈불끈. 아드레날린이 온몸으로 번져 가는 이 느낌. 참으로 오랜만에 느껴보는 것들이라 포기하기 싫었다. 그래서 멀쩡한 정신의 사빈우라면 절대 할 수 없는 결정을 이 순간 내리고 말았다.

"그렇게 하죠."

"후회 안 할 자신 있나?"

"지금껏 살면서 후회는 딱 한 번 해봤습니다. 걱정은 붙들어 두시죠."

아버지가 돌아가시기 전에 진심으로 화해하지 못한 일.

아버지가 돌아가신 후에야 유언장을 통해 딸을 버렸다는 죄책감으로 줄곧 괴로워하셨다는 걸 알게 된 일.

빈우는 마음속으로 중얼거리며 술잔을 높이 들어 올렸다. 우울한 생각은 그만.

"준비됐습니까?"

"시작하지."

크리스가 만류했지만 유리는 술잔을 가득 채웠다. 대학 시절, 축구팀의 친구들과 술내기를 해본 후로 처음이었다. 사준에게 매혹당한 건 인정한다. 그러나 녀석의 건방진 콧대를 꺾어버리고 싶은 욕구는 그보다 더 강했다. 녀석이 눈을 빛내며 여자처럼 생글생글 웃는 것도 마음에 들지 않았다. 마치 그의 속마음을 꿰뚫어 보고 있듯이 장난을 걸어오는 모습도 기분 나빴다. 온통 기분 나쁜 것투성이인 녀석에게서 눈을 떼지 못하는 자신을 의식하는 기분. 경험해 보지 못한 사람은 그 불쾌함을 절대 모를 거다.

사준. 넌 죽었어, 자식아.

유리는 의미심장하게 웃으며 준과 술잔을 부딪쳤다. 그러고는 둘은 동시에 술을 털어 넣었다. 지켜보고 있던 유리애가 크리스에게 내쏘았다.

"당신 사장을 좀 말리지 그래요?"

크리스는 팔짱을 끼고 앉아 한심한 두 인간을 구경하고 있었다. 그는 파란 눈으로 리애를 일별하고는 억양없는 말투로 중얼거렸다.

"당신 연인이나 신경 쓰시지."

어색한 발음이나마 또박또박 영어로 말하는 리애의 얼굴에 초조감이 서렸다.

"우리 준 씨, 술 오랜만에 마시는 거란 말이에요."

크리스의 황금빛 눈썹이 높이 치켜 올라갔다.

"준 씨?"

뭔가 의미심장한 그의 말에 리애는 표정 하나 안 변하고 대꾸했다.

"우리 준 씨한테 무슨 일이 생기면 내가 당신을 가만 안 둘 거예요."

사빈우만큼이나 건방지고 겁이 없는 여자군.

그 순간 크리스는 궁금해졌다.

한국 여자들은 다 이렇게 무모한가?

"날 가만 안 둔다니?"

"한국에 발도 못 붙이게 만들 거예요. 당신 사장이 우리 준 씨를 괴롭히는 걸 방관하고 있잖아요. 그러는 댁이 더 나빠요."

유리애, 정말 사빈우를 사랑하는 걸까?

"애들도 아닌데 왜 말리나."

"말려야죠. 저러다 우리 준 씨, 쓰러지겠어요."

리애는 입술을 깨물며 안절부절못했다. 크리스는 가느다란 눈으로 그녀를 관찰했다. 동양인치고는 작고 갸름한 얼굴에 피부도 크림을 바른 듯이 보얗고 깨끗했다. 신인 여배우라더니, 외모만 봐서는 할리우드에 데려다 놔도 손색이 없을 것 같다. 딱 유리의 취향이다. 그러나 놀랍게도 사준, 아니, 남자인 척하는 사빈우에게 빠진 유리에게는 유리애가 보이지 않는 모양이다. 어쨌든 사빈우의 여자 취향만큼은 끝내준다고 인정하자. 유리애가 레즈비언이라면 남자들에겐 불행한 일이지만 뭐.

크리스가 상념에 빠져 있는 동안 위스키 반병을 비운 빈우가 자리에서 일어났다. 유리애가 따라 일어나 비틀거리는 빈우를 잡아주었다.

"어디 가나?"

유리의 목소리는 얄밉도록 또렷했다. 아직 취한 징조도 안 보인다. 낭패감에 입술을 씹으며 빈우는 무뚝뚝하게 말했다.

"세수 좀 하고 오겠습니다."

그러면 정신이 좀 들겠지?

비틀거리며 걷는 그녀를 리애가 부축했다.

화장실 안에 아무도 없는 걸 확인한 리애가 출입문을 닫아걸

고 빈우에게 달려왔다. 빈우는 세면대에 기대어 찬물을 얼굴에
끼얹고 있었다.

"너, 미쳤니?"

대학 동창인 리애는 그녀 특유의 쏘는 듯한 말투로 다다다 쏘
아붙였다.

"그렇게 마시면 어떡해? 취해서 네 정체가 탄로나면 어떡할
거냐고?"

빈우가 거울 속의 리애를 보고 씨익 웃었다.

"친구야, 고맙다."

"아니, 미친 건 나야. 네 부탁을 거절 못해서 이게 뭔 짓이
니?"

리애는 투덜대면서도 빈우의 얼굴을 페이터 타월로 닦아주었
다.

미대 출신인 빈우가 영화학과 출신인 리애와 친구가 된 것은
순전히 사준 덕분이었다. 그 당시 리애에게 열렬히 대시하던 준
이 거절당한 분풀이로 '유리애, 재수없는 호박은 지구를 떠나
라!'라는 내용의 악성 문자를 보냈는데, 하필 그게 빈우의 휴대
폰으로 보낸 문자였고, 흥분한 리애가 휴대폰의 번호를 조회한
끝에 빈우를 찾아와 다짜고짜 주먹을 날리면서 그녀들의 인연
이 시작되었다. 그때, 난데없이 나타난 여자에게 주먹세례를 받
은 빈우는 딱 두 마디만 말했었다. '언제까지 맞아줄까?'. 입가
에 피를 흘리면서도 빈정거리던 그녀가 준이 아니라는 걸 그제

야 깨달은 리애는 미안해서 어쩔 줄을 몰라 했다. 그러나 한두 번 겪은 일이 아닌 듯 빈우는 그냥 없던 일로 하자며 돌아섰고, 그 후 죄책감에 리애는 줄기차게 빈우를 따라다니며 보상을 하려고 했던 것이다. 그러다 막 스크린에 데뷔한 리애를 스토킹하던 남자를 빈우가 붙잡아 흠씬 두들겨 패준 뒤에는 다시없을 우정의 관계로 접어들게 되었다. 리애가 남자 문제로 곤경에 처할 때마다 빈우가 그녀의 애인 역할을 자처했고, 그 덕분에 사준과 리애가 사귄다는 공공연한 소문이 번져 한때 준이 길길이 뛰며 화를 낸 적도 있었다. 대학 시절 자신을 얼간이라며 무시하던 리애와 엮여서 기분 나빠하는 준에게 빈우는 말했었다. '당하는 기분이 꽤 황홀하지?'.

"그나저나 유리, 그 남자 바보 아니니? 척 봐도 넌 여잔데, 어쩜 그렇게 모를 수가 있어?"

"여자를 제외한 인간들에겐 관심이 없는 분이지. 그러니 남자인 사준을 눈여겨보지도 않았을걸."

빈우의 대답이 못마땅한 듯이 리애가 눈살을 찌푸렸다.

"하여튼 바람둥이들은 재수없어. 조금만 신경을 써도 네가 여자라는 걸 단번에 알아낼 텐데 말이야."

"내가 남자라고 철석같이 믿고 있는 눈에 보이는 게 전부라고 생각하겠지."

"들키면 어쩔래? 그 남자, 성깔 장난 아니겠던데."

리애는 자신을 노려보던 유리의 눈빛을 떠올리고 몸을 떨었다. 남자에게서 그렇게 차갑고 살벌한 눈빛을 받은 건 처음이었다. 데뷔 이래 처음 있는 일이라 당혹감에 말을 잃을 정도였다. 그래서 머리 빈 여자처럼 빈우를 바라보며 샐룽거리기만 했다. 유리는 내내 그녀에게 적대적인 시선을 보냈다. 아무리 생각해도 그런 남자의 태도가 미심쩍었다.

"혹시 그 미국 남자, 널 좋아하는 거 아냐?"

얼굴을 문지르던 빈우의 손이 멈칫했다. 거울 속에서 두 여자의 눈이 마주쳤다.

"날 경쟁자로 여기는 눈빛이었어. 몸이 떨려서 죽는 줄 알았단 말이야."

이어진 리애의 말에 빈우가 천장을 올려다보았다. 잠시 그렇게 있던 그녀가 갑자기 고개를 내려 리애의 눈을 똑바로 응시했다.

"남자 취향인 것 같아."

"누구? 그 유리 뭔가 하는 남자?"

깜짝 놀라는 리애. 그런 생각은 전혀 해본 적이 없는 눈치다.

"아니면 나한테 추파를 던지는 그 남자를 어떻게 해석해야 돼?"

유리가 사준에게 몸이 달아 있다는 걸 빈우는 본능으로 느꼈다. 그녀를 쳐다보는 그의 눈빛에서, 건네는 말 한 마디 한 마디에서 '나는 널 안고 싶다'라는 냄새를 맡았는데, 못 느끼면 목석인 거지. 분명히 유리는 육체적으로 끌리고 있다. 남자인 사준에게. 그런 것도 감지 못할 만큼 쑥맥이 아닌 빈우에게는 유감이 아닐 수 없었다. 사빈우였다면 당장 그를 침대로 끌고 갔을 것이다. 유부남도, 애인이 있는 것도 아닌 남자와 침대에서 뒹군다 한들 누가 손가락질할 거냐 말이지. 이 타는 듯한 갈증이 단순히 육체의 문제인지, 아니면 그보다 더 꺼림칙한 감정의 문제인지 알아냈을 것이다. 첫눈에 반한 것도 아닌데, 어째서 유리만 생각하면 심란해지는지 알 수 없었다. 그러나 사준. 그 빌어먹을 역할 때문에 이도저도 못하고, 애들처럼 장난이나 치고 앉아 있으니…….

"끌리는구나?"

리애의 의미심장한 질문에 빈우는 한숨을 내쉬었다.

"끌리면 뭐 해. 사준이라 아무 짓도 못하는데."

"애초에 시작하질 말았어야지. 이제 와서 밝혀봐. 그 남자, 폭발할걸? 그림의 떡이라 여겼던 사준이 실은 여자라는 걸 알게 되면 화가 나서 펄펄 뛸 거다."

"그 정도가 아닐 거야. 거짓말을 하는 인간을 가장 싫어한다고 했거든."

리애가 축 처진 빈우의 어깨를 위로하듯 쓰다듬었다.

"내가 힘닿는 데까지 도와줄게. 널 완벽한 남자로 알게끔 해줄게."

빈우가 낄낄거렸다.

"어디 가서 남자 고추라도 빌려오련?"

"하여튼 입만 열면 여자가 아니에요, 사빈우 씨."

고개를 젓고 문으로 걸어가던 리애가 문득 생각난 듯이 물었다.

"그런데 크리스라는 그 남자, 왜 그렇게 음흉하니?"

"왜?"

"자기 사장을 좋아하는 건지, 싫어하는 건지 모르겠어. 너희 두 사람, 구경만 하고 있으라더라. 애들이 아닌데 왜 말리냐면서."

"크리스는 내 정체를 알아."

그 말에 리애의 눈이 동그래졌다.

"그런데 왜 자기 사장한테 말 안 한다니?"

"몰라. 변태인가 봐."

"변태는 너야. 남자인 척하는 너 말이야."

"맞아. 사빈우는 변태야."

두 사람은 낄낄 웃으며 화장실을 나갔다.

테이블로 돌아가자 왠지 공기가 험악했다. 말다툼이라도 했는지 두 남자의 분위기가 심상치 않았다. 애먼 곳을 쳐다보는 크리스의 얼굴이 붉으락푸르락했다. 반면, 유리는 아까보다 더 반짝이는 눈으로 빈우를 쳐다보았다. 그새 술이 다 깬 모양이다.

"도망간 줄 알았어."

자리에 앉자마자 그가 건넨 술잔을 보자 빈우는 속에서 뭔가가 올라오는 것 같았다. 억지로 참다 보니 가뜩이나 낮은 목소리가 이젠 바닥을 기어다녔다.

"천만에요. 다시 시작할까요?"

그때 리애의 휴대폰이 울렸다. 재빨리 전화를 받은 그녀의 얼굴이 환해졌다. 단 두 마디만 했을 뿐이지만, 대답하는 그녀는 좋아서 날아갈 것 같은 표정이었다.

"어떡하죠? 나가봐야 할 것 같은데."

좌중을 둘러보며 말하는 목소리도 한껏 들떠 있다.

"왜?"

빈우가 묻자 리애는 미안해하는 표정을 지었다.

"방금 김성수 감독님으로부터 연락이 왔대. 이번 영화 대본 검토하고 인터뷰 좀 하잔다."

김성수 감독? 빈우는 손으로 자신의 머리 높이를 가리키며 물었다.

"혹시 그 남자 알아? 키는 이만하고, 곱슬머리에 쌍꺼풀진 눈을 한……."

"아, 최시혁?"

"하여튼."

"그 남자, 이번 영화에 유력한 남주 후보였는데, 준에게 밀려서……."

그렇게 말하던 리애가 '아차!' 하는 표정으로 입을 다물었다. 빈우는 재빨리 영어로 바꿔 말했다.

"세바스티앙, 클럽에서 때린 그 남자 기억하죠?"

유리가 끄덕였다. 새삼 기억이 나는지 남자 특유의 호전적인 표정을 짓는다.

"최시혁이랍니다. 그 이름, 기억해 두시죠."

"왜?"

그의 순진한 물음에 빈우는 눈웃음 쳤다.

"고소당할지도 모르니까요."

두 남자가 입을 다물었다. 험악한 공기, 그러나 생글생글 웃는 빈우는 연인인 리애를 다정하게 배웅했다.

"얼른 가봐. 이번 영화에 꼭 출연하고 싶다고 했잖아."

준이 말했었다. 김성수 감독의 이번 영화는 반드시 대박난다고. 그래서 꼭 출연하고 싶어했었다.

"이따 전화할게. 조심해요, 오빠~"

유리는 오랜만에 함박웃음 지었다.

눈엣가시 같은 유리애가 사라지니 기분이 이렇게 좋을 수가!

그래서 그를 쳐다보는 여자의 눈빛이 건방져도 참을 수 있었다. 인사말을 중얼거리는 그녀의 달짝지근한 목소리도 참아줬다. 예의상 일어나서 그녀를 배웅하는 동안 유리의 기분은 처음과 비교할 수도 없게 달라졌다. 이젠 건방진 사준 녀석만 남은 건가? 녀석을 보자, 까만 눈동자가 반쯤 풀려 있었다. 취한 거지? 그때 녀석이 길게 끌리는 발음으로, 그래서 더욱 섹시하게 느껴지는 낮은 음성으로 말했다.

"원샷 합시다."

"원샷?"

처음 들어보는 단어. 그러나 곧 깨달은 유리는 녀석이 하듯이 자신의 술잔을 단번에 비웠다. 오랜만에 과음하는 건데도 이상하게 정신은 갈수록 멀쩡해졌다. 사준의 풀린 눈동자가 각성제라도 된 것 같았다. 질 수 없다. 어떻게든 이 녀석의 콧대를 꺾어놔야 돼. 그런 생각에 사로잡힌 자신도 거의 술에 취한 상태라는 걸 유리는 알지 못했다.

곧 위스키 한 병이 더 추가되었다. 이제 크리스는 포기한 모양인지, 우울한 눈빛으로 술독에 빠진 두 사람을 지켜보고 있었다.

빈우는 목까지 차 오른 알코올 냄새에 미쳐 버릴 것 같았다. 그만두고 싶은데, 번뜩이는 청회색의 눈동자를 보자 먼저 항복하기 싫었다. 그러다 대체 이게 뭐 하는 짓인가 싶었다. 그녀는 술을 따르는 유리의 손을 잡았다.

"잠깐만요."

유리의 나른한 시선이 자신의 손에 포개어진 갸름한 손에 머물렀다. 몽롱한 상태에서도 그는 몸이 반응하는 걸 느꼈다.

젠장. 남자에게 손을 잡혔는데, 이렇게 흥분하다니!

깨어난 하체의 반응에 스스로를 욕하면서도 황홀함에 이성이 녹아내리는 것 같았다. 유리는 숨을 멈춘 채 녀석의 손을 뚫어지게 노려보았다.

저 손이 내 몸을 만져 준다면 얼마나 좋을까?

"술, 그만 마시죠."

준이 말했고, 그제야 이성이 약간 돌아왔다. 유리는 조심스럽게 녀석의 손을 떼어냈다.

"항복하는 건가?"

"비즈니스는 장난이 아닙니다."

"나도 장난하는 거 아니야. 남자 대 남자로서 술을 마시면서 비즈니스를 논할 수 있는 거지."

"술로 하는 비즈니스, 전혀 진지하지 않습니다."

한 마디도 지지 않는 녀석의 저 건방진 태도.

언제까지 버틸 수 있나 궁금해졌다.

"자신이 없으면 포기해. 단, 브랜드 네임 문제는 내 뜻대로 할 거야."

"댄튼 씨, 언제나 이렇게 독선적입니까?"

유리는 껄껄 웃었다. 하나 전혀 유쾌하지 않은, 난폭하게 쏟아지는 웃음소리다.

"자네처럼 건방진 애송이한테는."

"비즈니스의 파트너를 이렇게 무시하셔도……."

"그럼 뭘 바랐나? 자넨 내 비즈니스 파트너, 그 이상도 이하도 아니야."

팽팽하게 오가는 대화는 점점 더 살벌해지고, 그런 만큼 두 사람의 표정도 험악해져 갔다. 마침내 둘을 번갈아 쳐다보던 크리스가 중재에 나섰다.

"자자, 진정하세요."

그러고는 빈우를 싸늘하게 쳐다보았다.

"가서 세수 한 번 더 하고 와요. 그럼 술이 좀 깰 테니까."

그러나 빈우는 고집스럽게 유리만 응시했다.

"술내기를 끝낸다고 말씀하시기 전엔 못 일어납니다."

유리가 그런 빈우를 비웃듯이 쳐다보았다.

"겁이 나면 포기하라니까."

"댄튼 씨!"

"세바스티앙."

장난을 하는 식이다. 분통터지게 느릿느릿한 말투 하며 낄낄 거리는 웃음소리.

빈우는 전에 없이 화가 나서 벌떡 일어났다. 그러나 순간 머리가 핑그르르 돌면서 바닥이 얼굴을 향해 치솟아올라 오는 걸 느꼈다. 아니, 느꼈다고 생각한 순간, 누군가의 팔 안으로 쓰러지고 말았다. 알싸한 시트러스 향기. 유리에게서는 희미한 담배 향과 짙은 소나무 냄새가 났었다. 그럼 이건 크리스인가?

"취한 것 같은데요, 사장님."

그녀의 머리 위에서 차가운 목소리가 들려왔다. 그녀를 안은 크리스의 몸이 뻣뻣하게 굳어 있다.

"아까 그 여자한테 전화해서 데려가라고 해."

인정머리없는 저 목소리는 유리 세바스티앙 댄튼.

"이봐요. 유리애 씨 전화번호는?"

크리스가 마지못해 물어왔다. 빈우는 정신을 차리려고 했지만, 한번 휘청거린 후로 이성이 어디로 가출을 했는지 아무 생각이 나지 않았다. 그저 누워서 자고 싶은데……

그런데 이 향기, 너무 좋다. 새콤달콤한 오렌지가 먹고 싶어. 아아, 깨물면 그 맛이 날까?

그 순간 자신을 안고 있는 오렌지를 맛보고 싶은 욕구가 그녀의 머릿속을 지배했다. 덥석. 머리 위에서 신음 소리가 흘러나왔지만 빈우는 깨문 오렌지에서 이를 빼지 않았다. 신맛이 나기는커녕 바나나처럼 물컹한 느낌에 그녀는 투덜댔다.

이 오렌지, 오래된 건가 봐.

"무슨 짓을 하는 거야?"

난폭한 외침이 들린 순간 그녀의 몸이 거세게 떨려 나갔다. 그 반동으로 철썩 엉덩방아를 찧었는데, 그녀를 안았던 오렌지가 재빨리 주워 올렸다. 빈우는 거대한 오렌지에게 매달렸다. 다리가 흐물거려 서 있을 수가 없었다. 그녀를 난폭하게 떼어냈던 남자는 그녀를 죽일 듯이 노려보고 있었지만 알지 못했다. 뭘 알겠는가? 술에 취해 제정신이 아닌 것을.

"장소를 옮겨야 할 것 같은데요."

크리스는 짜증을 누르고 사장에게 말했다. 질투에 미쳐 날뛰는 사장을 처리하는 것보다 주위의 시선들이 더 문제였다. 취한 사빈우, 아니, 다른 사람들의 눈에 사준인 이 여자가 취한 장면이 언론에 대서특필되는 것이 떠오르자 기분이 나빠졌다. 불가 피하게 유리의 이름도 거론될 것이고, 그러면 이 묘한 관계가 도마 위에 오를지도 모른다. 안 되겠다. 당장 유리에게 사빈우 의 정체를 밝혀야지.

"사장님, 사준은 여자입니다."

유리의 눈은 빈우에게 깨물린 크리스의 목덜미에서 떨어지지 않았다.

"자네가 그렇게 생각하고 싶은 거겠지. 재수없는 호모 자식."

"그 말씀, 후회하실 텐데요."

"얼른 나가지."

그렇게 말한 유리가 먼저 등을 돌려 바의 출입구로 걸어갔다. 단단히 삐친 모양이다.

당분간 골치 아프겠군.

크리스는 힘없이 중얼거리며 품 안에 안긴 여자를 내려다보 았다. 사실 사빈우는 예쁜 축에 속했다. 그러나 그의 취향에는 어울리지 않았다. 그는 작고 아담한 여자를 좋아했다. 그런 취 향을 유리는 '덜떨어진 소년 취향'이라 놀렸지만, 상관없었 다.

나의 레나.

사촌 여동생을 떠올리는 크리스의 가슴이 뻐근해졌다. 십여 년간 지켜봐 온 첫사랑. 그리고 그의 유일한 연인, 레나. 열두 살이란 나이 차이 때문에 고백 한번 못해본 가슴 아픈 사랑이었다. 이제 갓 대학생이 된 어린 그녀가 그의 심정을 이해해 줄까?

크리스는 재빨리 고개를 저어 정신을 차렸다. 그를 깨문 여자는 이제 졸고 있었다. 아무리 강한 척해도 여자는 여자다. 손에 잡히는 빈우의 가느다란 몸을 의식하고 크리스는 혀를 찼다. 이런 나약한 몸으로 저 성질 나쁜 유리를 상대하다니.

엘리베이터 안에 흐르는 정적은 소름이 끼칠 정도로 무거웠다. 너무 무거워서 숨이 쉬어지지 않았다. 공기를 험악하게 물들이고 있는 유리, 그의 눈치를 살피느라 크리스는 머리가 아팠다. 게다가 키가 큰 여자를 부축하는 게 쉬운 일이 아니었다. 고집스럽게 쓰고 있는 그녀의 안경을 벗기려고 손을 뻗자, 유리의 차가운 목소리가 날아왔다.

"아무것도 벗기지 마."

크리스는 한숨을 쉬며 손을 내렸다.

유리의 어마어마한 소유욕. 사빈우를 향한 그의 감정은 단지 육체에 제한된 것일까, 아니면 그보다 다른 종류의 무엇일까?

유리는 스위트룸에 들어가자 앨리스가 쓰던 방으로 빈우를 옮기라고 명령했다. 그는 빈우를 안고 있는 크리스를 죽일 듯이 노려보면서도 그녀를 빼앗으려는 시도는 하지 않았다. 그녀의 몸에 손을 대는 것조차 끔찍하다는 듯이 멀찍이 걸어다녔다. 그

런데도 크리스는 유리의 사나운 눈빛에 호흡이 곤란해졌다. 그
래서 숨을 쉬기 위해 그는 말했다.

"사장님. 이 여자, 준의 여동생입니다."

고집불통 사장, 콧방귀를 뀌었다.

"준이 아니라 그의 여동생이라고요."

답답한 마음에 크리스가 한 번 더 말한 뒤 준의 셔츠 단추에
손을 가져갔다. 바로 그 순간,

"그 손, 부서지고 싶나?"

처음 들어보는 경직된 목소리. 크리스는 유리의 무표정한 얼
굴을 보았다. 장난이 아니다. 그냥 화가 난 것도 아니다. 그제야
크리스는 자신이 무슨 짓을 한 건지 깨닫고 신음했다. 전에 없
이 굳은 유리의 표정이 뭘 의미하는 건지 그는 알 것 같았다. 진
작 사빈우의 정체를 밝혔어야 했는데!

"나가봐."

이제는 침착한 목소리. 사장의 눈을 보지 않았다면 그가 평
온한 상태라고 착각했을 것이다. 그러나 검게 물든 유리알처
럼 날카로운 빛을 쏟아내는 그의 눈은 크리스의 가슴을 갈기
갈기 찢어버릴 것 같았다. 눈으로 사람을 죽인다는 말, 이제야
이해가 된다. 저런 눈빛이 단순히 육체적인 것만으로 해석이
될까?

크리스는 침대 위에 누워 있는 여자를 보았다. 긴 속눈썹, 갸
름한 콧날, 살짝 열린 입술. 아무리 봐도 여자 그 자체다. 그런

데 유리는 그답지 않게 착각을 하고 있으니, 대체 무슨 조화인지…….

"지금이라도 사람을 불러서 내보낼까요?"

구설수에 휘말릴 것 같아 말해봤지만, 이미 이성의 절반이 사라진 유리는 단호히 고개 저었다.

"좀 자게 한 뒤에 내보내면 돼. 자넨 이 일이 알려지지 않게 단속이나 잘해."

"사장님, 다시 말씀드리지만 이 여자는……."

"사준이 여자인지 아닌지는 내가 알아낼 거야. 나가봐."

어유, 저 고집불통.

유리가 한번 고집을 부리면 아무도 말리지 못한다는 걸 기억하며 크리스는 마지못해 문으로 걸어갔다. 유리는 침대 위의 여자만 물끄러미 보고 있었다. 읽을 수 없는 표정이지만, 불타는 눈은 빈우를 삼킬 듯이 이글거렸다. 뜨거운 눈빛에 그녀가 녹아버리지 않을까 걱정이 될 만큼.

방문이 닫히자 유리는 참고 있던 숨을 토해냈다. 준의 몸에 손을 대지 않으려고 얼마나 애를 썼는지 모른다. 크리스의 목덜미를 깨문 녀석을 와락 떼어내어 품 안에 가두고 싶었다. 하지만 보고 있는 것만으로도 혈압이 치솟는데, 그런 녀석의 몸에 손가락 하나라도 댔다간 제어가 안 될 것 같아 차마 손을 뻗지 못했다. 그래서 크리스가 녀석을 안고 있는 꼴을 지켜봐야 했다. 그보다 이성적인 크리스라면 녀석에게 딴 마음을 품지 않을 거라 믿었기에.

하지만 크리스가 부러웠다. 녀석에게 깨물린 크리스의 목덜미조차 부러웠다. 술에 취해 이성이 나간 녀석의 그런 행동이 얼마나 귀여워 보였는지 모른다. 멀대처럼 키가 큰 녀석이 아이처럼 크리스의 목을 물어대는 것이 얼마나 사랑스러웠는지, 이 녀석이 알기나 할까? 나이답지 않게 경직되고 유난히 침착해 보이던 녀석이 예상 밖의 행동을 할 때 느끼는 놀라움이란……

유리는 셔츠의 소매 단추를 풀며 침대로 다가갔다. 그러고는 침대 위의 녀석을 한참 동안 내려다보았다.

사준이 여자라고?

그는 준의 얼굴에서 안경을 걷어냈다. 그러고는 눈으로 녀석의 얼굴을 배회하다 목을 스쳐 가슴 쪽으로 내려갔다. 호흡할 때마다 얕게 오르내리는 가슴. 아무리 봐도 여자의 가슴이라고는 느껴지지 않는다. 곱상한 얼굴 말고 이 녀석이 여자라는 걸 어떻게 확인할 수 있을까? 한번 만져 봐? 저도 모르게 녀석의 가슴으로 뻗어가던 유리의 손이 멈칫했다. 얼어붙은 듯이 서 있던 그는 이내 고개를 저으며 뒷걸음질쳤다.

여기에서 더 나가면, 나는 호모가 되는 거야!

그는 속으로 절규했다. 얼른 이 녀석이 안 보이는 곳으로 가야만 했다. 그래야 실수를 하지 않을 테니까. 실수로라도 녀석의 몸에 손을 대는 짓을 하지 않을 테니까.

아, 하느님. 대체 나는 제정신인가요?

쫓기듯이 방을 나가면서 유리는 신을 원망했다. 생애 처음으로 자신의 성정체성에 대해서 의심을 하는 순간이 닥쳐온 것이다. 그 자체가 감당할 수 없는 시련이 아니고 뭐란 말인가!

Chapter

7

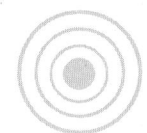

Chapter 7
—위기일발—

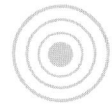기, 전화 받아~ 아이, 자기~ 전화 받으라구우우~!

앙알대는 여자의 목소리가 줄기차게 들려왔다. 단잠을 깨우는 데 저것만큼 재수없는 소리도 없을 것이다.

망할 사준 자식.

그의 벨소리 취향은 아무리 해도 좋아해 줄 수가 없다. 빈우는 짜증스럽게 욕설을 중얼거리며 손으로 더듬어 휴대폰을 찾았다. 사이드 테이블에서 그걸 겨우 찾아내어 귀에 댔다. 쇳덩이처럼 무거운 눈꺼풀은 올리지 못해 그냥 감고 있었다.

"여보……."

젠장. 목소리가 안 나온다.

"흠흠. 여보세요?"

저도 모르게 흠칫하게 된다, 이렇게 톤이 낮은 목소리가 과연 내 것인가 싶어서.

[빈우? 너, 거기 어디야?]

유리애다.

"어디긴, 침대 위지."

[거기 준 씨 집이야?]

"응. 녀석이 돌아올 때까지 여기서 지낼 거야."

[거짓말! 내가 방금 갔다 왔단 말이야.]

"어딜 갔다 와?"

퉁명스런 질문에 유리애의 속사포 같은 말들이 쏟아진다.

[준 씨 아파트 말이야. 아무도 없더라? 근데 넌 왜 그렇게 전화를 안 받았니?]

"몰라. 그런데 여기가 거기가 아니면 대체……."

중얼거리며 머리를 들어 올리는데 두개골이 빠개지는 것 같은 통증이 일었다. 빈우는 끙 소리를 내며 다시 드러눕고 말았다. 꼼짝할 힘도 없었다. 그러고 보니 온몸이 두들겨 맞은 것처럼 욱신거린다.

밤새 레슬링이라도 했나?

겨우 눈을 뜨자 천장이 보였다. 처음 보는 실크 벽지가 아름다운 천장이었다.

그럼 여긴 호텔방인가?

[너, 괜찮아?]

"네가 호들갑을 안 떨면 괜찮을 것 같은데."

잠에서 깨자마자 유리애의 다다거리는 잔소리를 듣는 건 진짜 괴롭다. 얘는 말만 곱게, 천천히 하면 더 예쁠 텐데 말이다.

"지금 몇 신데?"

[새벽 세 시. 거기 어딘지 말해주면 내가 데리러 갈게.]

"내 엄마 노릇할 필요 없어요, 아가씨."

목소리는 거의 정상. 머리 아픈 것도 약간 나아진 듯.

[너무 많이 마시더라. 널 혼자 두고 나온 게 정말 마음에 걸렸거든.]

"괜찮다니까. 넌 어때?"

[후후, 내가 누구야? 당근 성공했지!]

환호하는 친구의 얼굴이 보이는 것 같아 빈우는 빙그레 웃었다. 숙취는 괴로웠지만 좋은 영화에 캐스팅된 친구를 축하해 줄 정신은 남아 있었다.

"축하해. 넌 잘해낼 거야."

[사실 여자 주인공은 아니야. 그 여자의 친구 역이지.]

"그럼 어때? 유명 감독의 영화에 얼굴을 비추는 것도 대단한 거지."

낄낄 웃어대던 리애가 갑자기 정색을 하고 물어왔다.

[그 미국 남잔 어떻게 됐니?]

빈우는 시치미를 떼고 대답했다.

"몰라. 내 필름이 먼저 끊어졌거든."

놀란 리애가 악 소리를 질렀다.

[어머어머, 너 미쳤니? 먼저 맛이 가면 어떡해?]

"아, 몰라. 나 머리 아파. 잠 좀 더 자고 나서 말하자."

정신이 또렷해지는 만큼 간밤의 일이 하나둘씩 생생하게 떠올랐다. 달콤새콤한 오렌지를 베어 먹은 일, 그 오렌지에게 안겨서 운반된 일, 그리고 푹신한 침대에 눕자마자 코를 골며 자기 시작한 일. 압권은 그 오렌지에 그녀의 잇자국을 남겨놓은 것이다.

큰일났다. 성질 사나운 쇼어 군의 목에 난리를 쳐났구나!

빈우는 흐느끼는 신음 소리와 함께 베개에 얼굴을 묻었다. 귓가에서 쨍쨍거리는 리애의 목소리는 여전했다.

[들키려면 어쩌려고? 제발 조심하란 말이야.]

그녀의 잔소리가 하나도 귀에 들어오지 않았다. 빈우는 지독한 두통에 끙끙거리며 생각했다.

쇼어 군이 열 받아서 자기 사장에게 고자질했겠지?

빈우는 가뜩이나 상태 불량한 머리가 더욱 지끈거리는 걸 느꼈다.

나라도 못 참겠다. 거짓말쟁이 여자에게 깨물리는 기분이 더럽고말고.

"이따 내가 전화할게. 끊어."

[거기 어디냐니까?]

"호텔. 그 사람들이 날 여기에 놓고 갔겠지."

[아무튼 조심해. 응?]

빈우는 인사말을 대충 뱉어내고 휴대폰을 닫았다. 그리고 베개 밑에 얼굴을 쑤셔 넣고 커다랗게 신음했다. 큰 계약을 앞두고 못 보일 꼴을 보이고야 말았다. 미국 남자들이 이제 그녀를, 아니, 사준을 어떻게 생각할까?

그런 걱정에 사로잡혀 방 안의 묘한 분위기를 느끼지 못했다. 숨이 막혀올 때쯤에야 베개를 멀리 집어 던지고 벌떡 일어나 앉은 빈우는, 시야가 점차 또렷해지는 걸 느꼈다. 그리고 무시무시한 악몽에 맞닥뜨렸다. 바로 정면, 침대에서 얼마 떨어지지 않은 안락의자에 앉은 시커먼 인영(人影)을 발견한 것이다.

"누구야!"

너무 놀라 이불을 가슴까지 끌어 올리고 소리쳤다. 온몸이 위험을 감지하고 경련을 일으켰다.

도망쳐라, 사빈우!

머릿속에서 본능적인 외침이 울려 퍼진 그때, 옷이 스치는 소리와 함께 그림자가 움직이기 시작했다. 머리끝이 쭈뼛 설 만큼 놀랐지만 빈우는 사이드 테이블의 스탠드 불을 켰다. 어두운 방 안에서 침대 주변이 환해졌다. 불빛을 등지고 앉은 빈우의 눈에 안락의자의 사람이 또렷이 들어왔다. 검은머리, 검은 가운. 불길하게 찌푸린 얼굴의 남자. 유리 세바스티앙 댄튼!

"여기서 뭐 하는 겁니까?"

빈우의 목소리가 거칠어졌다. 자고 있는 그녀를 유리가 얼마나 오랫동안 지켜보았는지를 생각하자 가슴이 두근거렸다. 술에 취한 꼴에 무방비하게 자는 모습까지 골고루. 아아, 된통 걸렸다!

"자네가 깨어나길 기다렸지."

일어서는 유리의 커다란 몸은 어둠 속에서 더욱 위협적으로 느껴졌다. 빈우는 새된 소리로 외쳤다.

"잠깐, 거기에서 꼼짝하지 말아요!"

유리가 다시 자리에 앉았다.

침착하자, 침착하자.

빈우는 자신에게 타이르며 이불 속에서 몸을 더듬어보았다. 옷을 입고 있다. 다행이다. 내심 안도하며 날카로운 목소리로 유리를 추궁하기 시작했다.

"남의 방에 몰래 들어오는 건 실례 아닙니까?"

"미안하지만 여긴 내 스위트룸의 침실인데."

그렇게 말하는 남자의 음성에는 미안해하는 기색이 전혀 없었다.

"왜 제가 여기에 있는 겁니까?"

"그건 크리스에게 물어봐."

유리의 심술궂은 표정이 어둠 속에서도 보이는 듯했다. 크리스 쇼어를 상대로 벌인 쇼를 생각하자 빈우는 죽고만 싶었다.

지끈거리는 머리를 두 손으로 감싼 채 침대를 내려갔다. 그러나 바닥에 발을 댄 순간, 유리의 낮은 목소리가, 기분이 나쁠 때면 더욱 낮아지고 부드러워지는 그 음산한 음성이 울려 나왔다.

"넌 누구지?"

빈우는 그대로 얼어붙었다. 한 발은 바닥에, 다른 쪽 발은 침대 위에 있었다. 침대에 비스듬히 몸을 걸친 상태로 그녀는 어둠 속의 남자를 바라보았다.

그가 상체를 기울이자 스탠드 불빛에 얼굴이 완전히 드러났다. 순간 빈우는 '헉!' 소리를 냈다. 격분해서 이글거리는 청회색의 눈동자. 지금은 아주 까맣게 보이는 그의 눈동자가 빈우를 후려칠 듯이 번뜩이고 있다.

"사준, 네가 누구냐고 물었는데?"

유리를 만난 후로 지금처럼 무시무시한 분위기는 처음이다. 진짜 화가 난 거다. 크리스의 말을 들은 게 분명하다. 어쩌면 좋을까?

빈우는 침착하려고 애썼다. 설마 죽기야 하겠냐고 자신을 달래며 용기를 끌어 모았다.

"몰라서 물으십니까?"

"모르겠어. 그러니까 네 입으로 대답해."

"저는 사준인데요."

쿡쿡 웃는 소리. 그러나 간담을 서늘하게 하는 울림에 빈우는 안절부절못했다. 흘러내린 머리카락 사이로 번뜩이는 남자의 눈동자는 점점 더 차갑게, 점점 더 냉혹한 기를 뿜어내기 시작했다. 친절한 댄튼 씨 버전은 완전히 사라진 모양이다. 잘못하다가는 시체가 되어 실려 나가는 사태가 벌어질지도……

"나는 거짓말쟁이를 가장 싫어해. 특히 나를 속아 넘기려 드는 어설픈 사기꾼은, 내 손으로 잡아서 아주 혼쭐을 내주는 게 특기야. 그 상대가 여자라면 더 용서가 안 돼. 감히 여자 따위가 유리 세바스티앙 댄튼을 기만해? 그러니까 사준, 네가 누군지 정확히 말해라. 내가 직접 네 옷을 벗겨 확인하기 전에."

한 마디씩 똑똑 끊어져 나오는 단호한 음성은 지옥을 예고하는 듯했다. 빈우는 절망했다. 아니, 저렇게 말하는데 어떻게 내 정체를 밝혀?

때늦은 후회는 소용없었다. 거짓말쟁이, 특히나 여자 사기꾼은 절대 용서 못한다고 선언한 남자에게 '나는 사빈우. 여자랍니다'라고 말하는 건 '나를 죽여주세요'라고 부탁하는 거나 다름없다. 내 입으로 죽여달라고 하다니, 그게 뭔 짓이냐고!

"벗겨봐야겠군."

갑자기 그 말과 함께 유리가 벌떡 일어섰다. 빈우는 저도 모르게 비명을 질렀다.

"자, 잠깐! 내, 내가 말할게요!"

서 있는 남자는 너무 크고, 너무 위험해 보였다. 그가 검은 가운의 주머니에 손을 집어넣자 가슴 부근의 천이 팽팽하게 당겨졌다. 그 바람에 벌어진 가운의 깃 사이로 두툼한 가슴의 근육이 드러났다. 불빛을 받아 골드 브라운의 광채를 내는, 매끈하고도 탄탄한 가슴 근육은 보는 것마저도 호흡이 떨리게 했다. 가슴 가운데에서 시작된 검은 털이 점점 무성해지더니 가운의 끈 아래로 사라졌다. 그의 허리 아래는 어떨지 저절로 상상이 되었다. 순간 그 가운을 확 젖혀 알맹이 전부를 확인해 보고 싶은 충동이, 이 절체절명의 순간에 빈우를 사로잡았다. 그의 목소리가 들리지 않았다면 침대를 뛰어내려 가 실행했을지도 모른다. 가운 아래는 알몸일 게 뻔한 남자는 당당한 자태로 그녀를 굽어보고 서 있었다.

"내가 도와줄까?"

내뱉듯이 말했지만 실은 심장이 떨려 서 있는 것도 힘든 지경이었다. 그런 자신의 상태를 들키지 않으려고 유리는 더욱 차가운 어조로 준을 몰아붙였다.

침대에 앉아 있는 사준에게 차마 다가가지 못했다. 녀석이 남자이든 여자이든, 지금 이런 상태로 손을 대는 건 너무 위험했다. 녀석이 뿜어내는 묘한 분위기에 매혹당해 제정신이 아닌 상태에서는 말이다.

그러나 녀석을 눕혀서 옷을 벗기는 상상을 하는 것만으로도 흥분이 되었다. 허리 아래가 뿌듯해지는 걸 느끼고 유리는 재빨리 의자에 앉았다. 서 있다가 몸의 상태를 들키면 그야말로 망신살 제대로!

그의 절망적인 심정을 아는지 모르는지, 녀석은 고개를 떨군 채 한숨만 쉬었다. 빨리 녀석의 정체를 내 눈으로 확인하자는 생각에 유리는 마음이 급해졌다.

"얼른!"

험악하게 소리치자 녀석이 움찔했다. 창백하게 질린 얼굴이 조금 불쌍해 보였지만 유리는 냉정하게 마음을 추슬렀다. 여기에서 녀석에게 호락호락하게 보이다가는 앞으로 끌려 다닐 공산이 크다. 사준은 영악한 녀석이니까.

드디어 준이 움직이기 시작했다. 침대 앞에 내려선 녀석은 말 없이 이쪽을 보기만 했다. 초조해진 유리는 그런 심정이 실리지 않게 조심하며 차갑게 말했다.

"시간을 끌어봤자 소용없어."

녀석이 깊은 한숨을 내쉬었다.

"후회하지 않을 자신 있습니까?"

"뭘 후회해?"

"제가 여자라면 사장님께 큰 죄를 지은 거지만, 남자라면."

빈우는 거기에서 의도적으로 말을 끊었다. 이판사판. 여자라는 걸 들켜서 저 남자에게 망신을 당하고 쫓겨나도 할 수 없다. 비굴하게 용서를 바라진 않을 것이다. 깔끔하게 미안했다고 말하고, 받아야 할 죗값을 받고 나가리라.

"남자라면?"

답답했는지 유리가 되물었다. 빈우는 씨익 웃으며 아주 달콤한 어조로, 허스키한 음성이 돋보이는 억양으로 대답해 주었다.

"사장님은 변태가 되는 겁니다."

"뭐, 뭣?"

"남자의 몸을 보고 싶어 안달을 하시는 거니까요. 그러니까 벗어보죠 뭐."

빈우는 셔츠의 맨 위 단추에 손을 가져갔다. 그때 약간 숨이 찬 목소리로 유리가 소리쳤다.

"크리스가 사준이 여자라고 했어!"

"그분의 희망사항이겠죠. 호시탐탐 날 노리는 눈치던데."

미안, 크리스.

"아마 저에 대한 험담도 하셨겠죠, 쇼어 씨가. 그럴 줄 알았어요."

의미심장하게 들리도록 일부러 심각한 어조로 말했다. 그러자 유리가 크게 숨을 들이마시는 소리가 났다. 혼란스러워하는 그의 심정을 알 것 같았다.

사준이 여자일지 모른다고 의심하면서도 차마 손을 못 대는 그 심정.

사준의 몸에 손을 댔다가 만일 남자라는 게 밝혀지면, 천하의 유리 세바스티앙 댄튼님이 졸지에 호모에 변태 아저씨가 될 판이니 뭐.

그에게 정체를 밝혀서 망신을 당하느니 뻔뻔하게 밀고 나가자고 빈우는 결심했다. 나흘 뒤에 준이 돌아온다. 아니, 그보다 더 빨라질 수 있다고 녀석이 말했었다. 빨리 안 오면 녀석의 자수정 조각품들을 산산조각 내버린다고 협박했으니까. 아니, 그런데 준은 피붙이보다 그런 돌덩어리가 더 소중하다는 거야?

생각할수록 부아가 치밀어 빈우는 현재의 심각성을 망각했다. 그녀는 거친 눈빛으로 유리를 노려보았다. 움찔하는 그의 모습이 보이지 않았다. 이제 그녀의 눈에는 뵈는 게 없었다. 빈우는 이를 악물고 셔츠 단추를 하나씩 풀어헤쳤다. 유리는 눈을 크게 뜨고 숨도 죽인 채 그녀를 지켜보았다.

첫 번째 단추에 그의 심장이 바닥에 툭 떨어졌다.

두 번째 단추에 그의 머리털이 모조리 곤두섰다.

세 번째, 네 번째 단추에 그의 신경세포들이 차례대로 깨어나기 시작했다.

그리고 다섯 번째, 그의 몸 아래가 불끈 치솟아올랐다. 아까부터 일어서 있던 그의 중심이 터질 듯이 팽창했다. 분출하기 직전까지 내몰렸다, 준의 셔츠 앞이 활짝 열렸을 때는.

"잘 보시죠."

어깨를 젖혀 셔츠를 벗어 던지는 녀석의 모습은 지극히 선정적이었다. 지금까지 보았던 에로 영화는 비교할 바가 아니었다. 빛을 등진 탓에 녀석의 몸 앞부분이 잘 보이지 않았지만 상상만으로도 충분했다. 하마터면 코피를 쏟을 뻔해 유리는 허겁지겁 손으로 코를 만졌다. 침착한 척하는 게 이렇게 힘들 줄이야.

"만족하십니까?"

아니.

유리는 속으로 중얼거리며 멍하니 녀석의 몸을 보았다. 남자치고는 지나치게 가늘다 싶은 팔을 따라 올라가 움푹 팬 목덜미를 거쳐 가슴 쪽으로 시선을 옮겼다. 유리가 아는 여자의 가슴은 하나였다. 빵빵한 글래머. 두 손 가득 차 오르는 보드랍고 폭신푹신한 젖가슴. 그러나 사준의 가슴은 달랐다. 검은 민소매 티셔츠 아래는 편편했다. 그 위에서 스케이트를 타도 될 만큼 매끈하게 떨어지는 편편가슴.

Oh, my God!

"사장님, 변태라고 인정하시죠?"

녀석의 빈정대는 음성이 눈을 감은 유리의 귀를 후벼 팠다. 아니, 바닥에 떨어진 그의 심장을 잔인하게 짓밟았다. 너무 허탈하고, 너무 실망스러워, 아니, 생애 처음 아득한 절망의 구렁텅이에 빠진 유리는 아무 말도 할 수 없었다. 무슨 말을 하겠는가? 편편가슴을 가진 남자 사준을 덮칠 뻔했는데.

"쇼어 씨가 제가 여자라는 걸 알았다면 진작 사장님께 알렸겠죠. 왜 아무 말이 없다가 어젯밤에야 그런 소리를 했을까요?"

빈우는 재빨리 셔츠를 걸쳤다. 가슴 뛰는 소리가 유리에게 들리진 않을까 노심초사했다. 그러면서도 변명거리를 열심히 긁어모았다.

"설사 제가 여자라 해도 사장님이 절 이곳에 가둬놓고 협박할 권리는 없습니다. 계약을 위해 제 자존심과 명예까지 버리고 싶진 않으니까요. 따라서 사장님은 절 모욕하셨습니다. 그것도 아주 심하게요."

강하게 나가는 것만이 살길이다!

"제게 사과하십시오."

강한 말투로 요구하자 유리가 두 손으로 자신의 얼굴을 쓸어
내렸다. 마른세수를 하는 그 동작에는 좌절감과 피곤함이 배어
있어, 보기에 안쓰러울 정도였다. 양심이 찔렸지만 빈우는 턱을
치켜올렸다.

앞으로 나흘. 혹은 그보다 더 빨리. 그때까지만 견디면 모두
끝난다. 〈댄튼 인터내셔널〉과의 제휴 사업은 무엇보다 큰 유혹
이었다. 미술 공부를 때려치우고 의상디자인에 매달리게 만든
그녀의 열정이 결실을 앞두고 있지 않은가? 며칠만 양심에 눈을
감고 있으면 돈과 명예가 그녀의 두 손에 우수수……

그때 좌절감에 어깨가 축 처진 남자가 보이자 빈우는 생각을
멈췄다. 아까웠다. 여자 대 남자로 만났다면 한번 대시해 볼 텐
데. 하지만 인연이 아니니 이런 지경이 됐을 거라는 변명으로
자신을 타이르며 빈우는 문으로 걸어갔다. 등 뒤에서 지친 목소
리가 날아왔다.

"미안해."

빈우는 걸음을 멈추었지만 돌아보지 않았다. 남에게 사과라
는 걸 별로 안 해봤을 남자가 쏟아내는 소리는 그만큼 진실되
고, 또 가엾게 들렸다. 그 순간 빈우는 유리에게 달려가 자신의
정체를 솔직히 밝히고 싶은 충동을 잠재우느라 안간힘을 써야
했다. 여자를 껌딱지로 여기는 오만한 남자 따위, 무시해야 옳

다고 얼마나 자신을 달랬는지 모른다.

"앞으로는 이런 불쾌한 일이 없었으면 좋겠군요. 그럼 전 이만."

빈우는 문을 박차고 나갔다. 그리고 스위트룸 밖에 나와서야 죽어 있던 허파를 되살릴 수 있었다.

어이가 없었다. 여태 숨도 쉬지 못했던 거다. 그 남자 앞에서 단지 셔츠 한 장 벗었을 뿐인데, 스트립쇼를 한 것 같은 기분이 들다니. 맙소사!

얼떨떨한 나머지 발을 뗄 수 없었다. 그래서 한동안 문에 기대어 호흡을 조절하는데, 엘리베이터가 열리는 소리에 뒤이어 누군가가 걸어나왔다. 금발의 냉미남 크리스. 젠장.

"아직 살아 있군."

심술궂은 남자의 눈이 그녀의 전신을 좌악 훑어 내린다. 재수 없는 남자 같으니라고.

"어젠 실례했어요."

빈우는 굳은 어조로 그에게 사과했다. 목을 감싸는 검은 스웨터에 검은 바지를 입은 크리스는 복수의 화신처럼 사악하게 웃고 있었다. 그는 빈우에게 시선을 고정한 채 자신의 목을 가린 옷감을 집게손가락으로 슬쩍 끌어 내렸다. 하얀 살결을 물들이고 있는 붉은 자국이 한 눈에 들어왔다. 빈우는 눈을 감아버렸다.

"지금까지 아무에게도 물린 적이 없는 곳이야. 이걸 어떻게 보상할 건가?"

이 남자에게 제대로 약점을 잡히고 말았다. 두고두고 써먹겠지?

"원하시는 대로 보상하겠습니다."

빈우가 이를 악물고 말하자 그가 픽 웃었다.

"거짓말하는 여자에게 바라는 건 없어."

"그럼 어쩌라는 겁니까?"

"내게 큰소리칠 입장이 아닐 텐데?"

"여자가 술김에 한 짓을 가지고 협박하는 것도 남자다운 겁니까?"

크리스의 눈빛이 날카로워졌다.

"자신에게 불리할 때만 여자라는 걸 내세우는군."

빈우는 뜨끔했지만 남자에게 약점을 잡혀 끌려 다닌 건 원하지 않았다.

"그래서 쇼어 씨가 사장님께 제가 여자라고 말씀드렸잖습니까?"

"그런데 자네가 살아 있는 걸 보니 우리 사장님이 아직 정신을 못 차리신 것 같군."

"옷을 벗었는데도 안 믿으시더군요. 댄튼 사장님, 시력에 문제 있는 것 아닙니까?"

잠시 두 사람은 서로 죽일 듯이 노려보았다. 그러다 크리스가 다시 공격을 시작했다.

"그런 몸이 여자라고 누가 믿겠나?"

"성희롱은 사양합니다."

"자네가 시작한 거야. 언제까지 그럴 거야?"

"뭐가요?"

"남자인 척하는 거."

빈우는 한숨을 폭 내쉬었다. 그리고 번뜩 떠오른 생각에 집중했다.

"부탁드릴 게 있습니다."

"사양하지. 거짓말쟁이와는 거래 안 해."

인정머리없게 딱 잘라 말한 남자가 빈우를 제치고 문의 손잡이를 잡았다. 그의 손을 빈우가 다시 잡아챘다.

"당신 사장님, 내게 관심있는 거죠."

그 말에 크리스가 돌아섰다. 그의 날카로운 눈빛이 빈우를 사정없이 찔러왔다. 빈우는 말라붙은 침을 억지로 삼키고 그의 시선을 당당히 마주 보았다.

여기에서 주춤거리다간 죽도 밥도 안 된다. 자존심과 명예가 진흙땅에 떨어지는 건 물론이거니와 망신살, 계약 파기, 어쩌면 살인까지 발생할지 모른다. '여자 따위가 날 속이면 가만 안 둔다' 라고 말하던 유리의 무시무시한 얼굴은 결코 잊을 수 없을 거다.

"댄튼 사장님이 언제 커밍아웃할 건지 알아봐 주시겠어요?"

"무슨 헛소리야!"

버럭 소리치는 크리스의 얼굴에 당황한 기색이 역력하다.

됐다!

"저는 여자이지만 남자를 좋아하지 않습니다. 제 말뜻, 아시 겠죠?"

그러나 당황한 남자가 감을 잡지 못한 것 같아 빈우는 의뭉스 런 어조로 덧붙였다.

"유리애. 제 애인 말입니다."

"아······!"

그제야 크리스가 이해했다. 진짜 연인인 사빈우와 유리애. 바 꿔 말해 동성애 커플.

"귀찮거든요. 제발 당신 사장님이 내게 집적대지 않게 해주세 요."

"집적대다니!"

유리는 좋겠다. 이렇게 충직한 부하 직원의 비호를 받고 있으 니.

"보셨잖습니까? 리애를 질투해서 죽일 것처럼 노려보던 댄튼 씨의 눈빛을요."

크리스의 조각 같은 얼굴에 홍조가 깃들었다. 그런 그를 흘끔 쳐다본 빈우는 회심의 미소를 지었다.

"제가 사장님을 속인 건 그럴 사정이 있어서입니다. 하필 그 망할 사준이 휴가를 받아 한국을 떠났거든요. 하지만 〈빈우〉의 실질적인 사장이 저이니 비즈니스에는 지장이 없을 거라고 생각했습니다. 나흘 뒤면, 어쩌면 그보다 빨리 준이 돌아옵니다. 그때까지는 제가 남자인 걸로 해주세요. 그러면 댄튼 씨도 자제를 할 겁니다. 한국에서 남자에게 손을 댔다는 사실이 언론에 오르내린다면……."

"그만."

재빨리 빈우의 말을 자른 크리스가 성마른 손길로 자신의 금발을 쓸어 올렸다. 난감해하는 표정이다. 거짓말쟁이 여자를 봐주려니 그의 엄격한 성격이 용서치 않을 테고, 솔직히 밝히려니 사준에게 몸이 달아 있는 자신의 사장이 떠올라 미칠 노릇일 거다. 그때 크리스의 머릿속에 떠오른 신문기사의 머리말은,

〈'댄튼 인터내셔널'의 유리 세바스티앙 댄튼 사장, 한국인 레즈비언에게 집적대다 뺨을 얻어맞다!〉

빌어먹을.

크리스는 한숨지었다. 더불어 유리가 미워졌다. 한국에 와서 남자에게 필이 꽂힌 그 때문에 이게 무슨 고생인가 싶었다.

예전부터 그랬다. 유리가 일으킨 스캔들의 뒤처리는 모두 그의 몫이었다. 질질 짜고, 머리카락을 쥐어뜯고, 평생이 걸려도 못 들을 욕이란 욕을 다 해대는 여자들을 처리하는 건 순전히 크리스 쇼어의 몫이었다. 일에 있어서는 그토록 빈틈없는 사장이 어째서 여자 문제는 그렇게 어리석은지 알 수 없었다.

처치 곤란한 바람둥이 자식. 어머니와 친분이 있는 한 여사님의 간곡한 부탁이 없었다면 아주 오래전에 떠났을 텐데.

크리스는 자신의 사장을 욕하며 눈앞에서 웃고 있는 여자를 쏘아보았다. 처음부터 작정하고 그의 사장을 속인 사빈우는 끝까지 만행을 저지를 것이다.

저 반짝이는 눈빛 좀 봐라. 보통 영악한 여자가 아니다. 양심은 어디에 팔아먹고 두 미국 남자를 쥐고 흔들려는 건가?

크리스의 눈길은 자연히 빈우의 손으로 내려갔다. 가느다랗고 예쁜 손이다. 손만 봐도 여자라는 걸 알겠는데, 여자 냄새를 귀신같이 맡는 그의 사장이 대체 어떻게 된 건지…….

"다시 말하지만, 저는 남자가 싫습니다. 그러니 댄튼 씨를 막아주세요."

거짓말은 또 다른 거짓말을 낳고, 더욱 부풀려져 감당할 수 없는 결과를 불러온다. 그걸 빈우는 나이 서른이 다 되어서야 알게 되었다. 남에게 피해를 주는 거짓말을 해본 적이 없는 그녀인데.

"자네 부탁, 받아들이지."

마침내 크리스가 내키지 않는 어조로 말했다. 안도와 미안함과 분노가 뒤섞인 묘한 기분으로 빈우는 그에게 한 손을 내밀었다.

"화해하죠, 우리."

그러나 크리스는 거절했다. 문의 손잡이를 돌리면서 내뱉는 그의 말에는 사빈우에 대한 분노가 배어 있었다.

"거짓말쟁이 여자는 질색이야."

쿵 닫히는 문소리에 빈우의 심장도 함께 떨어졌다.

애초에 자신이 누군지 밝혔었다면, 아니, 유리가 사준에게 매력을 느끼는 사태가 벌어지지 않았었다면……. 그러면 이렇게 비참한 기분이 들지 않았겠지?

돌아서는 빈우의 발걸음이 무거웠다. 두통과 구역질이 점점 더 심해졌다. 그녀는 엘리베이터 거울에 비친 자신을 한껏 노려보았다.

거짓말쟁이 사빈우. 넌 죽었어.

그러다 손으로 편편한 가슴 앞을 쓸어내리고는 눈살을 찌푸렸다. 연거푸 한숨이 쏟아졌다.

'아스팔트 위의 껌딱지'라는 말은 그녀의 가슴을 두고 하는 말일 거다. 압박 붕대를 감았다곤 해도 어쩜 이렇게 표가 나지 않을 수 있을까?

빈우는 힘없이 고개를 떨구었다. 그녀의 입에서는 절망적인 한숨이 쉴 새 없이 흘러나왔다.

"사장님, 아직 안 주무셨습니까?"

크리스는 방 안을 서성이고 있는 유리에게 침착하게 물었다. 그러자 우뚝 멈춰 선 유리가 그에게 베개를 집어 던졌다. 타깃을 빗나가자 이번에는 사이드 테이블의 전화기를 집어 들었다.

크리스는 그에게 경고했다.

"호텔 기물을 파손하면 손해 배상과 함께 소문이 날 텐데요."

유리가 멈칫하더니, 던지듯이 전화기를 내려놓았다. 얼마나 긁어댔는지 그의 머리는 사방으로 뻗쳐 있었다. 신경질이 최고조에 달한 얼굴. 저럴 때의 사장은 처치 곤란한데…….

"왜 거짓말을 한 거야?"

"뭐가요?"

"사준은 남자야. 내 눈으로 확인했어!"

"아니, 사장님이 벗겨보신 겁니까?"

크리스가 화들짝 놀라는 시늉을 하자 유리는 삿대질과 함께 고래고래 소리 질렀다.

"자네 말 때문이잖아! 사준이 여자라는 거짓말 때문에!"

그러고는 참을 수 없다는 듯이 방 안을 다시 서성이기 시작했다. 크리스는 경계의 눈을 늦추지 않고 슬금슬금 걸어 들어갔다.

"사장님, 사준에게 관심이 있습니까?"

약간 움찔했으나 유리는 단호히 부정했다.

"남자에게 무슨 관심?"

"아니면 사준이 여자가 아니라서 실망하셨습니까?"

"내가 왜 실망을 하나?"

"당황하셨군요. 질문에 대답하지 않고 다시 질문을 하시는 걸 보니."

"건방진 놈. 넌 해고야!"

'해고(fired)'라는 말이 나오자 크리스는 피식 웃었다.

"불(fire)이 붙은 건 사장님인 것 같은데요."

기가 막힌 얼굴로 유리가 그를 노려보았다.

"나랑 말장난하자는 거야?"

"아닙니다. 사장님이 사준에게 너무 관심을 보이시는 것 같아서요. 그가 남자라는 게 마음에 걸립니까?"

유리가 큰 소리로 'God!'를 부르짖는 걸 보자 양심이 찔렸다. 그러나 크리스는 빈우의 말을 상기하며 마음을 다잡았다.

"사장님을 걱정하는 마음에 그런 거짓말을 한 겁니다. 남자인 사준에게 끌리는 사장님의 마음을 돌리려고 그가 여자라고 한 번 말해봤습니다. 설마 사장님이 그의 옷을 벗겨 확인하실 줄은 몰랐지만요."

"그 녀석이 스스로 벗은 거야."

"제겐 변명 안 하셔도 됩니다. 그보다 중요한 건 사준이 남자라는 겁니다. 그걸 확실히 아셨으니 이제부턴 비즈니스에 집중하십시오. 그를 제휴 파트너로만 보시라는 겁니다."

"내가 그를 비즈니스 파트너로 보지 않는다고 했나?"

지금은 사장의 호통이 전혀 위협적이지 않았다.

"여자 같은 분위기를 풍기는 묘한 녀석이지만 사준은 분명 남자입니다. 그러니 사장님이 커밍아웃하지 않는 한, 그와 어떤 짓도 할 수 없을 겁니다. 모든 걸 버리고 그를 선택할 자신이 있으십니까? 그리고 실망하실 부모님은요?"

유리의 얼굴이 일그러졌다. 그는 비틀거리며 안락의자로 걸어가 무너지듯 주저앉았다. 두 손으로 얼굴을 가린 사장은 온몸으로 절망을 부르짖고 있었다.

생각보다 중증인 것 같아 크리스는 마음이 아팠다. 그러나 사준이 여자라는 걸 안다 한들, 레즈비언인 그녀에게 사장이 찬밥 취급을 당하는 것보다는 이편이 낫다고 그는 애써 합리화했다. 제발 유리가 제정신을 찾아 정상적인 여자에게 관심을 돌리는, 예전의 그 처치 곤란한 바람둥이 사장이 되어주길 간절히 바랐다. 지금의 사장은 어느 외계별에서 뚝 떨어진 생물체인가 싶을 정도로 낯설기만 했다.

크리스는 사장에게 다가가 그의 어깨에 손을 올렸다. 그리고 부드럽게 위로했다.

"거짓말을 해서 죄송합니다. 하지만 모두 사장님을 위한 일이었다는 건 알아주세요."

"나가."

유리가 지친 음성으로 말했다. 크리스는 두어 번 더 그의 어깨를 두드려 준 뒤 문으로 향했다. 바로 그때,

"자네도 사준에게 관심있지?"

너무 기가 찬 나머지 크리스는 부정할 정신도 없었다.

"대체 누가 그런 말을……?"

"그 녀석 입으로 한 말이야. 자네가 그를 호시탐탐 노리고 있

다는 게 사실이야?"

망할 사빈우. 거짓말에 통달한 그 여자를 언젠가 내 손으로 때려잡고 말겠다!

"아니거든요!"

"정말?"

"아, 제발 좀 주무세요, 사장님!"

크리스는 버럭 소리치고 거칠게 문을 열어젖혔다. 막 침실 밖에 나온 그의 등 뒤로 유리의 험상궂은 목소리가 날아들었다.

"재수없는 자식들. 호모, 변태, 괴물 놈들!"

재수없는 건 사장님입니다!

라고 소리치고 싶은 마음을 꾹 누르고, 크리스는 스위트룸을 벗어났다. 자다가 호출을 받고 달려왔더니 호모에 변태, 괴물이 되어버렸다. 제정신이 아닌 사장을 어떻게 처리해야 할지 심각하게 고민해 봐야겠다는 생각이 들었다.

고개를 저으며 엘리베이터로 향하는 크리스의 얼굴에 씁쓸한 미소가 감돌았다.

사랑에 빠진 유리, 그 상대가 정상적인 여자가 아니라는 것이 얼마나 애석한 일인가!

Chapter

8

Chapter 8
—폭주하는 마음—

〈슈퍼모델 출신 영화배우 S씨, 인기 여배우 U양과 D 호텔에서 한밤의 데이트.〉

〈영화배우이자 의류 사업가인 S씨, 대학 동창일 뿐이라던 여배우 U양과 결국 연인 사이?〉

〈인기 절정의 꽃미남 배우 S, 헤어졌던 연인 U양과 특급 호텔에서 밀회!〉

하나같이 유치하기 짝이 없는 제목들이다.

S씨, U양, D 호텔? 기사 내용을 읽으면 주인공이 누구인지 금방 알아차릴 텐데, 명예훼손으로 고소당할 게 두려워 이니셜

로 처리한 얍삽함 좀 봐라. 눈 가리고 아웅 하는 격이지. 이러니까 스포츠 연예 신문이 삼류라는 소리를 듣는 거다. 짜증 나.

빈우가 보고 있던 신문들을 어깨 너머로 휙휙 내던지자, 미영이 동그란 눈으로 쳐다보았다.

"사장님, 그거 어떻게 하실 거예요?"

아침부터 득달같이 달려와 신문을 건네준 그녀가 걱정도 태산인 모양이다.

"신경 쓰지 마."

"이러다 사장님의 신분이 탄로나면……."

빈우는 그 말에 인상을 쓰며 불붙인 담배를 입에 물었다. 이틀 사이에 흡연량이 배로 늘었다. 하루에 한 갑이라니. 준이 있었다면 잔소리를 바가지로 퍼부었을 거다.

"미영 씨만 입 다물어주면 탄로날 일이 없을 거야."

미영의 표정이 새치름해졌다.

"아이, 사장님도. 제가 말이 많긴 해도 비밀 하나는 끝내주게 지키는 여자잖아요."

"끝내주게 비밀을 지켜주는 비서님, 이제 일이나 하실까요?"

그만 하라는 빈우의 경고를 알아들은 듯 미영이 재빨리 서류철로 시선을 옮겼다. 그러고는 갑자기 생각난 듯이 다시 빈우에게 말했다.

"댄튼 씨의 연락, 못 받으셨어요?"

그 순간 빈우는 미영에게 등을 보이고 앉아 있는 게 다행이라 생각했다. 화들짝 놀란 표정일 거니까.

"아니. 그쪽 일은 미영 씨가 처리하기로 했잖아?"

"네. 그렇긴 한데, 어제 댄튼 씨가 사장님과 마지막 미팅을 갖고 싶다고 하셔서……."

"이젠 협의할 것도 없는데 뭐 하러 만나? 중요한 건 모두 처리했으니까 미영 씨가 그쪽 비서와 만나서 마무리 지으면 되지."

미영은 의아했다. 평소처럼 낮고 허스키한 빈우의 목소리가 묘하게 방어적이라는 걸 느꼈기 때문이다. 내키지 않는 말을 억지로 해야 할 때 나오는 음성처럼 말이다. 당황한 건가? 몇 년 간 빈우와 함께 일을 해왔더니 그녀의 목소리에 실린 감정쯤은 자연히 읽혀졌다.

"사장님이 지시하신 대로 제가 마무리를 하려고 했는데요……."

"그런데?"

"그쪽 사장님이 우리 사장님과 대면하지 않고서는 계약서에 도장을 찍지 않겠다고 하셨다네요."

"웃기는 남자군."

툭 내뱉는 말이 빈우답지 않았다. 상대의 말 한 마디 한 마디에 귀를 기울여 일일이 대꾸하는 것도 그녀답지 않았다.

평상시의 사빈우는 무례할 만큼 짧게, 자신의 용건만 밝히는 편이었다. 사람을 만나서 말을 섞는 것도 피곤해했고, 대외적인 일에는 늘 가짜 사장인 사준을 내세웠기에 인간관계도 협소한 편이었다.

그러던 빈우가 달라졌다. 아마도 그 미국 남자에게 자신이 사준이라고 연극을 시작한 순간부터일 것이다. 말도 안 되는 연극을 하는 것 자체가 그녀답지 않거니와, 거의 날마다 그 미국 남자를 만난 것도 놀라운 일이었다.

미영은 며칠 전 호텔에서의 만남을 떠올렸다. 영화배우처럼 잘생긴 미국 남자들과 함께 있던 빈우를.

그러나 그녀에게서 평상시처럼 사람에게 무심한 태도는 찾아볼 수 없었다. 누가 뭐라 하건 내가 하고 싶은 말만, 하고 싶은 일만 한다는 사빈우 식의 반응이 아니었다. 그녀는 내내 댄튼 씨, 그 무시무시한 눈빛의 미국 남자의 눈치를 보며 정체를 들키지 않으려고 전전긍긍했다. 그 누구도, 그 무엇도 흔들 수 없었던 사빈우를 그토록 긴장하게 만든 미국 남자에게 감탄했었다. 유리 세바스티앙 댄튼이 얼마나 성깔 있는 남자인지는 그 부리부리한 눈만 봐도 알 수 있다. 숨이 멎을 만큼 잘생긴 남자라 해도 결코 건드리고 싶지 않은 타입이다. 그런 남자에게 거짓말을 하는 빈우가 얼마나 강심장인지, 지켜보는 입장에서는 그저 조마조마할 뿐이었다. 그랬는데 지난 이틀 동안 댄튼 씨를 피해 다니는 빈우의 속마음은 대체……?

"안 만나실 거예요?"

미영은 조심스럽게 떠보았다. 담배를 입에 문 빈우가 웅얼거렸다.

"귀찮아. 도장만 받으면 되는 걸."

"그래도 마지막으로 사장님 두 분이 직접 만나서……."

"미영 씨, 경일방직의 김 차장님께 전화 좀 돌려요."

빈우가 일방적으로 명령을 내렸고, 할 수 없이 미영은 대화를 중단해야 했다. 잠시 후, 수화기를 건네받은 빈우는 걸걸한 남자의 목소리가 들리자마자 강경한 투로 말을 시작했다.

"김 차장님, 정말 이런 식으로 일하실 겁니까?"

전화기 밖으로 항의하는 남자의 목소리가 새어나왔지만, 빈우는 처음의 억양 그대로 단호히 말을 이었다.

"중국산은 취급하지 말라고 몇 번이나 말했습니까? 영국산 모헤어에 견사나 방모사를 경사로 해서 꼼꼼하게 만들어달라고 분명히 말씀드렸지요? 그런데 중국산이라니, 제 말을 어떻게 들은 겁니까? 그리고 저지 대신에 방모사나 소모사를 사용한 트리코트를 달라고 말했는데, 그것도 잊으셨습니까? 작업 지시서를 제대로 보긴 했냐구요!"

항의의 외침은 깨끗이 무시당했다.

"이틀입니다. 그 안에 작업 끝내서 부치세요. 아니면 우리 거래, 그만두는 걸로 생각하겠습니다. 그럼 수고하십시오."

그러고는 전화를 끊더니 이번에는 직접 버튼을 눌러 어디론가 전화를 걸었다. 짧은 신호음 끝에 상대가 전화를 받자 빈우는 쏘아붙이듯이 말했다.

"샘플, 다시 제작하세요. 보내주신 건 폐기합니다."

저쪽에서 격앙된 여자의 음성이 들리는가 싶더니, 빈우가 간담을 서늘하게 하는 어조로 말을 잘라 버렸다.

"그런 상태로는 공장에 못 보냅니다. 장사 한두 번 하는 것도 아니고, 아마추어처럼 뭐 하는 짓입니까? 김 실장님, 실력없는 재단사들 때문에 체면 구기지 마십시오. 공장에 보내기 전에 먼저 완성품을 내 손으로 만져 보고 싶단 말입니다. 명심하시고, 사흘 안에 끝내십시오. 기대하고 있겠습니다. 그럼."

속사포처럼 다다다 말을 쏟아내고는 전화를 끊었다. 미영은 두근거리는 가슴으로 빈우에게서 수화기를 건네받았다. 빈우가 이럴 때는 건드리지 않는 게 상책이다. 이기적일만큼 자기감정에 충실한 사장이 한번 화를 내면 걷잡을 수 없으니까. 그때 빈우—원래 사준의 것인—의 휴대폰이 울렸다. 짜증스럽게 휴대폰을 노려보던 빈우가 마지못한 듯이 집어 들었다.

"네. 사준입니다."

[사빈우?]

경쾌한 남자의 목소리가 들려오자 빈우는 눈살을 찌푸렸다. 한때 사준의 매니저였다가 이제는 소속 기획사의 사장인 이철이다.

"웬일이십니까?"

무뚝뚝한 질문에도 아랑곳없이 남자는 껄껄 웃어댔다.

[여전히 무정한 여자군.]

"바쁩니다. 용건만 말씀하세요."

[신문, 봤나?]

빈우는 한숨을 쉬었다.

"쓰레기 같은 기사 때문에 전화하신 겁니까?"

[그걸로 당신을 탓하려는 게 아니야. 리애 씨 소속사에서는 되레 환영하는 분위기인데 뭘. 인기 배우 사준과 얽히면 자기네 들은 시너지 효과를 얻을 테니까.]

"그럼 됐네요. 전화 끊죠."

[잠깐!]

끈질긴 남자가 다급하게 외쳤다. 빈우는 짜증스럽게 한숨을 쉬며 다음 말을 기다렸다. 이철이 무슨 말을 할 것인지 감이 왔 지만, 일단 들어보기로 했다.

"용건 말씀하시죠."

[이참에 데뷔하는 게 어때? 내가 스타로 키워줄 건데. 준보다 더 멋지게 말이야.]

그럼 그렇지.

"이 키에 더 커서 어쩌라구요?"

[당신이 싫어하는 거 알아. 하지만 이참에 준과 남매라는 걸 밝히고 연예계로…….]

"됐거든요. 전화 끊습니다."

[이봐! 아까워서 그래. 그 얼굴에 몸매, 남녀를 막론하고 섹스 어필할 수 있는 장점이 충분하잖아. 어쩌면 준보다 더 유명해질

수······.]

뚝.

빈우는 휴대폰의 배터리를 빼서 책상 한구석에 던져 버렸다. 처음 준을 패션모델로 데뷔시켜 이날까지 철저하게 스타로 관리해 온 남자가 예전부터 그녀에게 눈독을 들이고 있다는 건 알고 있었다. 이철은 업계에서 스타 제조기로 유명한 남자였고, 그의 눈에 들기 위해 몸과 마음을 바칠 연예계 지망생이 한둘이 아니었다. 애초에 준과 빈우, 두 남매를 함께 데뷔시켜 아이돌 스타로 만들려고 안달을 하던 남자이니, 빈우의 스캔들 기사가 터질 때마다 데뷔 압박을 하는 것도 이해했다.

그러나 사빈우에겐 모두 관심 밖의 일이었다. 사람들에게 주목당하면서 살아가는 짓, 죽어도 할 수 없었다. 과거를 떠올리게 하는 일은 무엇이든 질색이었다.

전국을 떠돌면서 싸구려 연극 무대에 올랐던 그녀의 어머니는 돈이 떨어질 때면 딸을 내세워 돈을 구걸하게 했다. 삼류 잡지의 어린이 모델이나 이상야릇한 성인극 무대, 심지어 에로 영화의 아역으로 딸을 출연시켜 돈을 벌곤 했다. 겨우 일곱 살인 여자 아이가 타이즈만 입고 화장을 한 채 연극 무대에 올라야 했던 심정, 치가 떨리게 부끄럽고 아프기만 한 그 기억들을 잊고 연예계로 들어가라니? 차라리 사빈우가 남자가 되는 게 낫지, 그런 짓은 결코 못한다고 그녀는 생각했다.

그런데 왜 이렇게 초조한 건지 모르겠다. 생리 전 증후군처럼 안절부절못하면서 화가 나는 상태가 계속 이어지고 있으니.

의도적으로 유리를 피해서 될 일이 아니라는 건 안다. 미영의 말처럼 〈빈우〉의 대표로 그를 한 번은 더 만나서 비즈니스를 마무리 지어야 한다는 것도. 그런데 그걸 생각하기만 해도 골치가 아팠다. 태어나서 처음 겪어보는 이런 혼란, 어떻게 처리해야 할지 몰라 더 당황스러웠다.

아아, 머리 아파.

"두통약 드릴까요?"

원치 않는 상황에서는 귀신같이 눈치가 빠른 미영이 넌지시 말을 해왔다. 빈우는 담배를 비벼 끄고 그녀에게 말없이 두 손을 내밀었다. 미영이 언제 가져왔는지 물 컵과 두통약을 각각 쥐어주었다. 밤샘 작업을 할 때면 두통약을 달고 사는 사장의 비위를 잘 맞춰주는 비서다웠다.

"미영 씨 덕분에 내가 살아."

빈우의 공치사에 아이처럼 동그란 미영의 얼굴이 발그레하게 물들었다.

"사장님이 절 칭찬해 주신 건 처음이에요."

"내가 많이 고약한 편이지?"

"네, 좀."

그렇게 말해놓고 황급히 자신의 입을 가리는 미영에게 빈우는 웃어 보였다.

"조금만 더 참아. 이번 계약이 무사히 끝나면 사무실을 더 큰

데로 옮겨서 비서실을 따로 만들어줄게. 나랑 하루 종일 얼굴 맞대지 않으면 미영 씨도 살 만할 거야."

"저, 정말이요?"

미영의 눈동자가 반짝이기 시작했다. 빈우는 스물세 살의 미영이 동생처럼 느껴져 그녀의 수다스러움을 좀 더 참아주자고 결심했다.

"그럼. 내가 거짓말하는 거 봤어?"

"댄튼 씨에게 거짓말하고 계시잖아요."

그래 놓고는 또다시 '아차!' 하는 표정으로 입을 가리는 미영. 그러나 빈우는 화를 낼 수 없었다. 유리와의 마지막 만남이 떠올랐고, 더불어 죄책감이 그녀의 가슴을 묵직하게 눌러왔으니까.

"그래, 나는 거짓말쟁이야. 천벌을 받을 거짓말쟁이."

평상시의 그녀답지 않게 힘없이 중얼거리는 빈우를 미영이 안타까운 눈길로 바라보았다. 천천히 책상 쪽으로 돌아앉아 산더미처럼 쌓인 제도지에 고개를 박는 빈우가 불쌍하게 보였다. 키만 컸지 세상의 때라고는 묻어 있지 않은 저 까다로운 사장이 고민하는 모습은 정말이지 보기가 괴로웠다. 하여, 미영은 속으로 기도했다.

바지 사장, 사준 씨. 어서 돌아와서 우리 사장님을 살려주세요!

"준, 이런 곳에서 자넬 보게 될 줄 몰랐네."

염색한 까만 머리를 휘날리며 다가온 남자가 빈우의 손을 덥석 잡았다. 땀이 배어나와 축축한 남자의 손이 불쾌했지만 빈우는 참을성을 발휘했다.

"오랜만에 뵙습니다, 박 선생님."

한국 최고의 디자이너 앙드레 박.

짙은 화장 탓에 나이를 짐작할 수 없는 남자의 얼굴이 빈우를 향해 방실방실 웃고 있었다.

"요즘 통 안 보이더라. 무슨 일 있는 거야?"

"휴가 다녀왔습니다. 박 선생님은 여전하시네요."

"나야 늘 그렇지 뭐. 오호호!"

앙드레는 여자처럼 호호 소리 내어 웃기도 하고, 또 어느 때는 험악하게 욕을 해대서 업계에서는 괴팍한 노인이란 소문이 자자했다. 그러나 그에게 '노인'이라는 소릴 해선 안 된다. 예전 한 초보 모델이 멋모르고 그를 '할아버지'라고 불렀다가 그날로 패션계에서 퇴출을 당한 사건은 전설처럼 남아 있었다.

"쇼를 보러 온 거야?"

빈우는 끄덕이고 앙드레의 어깨너머를 흘끗 쳐다보았다. 홀 가운데에 T자형의 런웨이가 보였다.

"〈대정 어패럴〉의 신상품 발표회는 해마다 이슈가 되지. 어떨 땐 부러워. 대기업의 후원을 받는 계열사라는 건 그만큼 눈치 안 보고 사업을 할 수 있는 여건이 되니까."

앙드레 박의 부러움 섞인 시선이 넓은 홀 안을 훑고 지나갔다. 여기저기에서 번쩍이는 취재 카메라의 플래시에 눈이 부실 정도였다. 패션계뿐만 아니라 연예계의 내로라하는 호사가들이 초대된 이번 행사에 언론의 관심이 집중되는 건 당연했다.

"자네가 참석한 걸 보면 이번 행사가 중요하긴 한가 봐?"

심중을 떠보듯이 물어오는 남자에게 빈우는 웃어 보였다.

"〈대정 어패럴〉과 디자인 제휴를 한 터라 거절을 할 수 없었거든요. 〈빈우〉를 홍보하는 데에도 도움이 되고, 무엇보다 큰 계약 건이 달려 있어서요."

"어쩐지……. 이렇게 사람 많은 곳에서 자넬 볼 수 있는 건 행운이지. 안 그래?"

남자가 빈정대듯이 말하고는 갑자기 빈우의 얼굴 앞으로 고개를 쑥 내밀었다. 놀란 빈우가 고개를 쳐들자 그는 의미심장하게 웃으며 중얼거렸다.

"이중생활이 재미있지?"

"네?"

앙드레 박은 빈우의 머리에서 발끝까지 천천히 훑어보았다. 두꺼운 뿔테 안경, 캐시미어 반코트와 검은색 폴라 스웨터, 검은색의 코듀로이 바지. 온통 검은색으로 무장한 빈우를 죽 훑어내린 남자가 조그맣게 혀를 찼다.

"쯧쯧, 그렇게 감싼다고 감춰지나?"

"대체 무슨 말씀이십니까?"

빈우는 딱딱하게 되물었다. 지금껏 두 번 만난 남자에게 설마 정체를 들켰을까 싶으면서도……

"안심해. 무슨 게임을 하고 있는 건지 몰라도 나도 즐기고 싶으니까."

"확실하게 말씀해 주시죠, 박 선생님."

빈우는 따져 물었다. 이런 곳에서 정체가 들킨다면 뭐…… 골치가 아프지만 감수할 생각도.

"다 안다니까. 걱정 말게. 내가 섣불리 입을 놀리는 일은 없을 거야."

"박 선생님!"

앙드레 박은 쿡쿡 웃으며 빈우의 어깨를 두드렸다. 반짝반짝 빛을 발하는 남자의 눈이 그녀의 얼굴에서 떠나지 않았다.

"내 모델이 되어줄 생각은 없나? 그러면 우리가 좀 더 확실한 동지가 되는 건데."

빈우는 자신의 어깨를 잡은 남자의 손을 탁 털어냈다. 그러고 는 나지막한 목소리로 그에게 경고했다.

"밝히셔도 됩니다. 대신 그 뒷감당은 저와 함께하셔야 합니다."

누구에게든 협박을 당하는 건 질색이다. 설사 대역죄를 저질 렀더라도 남에게 피해를 주지 않은 이상 누구에게 굽신거릴 이 유가 있나?

"아, 성미 하고는. 나도 즐기고 싶다고 했잖아."

앙드레 박이 유들유들하게 받아쳤다. 괴팍한 성격의 이 남자가 거짓말을 하지 않는다는 걸 기억하고서야 빈우는 긴장을 풀었다. 그런 한편 의아했다. 앙드레 박처럼 한눈에 그녀의 정체를 간파한 사람이 또 있을지도 모른다. 조금만 의심을 하고 관찰하면 사준과 그녀의 차이점이 눈에 들어올 테니까. 그런데도 사람들은 그녀가 사준이라는 걸 믿어 의심치 않았다. 스크린이나 사진 속의 사준과 의류 회사의 오너인 사준이 동일인이라고 철석같이 믿었다. 간혹 실제로 보니 얼굴이 좀 다른 것 같다는 말을 하는 사람들조차 그녀가 여자라고는, 사준이 아니라고는 의심하지 않았다. 도대체가 눈들이 삔 건지, 아니면 사빈우가 그만큼 여자로서의 느낌이 안 나는 건지⋯⋯.

속으로 한숨을 쉬며 빈우는 앙드레 박에게 악수를 청했다.

"어쨌든 고맙습니다."

그녀와 손을 마주 잡은 남자가 고개를 저었다.

"자네, 참 이기적이야."

뭔 소린가 싶어 쳐다보자 그는 씁쓸하게 웃었다.

"남에게 피해를 주지 않는 이상, 거짓말을 해도 상관없다고 생각하겠지. 나는 난데, 굳이 남에게 신경 쓸 필요 뭐 있냐고 말이야. 하지만 그건 아니야. 나처럼 자네를 더 알고 싶고, 가까워지고 싶은 사람들에겐 상처가 될 수 있어. 진정으로 자네를 이해하는 사람을 얻는 게 쉬운 줄 아나? 내가 솔직하게 나를 드러내야 남도 날 알아주는 거야. 그렇게 독불장군처럼 자기만 생각하다가는 언젠가 크게 후회할 날이 올지도 몰라. 더불어 살아가기에 우리 인간의 삶이 의미가 있는 거니까."

전에 없이 진지한 말에 빈우는 긴장했다.

"제게 그런 말씀을 하시는 이유가 뭡니까?"

앙드레 박의 안타까운 눈빛이 굳어 있는 여자를 다시 한 번 스치고 지나갔다.

"너무 딱딱해. 무정한 건 두말할 것도 없고. 사준이란 가면을 쓰고 남들을 조롱한다 해서 자네의 두려움이 사라질 것 같은가?"

"박 선생님."

"그래, 내 말이 듣기 싫겠지. 겨우 세 번째 만난 남자에게 이러쿵저러쿵 무슨 말을 듣고 싶겠나. 그치만 인생 선배로서 자네에게 충고하겠네."

숨 쉴 틈 없이 쏟아지던 말이 잠깐 멈추고, 빈우의 어깨 위로 또다시 남자의 손이 내려앉았다. 앙드레 박은 힘있게 그녀의 어깨를 쥐고 못을 박듯이 단호한 어조로 말했다.

"가슴의 울타리를 허물어. 남을 받아들여 봐. 그러면 자네도 조금은 편해질 거야."

"그만 하십시오."

빈우는 불쾌한 감정을 감추지 못했다. 남에게 설교를 들어야 할 입장도, 그러고 싶은 마음도 없었다. 대체 몇 번 봤다고 이 늙은 남자가 그녀에게 구구절절 늘어놓는단 말인가!

"말씀 안 들은 걸로 하겠습니다. 그럼 전 이만."

• 돌아서는 그녀의 팔을 앙드레 박이 재빨리 잡아 세웠다.

"모두 나 같지는 않아. 누군가가 자네의 가면을 꿰뚫어 보고 맹목적으로 달려들지도 몰라. 그럴 땐 어떻게 하겠나?"

빈우는 남자의 손을 뿌리치고 재빨리 발걸음을 옮겼다. 모여든 사람들을 헤치고 나가는 건 힘들었다. 더구나 그녀가 지나갈 때마다 카메라가 번쩍이고, 여자들이 탄성을 질렀으며, 수군거림이 물결처럼 밀려왔다. '사준이야!', '너무 멋있어!', '대인기 피증이라면서? 그런데 이런 곳에 웬일이래?', '성형수술 했나? 얼굴이 좀 달라', '그래도 멋지잖아. 한번 안겨보고 싶다' 등등 당연하지만 온통 사준에 관한 얘기들이었다. 누구도 그녀의 정체를 의심하지 않았다. 사빈우의 존재를 알아차리는 사람은 아무도 없었다.

괜히 왔다.

뒤늦게 후회하며 빈우는 〈대정 어패럴〉 관계자석으로 갔다. 얼른 제휴 계약 건을 마무리 짓고 나갈 생각이었다. 요즘 들어 너무 많은 사람들과 접촉을 했다. 이러다간 그녀의 정체가 탄로나기도 전에 머리가 아파 쓰러질지도 모른다. 말, 말, 말. 사람들의 말소리에 귀가 따가웠다.

빈우는 〈대정 어패럴〉의 관계자들과 인사를 나누었다. 그녀의 디자인을 채택한 담당자와 제휴 건에 대해서 짧게 대화를 나눈 뒤, 급한 일이 있다며 다음 기회에 다시 만나자고 제의했다.

그녀의 창백한 얼굴이 안 돼 보였던지 제의는 금방 받아들여졌다. 패션쇼를 관람하고 축하 파티에도 참석할 예정이었지만 이런 상태로는 무리였다. 빈우는 사업적인 만남을 다음 기회로 미룬 채 홀 안을 빠져나왔다.

출입문에 다다랐을 때 조명불이 꺼지고 음악이 흐르기 시작했다. 쇼가 시작되었다. 빈우는 어둠 속을 더듬어 문을 열었다. 그 문밖으로 나온 순간, 그녀의 눈앞에서 뭔가가 번쩍했다. 카메라의 불빛이라는 건 나중에 알았다.

"사준 씨, 유리애 씨와 연인 관계라는 게 사실입니까?"

팔을 들어 눈을 가린 빈우에게 한 남자가 질문했다. 그리고 또다시 번쩍이는 플래시 사이로 다른 누군가가, 이번에는 여자가 질문을 퍼부었다.

"호텔의 바에서 그분을 만나셨다구요? 새벽에 호텔 룸에서 나오는 걸 목격한 사람들이 있는데, 유리애 씨는 언제……."

빈우는 눈이 부셔 팔을 내릴 수 없었다. 그런 상태에서 취재진을 피하려고 몸을 돌렸지만, 처음 질문을 한 남자가 거칠게 잡아 세웠다. 순간 팔이 욱신거릴 정도로 억센 손아귀 힘에 놀란 것도 잠시, 빈우는 머리끝까지 화가 났다. 사람을 구석에 몰아넣고 이게 무슨 짓인가 싶었다.

"할 말 없습니다. 비켜요."

단호하게 내뱉고 지나가려 했지만 사람들이 순식간에 그녀를 에워쌌다. 빈우는 팔을 내리고 그들을 쳐다보았다. 카메라맨

둘, 취재 기자는 셋. 모두 다섯 명의 사람이 그녀를 빙 둘러서서 쏘아대고 있었다. 나가려면 몸싸움이 불가피했다. 그러나 혼자 감당하기엔 수가 많았다. 빈우는 입을 꾹 다물고 도망갈 길을 찾기 위해 주위를 둘러보았다. 행사장 밖은 조용했다. 정문은 잠겨 있고, 복도에 오가는 스태프도 보이지 않았다. 초대장을 받아온 손님들을 감시할 필요가 없다 생각했을 것이다. 그러니 이런 봉변을 당하는 장면을 목격할 사람조차 없을 거다…… 라고 생각하는데, 그 순간.

"이것들은 뭐야?"

생소한 영어가, 남자다운 저음의 굵직한 음성이 그들 뒤쪽에서 들려왔다. 난데없는 영어에 놀란 사람들이 돌아보자 외국 남자 두 명이 버티고 서 있었다.

짙은 회색의 슈트를 입은 검은머리, 검은색의 슈트는 금발머리. 그리고 그들 뒤에 서 있는 세 명의 한국 남자들.

취재진의 입이 떡 벌어졌다. 두 외국인의 출중한 외모에 놀란 건 물론, 남자들의 압도적인 존재감에 모두 말문이 막힌 듯했다. 남자들은 하나같이 무표정한 얼굴에 험악한 기세라 감히 누구냐고 물어보지도 못했다. 불쾌하다는 듯이 짙은 눈썹을 찌푸리고 그들을 쓱 훑어본 검은머리의 남자, 가장 키가 크고 험악한 인상의 그가 눈부신 황금빛 머리의 남자에게 말했다.

"치워."

그러자 금발머리가 뒤의 세 남자에게 한국어로 말했다.

"치우라고 합니다."

그 말이 떨어지기가 무섭게 세 남자가 취재진에게 달려들었다. 일은 눈 깜짝할 사이에 벌어졌다. 항의할 기회조차 얻지 못한 취재진은 세 남자에게 짐짝처럼 끌려 나갔다. 귀에 이어폰을 꽂은 남자들은 훈련된 솜씨로 그들을 순식간에 문밖으로 몰아냈다. 그제야 취재진은 그들이 경호원들이라는 걸 깨달았다. 눈앞에서 육중한 철문이 닫히는 걸 보고서야 그들은 정신이 들었다.

기자들 중의 하나가 얼떨떨한 어조로 물었다.

"저 남잔 대체 누구야?"

그러나 대답하는 이는 없었다.

"사준."

유리의 어두운 눈동자가 장난감을 발견한 아이처럼 빛났다. 빈우는 눈을 감아버렸다. 숨이 쉬어지지 않을 정도로 가슴이 두근거렸다. 이 남자를 볼 때면 언제나 그랬듯이 제어가 되지 않았다.

"도망간 곳이 겨우 여기인가?"

그녀의 머리 위에서 '텅!' 소리가 났다. 그리고 코로 스며드는 남성의 짙은 스킨 향.

살며시 눈을 뜨니 유리가 바로 눈앞에 다가와 있었다. 그가 한 손으로 그녀의 머리 옆을 짚고 위험할 만큼 가까이 서 있었다. 몸이 닿지 않았는데도 빈우는 호흡이 멎을 만큼 놀랐다.

"안녕하십니까?"

무슨 말이든 해야 할 것 같아 우선 인사말을 건넸지만, 돌아온 건 코웃음이었다.

"안녕 못한데, 어쩌나?"

"여긴 어떤 일이십니까?"

"초대 받았지. 우리 회사와 손을 잡고 싶어하는 한국 기업들이 한두 군데가 아니거든."

"그렇군요. 그럼 들어가 보십시오."

재빨리 말하고는 그의 팔 아래로 빠져나가려 했다. 그러나 유리는 나머지 한 팔도 들어 그녀의 머리 위에 눌렀다. 아뿔싸, 그의 팔 안에 갇힌 꼴이 됐다. 낭패감을 씹으며 빈우는 번뜩이는 눈으로 앞의 남자를 쏘아보았다.

"이런 장난, 재미없습니다."

유리가 한쪽 눈썹을 치켜올렸다. 장난기가 다분한 표정인데, 빈우를 바라보는 눈길은 차가웠다. 그러고 보니 그녀를 꽁꽁 얼려 버릴 것 같은 냉기가 그의 온몸에 흐르고 있었다.

이 남자, 무시무시하게 화가 났어.

그런 깨달음에 가슴의 두근거림이 더 심해졌다. 그러나 빈우는 평정을 잃지 않고 그를 똑바로 응시했다.

"비켜주십시오."

쩔쩔매지는 않을 것이다. 크리스 쇼어의 고소해하는 눈길 아래에서는 특히.

"제게 하고 싶은 말씀이 있으면 다음에⋯⋯."

"지금 해야겠어. 크리스!"

갑자기 소리치며 유리가 빈우의 팔을 잡아당겼다. 무지막지한 힘이다. 벗어나려고 몸부림치면 강철 수갑처럼 우악스런 남자의 손이 조여들 게 뻔하다. 혼자서는 이 남자를 이길 수 없을 거다.

"이 녀석과 얘기를 좀 해야겠어. 주위를 살펴."

크리스는 못마땅한 기색인데도 묵묵히 끄덕였다. 주위를 둘러보던 유리의 눈이 복도 끝에 〈Staff Only〉라고 쓰인 문에서 멎었다. 그는 빈우의 팔을 잡은 채 그곳을 향해 걸어가기 시작했다. 빈우는 침착하자고 자신에게 타일렀지만, 저도 모르게 애원조가 나오고 말았다.

"저기요, 얘기는 다음에 하면 안 될까요?"

지금의 유리는 그녀가 아는 남자가 아니다. 화가 나서 소리를 지르고 펄펄 뛰는 남자라면 얼마든지 처리할 자신이 있는데, 이처럼 온몸으로 냉기를 풀풀 날리는 남자의 억눌린 분노를 감당할 자신은 없다. 더구나 양심에 찔리는 짓을 저지른 처지인지라 마냥 그를 내칠 수가 없어 질질 끌려갔다. 놀리고 장난을 칠 단계는 지났다는 걸 빈우는 뼛속 깊이 의식했다. 말없이 그녀를 어두운 문 안쪽으로 던져 넣고 살벌한 기세로 문을 잠가 버리는 남자를 상대로는.

"왜 날 피하는 거야?"

팔짱을 끼고 선 유리가 으르렁거리듯이 말했다. 빈우는 벽에 기대서서 호흡을 골랐다. 등 뒤에 닿은 벽의 냉기도 느낄 정신이 없었다. 물건이 가득 찬 좁은 방 안, 숨소리가 들릴 정도로 바싹 붙어선 두 사람. 위험한 상황이다. 이제부터 어떻게 할까?

"말을 해봐. 왜 날 피해 다니는 거지?"

유리는 화가 나서 숨결이 거칠어졌다. 준을 보지 못한 지난 사흘, 마음 편하리란 예상과 달리 단 한 순간도 녀석을 생각하지 않은 적이 없었다. 크리스를 믿지 못해 직접 사준의 프로파일을 뒤적이고, 녀석의 사진과 영화들을 모조리 훑어보았다. 확실히 실제의 사준과는 분위기가 많이 달랐다. 그러나 여자처럼 화장을 하고 우스꽝스런 옷을 입은 사진에서조차 녀석의 매력은 분명했다. 여자도 아닌 것이, 그렇다고 아주 남성다운 외모도 아닌, 사람의 마음을 심란하게 하는 얼굴로 만져 달라고 외치는 것 같았다. 녀석이 벗은 등을 보인 채 비스듬히 고개를 숙여 입술을 삐죽 내민 사진을 하마터면 손으로 만져 볼 뻔했다. 화들짝 놀라서 사진을 팽개쳤지만 그 순간의 아찔함은 두고두고 잊지 못할 것이다.

유리는 험악한 눈길로 녀석의 얼굴을 쏘아보았다. 안경 때문에 녀석의 눈빛을 알 수 없었다. 유리는 손을 뻗어 녀석의 안경을 걷어냈다. 깜짝 놀라는 눈동자를 보자 가슴이 후련했다.

"한 번만 더 이걸 써봐."

으르는 그에게 빈우가 날카롭게 따졌다.

"그럼 어쩔 겁니까?"

이런 상태에서도 바락바락 대드는 녀석의 용기, 가상하지만 마음에 들지 않았다.

"조심해, 사준. 나 지금 무지 화가 났거든."

이 녀석이 여자라면 저 붉은 입술을 덮쳐 말을 못하게 하련만.

이 녀석이 여자라면 저 탐스러운 볼을 쓰다듬고 보드라운 살결에 나의 흔적을 남길 텐데.

유리는 통탄했다. 남자인 사준에 대한 미련을 떨치지 못하는 자신에게.

"다시 묻지. 왜 날 피하는 건가?"

빈우는 보이지 않게 주먹을 말아 쥐었다. 여차하면 이걸 쓰겠다는 듯이.

"사장님이 절 보고 싶어하지 않을 거라 여겼습니다."

"보고 싶지 않아도 만나야 하잖아. 우리 계약은 어떻게 할 건가?"

"아직 의논할 게 남았습니까?"

"브랜드 네임, 매출액 분배 문제, 라이선스 인가 최종 확인."

"그건 사장님의 의향대로 하십시오."

내던지는 듯한 대답에 유리의 눈이 가늘어졌다.

"벌써 항복한 건가?"

"네. 지긋지긋합니다."

그 말에 유리는 격분했다. 그는 빈우의 가느다란 어깨를 두 손으로 틀어쥐고 흔들었다.

"건방진 자식! 뚫린 입이라고 함부로 지껄이지 말란 말이야!"

빈우는 그의 손을 참을 수 없었다. 자신의 몸에 닿은 그의 손이 화인처럼 뜨겁게 느껴졌다.

"모두 사장님의 뜻대로 하시라고 했는데, 뭐가 불만입니까?"

"너! 너라는 자식이 내 불만이다!"

"야만인처럼 이게 뭡니까? 사람을 잡아놓고 윽박지르기만 하고."

"닥쳐!"

문득 겁이 났다. 이러다간 한 대 얻어맞는 사태가 벌어질지도……. 그때였다.

"네가 싫어. 남자 같지 않은 네 녀석이 보기 싫단 말이야."

그렇게 중얼거리는 남자가 너무 고통스러워 보였다. 사준을 때리고 싶어하면서도 차마 그럴 수 없어 부들부들 떨기만 하는 유리.

"재수없는 네놈을 잊어버리자고 결심했지. 안 보면 편할 거라고. 그런데 안 돼. 나도 이러는 날 이해 못하겠는걸. 내게 무슨 짓을 한 거야, 사준? 넌 누구지?"

그에게 잡힌 어깨가 아팠다. 내일쯤이면 멍이 들지도 모른다. 그러나 빈우는 커다랗게 뜬 눈으로 유리를 올려다보며 신음 소리도 내지 못했다. 죄책감은 더 이상 그럴 수 없을 만큼 불어났다.

유리가 이토록 괴로워할 줄 몰랐다. 육체적인 끌림은 서로 만나지 않으면 수그러들 거라 여겼었다. 그래서 이 남자를 만나지 않았다. 며칠만 견디면 사준이 돌아와 모든 것이 예전처럼 돌아가리라 여겼었다. 그런데 육체적인 것만이 아니었나?

얼굴을 찌푸린 채 한숨을 토해내는 남자를 바라보는 그녀도 편하지는 않았다. 가슴 언저리가 뭔가에 눌린 듯이 묵직했다. 유리의 충혈된 눈동자를 보자 그녀의 명치끝이 아팠다. 그건 불면의 밤을 의미했다. 그녀처럼 그도 잠을 자지 못한 거다. 거울 속의 자신을 보듯 유리에 대한 느낌들이 순식간에 일깨워졌다. 원하지 않아도 유리의 상태가 알아졌다. 그런 깨달음에 빈우는 두려워졌다.

이 남자, 너무 가까이 와 있어.

내부에서 경고 신호가 울리고, 몸이 떨리기 시작했다. 낯선 떨림, 도망가고 싶어지는 마음. 빈우는 눈을 감아버렸다. 이런 적이 처음이라 어찌할 바를 몰랐다. 뻣뻣한 몸을 지탱하고 서 있는 것만도 다행이었다. 자신의 복잡한 감정에 겨워 허덕이는 남자는 빈우의 상태를 알아차리지 못했다.

"어떻게 하면 널 잊을 수 있을까?"

이 남자에게 진실을 말하자.

그렇게 결심하고 눈을 뜬 빈우는 넋을 잃은 표정으로 유리를 쳐다보았다. 마지막으로 한 번만. 그 순간 유혹의 향기가 그녀를 사로잡았다.

"키스해요."

"······!"

"아무도 우릴 보지 못해요. 그러니까."

이래서는 안 된다는 이성의 외침은 무시했다. 그녀의 어깨에서 유리의 손이 떨어져 나갔다. 놀란 그의 얼굴, 그러나 그녀를 바라보는 눈동자는 뜨겁게 타올랐다.

"몸에 손대지 말고. 키스만 딱 한 번, 어때요?"

만지면 걷잡을 수 없을 것 같았다. 그러니까 입술만 나눠요, 우리.

나중에 후회할지라도 고통스러워하는 남자에게, 그리고 번민하는 자신에게 위로하듯 말했다. 처음이자 마지막으로 키스를 한 번만.

"너⋯⋯ 제정신이야?"

반문하는 남자의 목소리가 잔뜩 쉬어 있다. 빈우는 유리의 입술을 보았다. 짓궂은 농담을 뱉어내던 입술, 미소 지을 때면 가운데가 살짝 벌어져 하얀 이가 보이던 입술, 그리고 근사한 감촉일 게 뻔한 입술. 상상하는 것만으로는 부족했다. 그녀가 누구인지 밝히기 전에 딱 한 번이라도 맛볼 수 있다면⋯⋯ 지옥에 떨어져도 후회하지 않을 것 같았다.

"사준, 너 대체⋯⋯."

"아무에게도 말 안 할게요. 그러니까, 해요."

안 돼. 못해. 하지 마!

그렇게 말해야 당연했다. 남자에게 키스를 하는 취미 따윈 없다고, 난 호모가 아니라고 말해주어야 했다.

그랬는데 유리는 한 마디도 하지 못했다. 강력한 뭔가에 홀린 듯이 저절로 그의 고개가 숙여졌다. 사준의 탐스러운 입술 바로 앞에서 잠시 머뭇거린 순간, 녀석이 허스키한 음성으로 속삭였다.

"몸에는 손대지 마요."

"응."

이게 아니잖아~!

부르짖으면 뭐 하는가, 이미 늦은 일인 것을.

다음 순간 유리는 녀석의 입술을 덮쳤다. 말 그대로 그의 입술 전부를 삼켜 버렸다. 말랑말랑한 피부의 감촉이 뇌리에 전해진 순간, 유리는 깊숙이 신음했다. 너무 좋았다. 이대로 숨이 멎어도 좋다고 생각될 만큼 황홀한 감각이 그를 덮쳐 왔다.

처음에는 가만히 머금고만 있었다. 그러다 천천히 녀석의 아랫입술을 혀로 더듬어 달콤함을 음미하고, 윗니로 살짝 눌러 벌어진 입술 가운데로 혀를 밀어 넣었다. 녀석의 숨소리가 끊어질 듯 말 듯 들려왔다. 좋아하는 거다. 녀석의 가쁜 숨결이 그의 입 안으로 쏟아지면서 욕구는 더욱 강해졌다. 천천히, 조심스럽게 하자던 결심, 잊은 지 오래였다. 보드랍고 풍부한 살결을 마음껏 핥아 맛보고, 빈 공간에 그를 채워 넣고 싶었다.

유리는 고개를 비스듬히 돌려 입술을 크게 벌렸다. 따라 벌어진 녀석의 입술을 혀로 더욱 활짝 벌려 그의 입술을 밀어 넣었다. 역시 근사했다. 너무 좋아서 녀석이 남자라는 것도, 이곳이어디인지도 잊었다. 느끼는 것이라곤 녀석의 가쁜 숨소리, 찰싹이는 피부의 마찰음, 그리고 자신의 만족한 신음 소리뿐. 아니, 이걸로는 부족했다. 상상 속에서보다 더 보드라운 녀석의 입술만 가질 수 있다는 게 마음에 들지 않았다. 키스 한 번에 헉헉대는 녀석이 울부짖는 걸 보고 싶었다. 그의 몸 아래에서, 실오라기 하나 걸치지 않은 몸으로 온전히 그를 받아들이는 녀석의 모습이.

"벌려."

유리는 거칠게 명령했다. 입술만 닿은 상태인데도 온몸이 불길에 휩싸인 듯 뜨거워졌다.

그의 명령에 녀석이 순순히 입을 벌렸다. 방탕한 녀석치고는 너무나 순종적이었다. 그리고 입술은 순결했다. 그 어떤 여자들보다 더 정직한 반응이 유리를 들뜨게 했다. 그에게 오롯이 입술을 빨리면서도 고분고분 따라오는 녀석이 예뻤다. 너무 예뻐서 더욱 사랑해 주고 싶었다. 이성이나 상식? 그런 단어는 잊었다. 미칠 정도로 황홀한 이 느낌, 녀석의 입술에서 맛보는 열락을 어떻게 포기하겠는가!

그래서 녀석의 입 안을 휘저어 떨고 있는 혀를 빨아 당기고,

달콤한 타액을 한 방울도 남김없이 마셔 버렸다. 기나긴 키스에 숨을 차 올랐지만 유리는 한순간도 녀석에게서 입을 떼지 않았다. 갈증은 채워지지 않았다. 이제 알아버린 준의 입술은 마셔도 마셔도 바닥나지 않는 달콤한 샘물처럼 끝없이 유리를 갈증나게 했다. 몇 백만 볼트의 전류에 감전된 듯이 그의 몸이 경련했다. 녀석도 마찬가지라는 걸 덜덜 떠는 몸으로 알았다. 언제 끝날지 모르던 키스는 빈우가 목이 졸린 듯한 소리를 내며 끝났다.

유리가 살짝 입술을 뗀 순간 그녀가 막혀 있던 숨을 쏟아냈다. 그러나 잠시 숨을 돌린 걸 확인하고 유리는 다시 그녀에게 입을 맞추었다. 이번에는 강압적이지 않게, 달래듯이 살짝 살짝 입술을 눌러대며 낙인을 찍었다.

그렇게 시간이 얼마나 흘렀는지 모른다. 갑자기 문을 두드리는 소리가 났다.

"사장님!"

크리스다.

번갯불에 맞은 듯이 움찔하는 빈우와 달리 유리는 느긋하게 입술을 뗐다. 그는 입술을 완전히 떼기 전, 빈우의 젖은 입술을 한 번 더 깨물었다. 순간 앗, 소리가 나올 정도로 세게 깨물고는 핏빛으로 물든 입술을 눈으로 확인하고서야 만족스럽게 고개를 들었다. 대답하는 유리의 목소리는 얄밉도록 침착했다.

"나갈게."

빈우는 멍한 눈으로 유리를 보았다. 머리가 몽롱했다. 그에게 먼저 키스하자고 했으면서도 정작 감각의 뿌리까지 흔들린 건 그녀였다. 설마 유리가 그렇게 깊은 키스를 할 줄은 몰랐던 거다. 입술만 닿았다 끝나는 키스, 혹은 혐오감에 그녀를 뿌리칠 줄 알았었다. 그랬는데 진심으로 부딪쳐 온 그의 입술은 뜨거웠다. 마치 그녀가 세상에 남은 유일한 여자인 양 온몸으로 키스해 왔다. 예상치 못했던 감각에 빈우는 할 말을 잃고 멍하니 서 있었다.

"널 만질 생각조차 못했어. 그럴 정신이 없었지."

유리가 자신의 손을 물끄러미 쳐다보며 씁쓸하게 말했다. 그러나 다음 순간 빈우를 바라보는 그의 눈동자에 어린 열기는 전혀 옅어지지 않았다. 오히려 그녀의 젖은 입술에 닿은 남자의 눈빛이 거의 까맣게 변하면서 욕망의 빛이 생생하게 드러났다.

"네가 날 이렇게 만들었어."

속삭이는 듯한 남자의 음성에 정신이 팔려 있었다. 그래서 그가 그녀의 손을 잡아 그의 허리 아래로 가져가는 것도 알아차리지 못했다. 딱딱한 감촉을 손바닥으로 느꼈을 때에야 빈우는 정신이 들었다. 유리는 불끈 솟아오른 자신의 남성에 빈우의 손을 누른 채 신음하듯이 말했다.

"너는?"

그의 눈길이 빈우의 몸 아래에 고정되어 있었다. 정확히는 사타구니, 은밀한 그 부분에.

맙소사!

빈우는 부리나케 그의 남성에서 손을 떼어냈다. 그러고는 유리의 손이 뻗어오기 전에 몸을 돌렸다. 유리는 움직이지 않았다. 빈우가 그를 밀치고 문의 손잡이를 잡을 때에도 굳은 듯이 서 있을 뿐이었다. 그러나 문의 손잡이가 돌아간 순간, 헤어날 수 없는 절망에 몸부림치는 남자의 젖은 목소리가 들려왔다.

"난, 어떻게 하지?"

빈우는 문밖으로 뛰쳐나갔다. 놀라서 바라보는 크리스를 밀치고 복도를 달려나갔다. 뒤에서 크리스가 뭐라고 외쳤지만 뭔가에 쫓기듯이 달려가는 그녀는 한순간도 멈추지 않았다.

'쾅!' 소리가 났다. 영문을 몰라 하던 크리스는 소리의 근원지로 시선을 돌렸다. 그건 유리가 열린 문을 주먹으로 내려치는 소리였다. 하얗게 질린 유리의 얼굴에 멈췄던 크리스의 시선이 핏방울이 솟아나오는 그의 주먹으로 내려갔다. 그러나 크리스를 경악하게 한 건 유리의 피가 아니었다. 여태껏 들어본 적이 없는, 너무 쉬어 거의 흐느끼는 것 같은 남자의 목소리였다.

"나는…… 어떻게 하지?"

크리스는 아무 말도 할 수 없었다. 커다랗게 뜬 그의 눈에 피를 흘리는 주먹으로 또다시 벽을 내려치는 유리가 보였다. '텅!' 소리에 가슴이 덜컥 내려앉았다. 우두커니 서 있는 두 남자 사이로 숨 막히는 침묵이 감돌았다.

Chapter

9

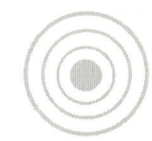

Chapter 9
—남과 여—

미영은 평소보다 삼십 분 일찍 사무실에 도착했다. 간밤에 내린 눈으로 출근길이 막힐 걸 대비해서 일찍 집을 나섰는데, 예상과 달리 도로는 혼잡하지 않았다. 그래서 좀 아깝다는 생각이 들었다. 삼십 분은 아침잠이 많은 그녀에게 황금 같은 시간이니 말이다. 더 잘 수 있었는데 괜히 서둘렀다는 생각에 짜증이 났다.

그런 상태라 사무실의 문을 거칠게 열어젖혔다. 그리고 발걸음도 거칠게 어두운 사무실 안으로 들어가 창문을 가린 블라인드를 확 밀어 올렸다. 그때였다.

"빛…… 빛 좀 가려!"

창문 앞 소파에서 갑작스레 거친 목소리가 날아들었다. 깜짝 놀란 미영은 비명을 지르며 풀쩍 뛰었다. 그와 동시에 소파 밖으로 삐죽 나온 하얀 발을 보았다.

실핏줄이 보일 만큼 하얗고 매끄러운 피부에 길죽길죽한 다섯 개의 발가락.

그 발이 허공을 차더니 소파 밑으로 툭 떨어졌다. 놀라서 두근거리던 미영의 가슴이 그제야 좀 가라앉았다. 눈에 익은 발의 주인이 누군지 알았다.

"사장님?"

미영의 부름에 소파가 삐걱거리더니 누군가가 천천히 일어나 앉았다. 사방으로 뻗친 머리카락, 창백한 얼굴, 어깨가 다 드러나는 헐렁한 니트와 끝에 올이 풀린 낡은 청바지. 잘 떠지지 않는 눈을 깜박이며 미영을 쳐다보는 사람은 그녀의 사장인 빈우였다.

"여기에서 주무셨어요?"

빈우에겐 턱없이 작은 소파다. 앉아 있어도 불편하다고 만날 투덜대더니 웬 잠을……?

"사장님, 제 말 들리세요?"

한참 동안 말이 없는 빈우가 걱정되어 미영은 한 걸음 다가섰다. 그러자 빈우가 정신을 차리려는 듯 머리를 흔들었다. 가까이서 보니 제대로 자지 못한 흔적이 역력했다. 초췌한 낯빛에 뾰루지 하나 없던 피부는 까칠까칠해져 평소의 빈우답지 않았다. 아기 피부를 가진 그녀를 무척이나 부러워했었는데 말이다.

"어…… 굿모닝."

잔뜩 가라앉은 목소리까지 '나 어제 한숨도 못 잤다' 라는 걸 광고하는 것 같았다. 미영은 혀를 차며 블라인드를 반쯤 내렸다.

"감기 걸리면 어쩌시려고 여기에서 주무셨어요?"

"안 잤어."

예상은 했어도 순순한 대답에 미영은 놀랐다. 그녀는 돌아서서 빈우를 유심히 살펴보았다. 축 처진 어깨, 우울한 표정. 완전히 '나 고민 있어' 라는 분위기.

"어제 무슨 일이 있었어요?"

"응."

"나쁜 일인가요?"

"응."

말 잘 듣는 아이처럼 끄덕이는 빈우는 평소와 달랐다. 미영은 무슨 일이냐고 더 묻고 싶었지만, 빈우가 일어나 커피메이커로 다가가는 바람에 말을 못했다. 맨발로 걸어가는 빈우는 곧 쓰러질 것처럼 보였다. 휘청휘청, 겨우 목적지에 도착해 습관적으로 기계를 작동하고, 책상에 쓰러지듯 기대어섰다. 미영은 맨발의 빈우에게 슬리퍼를 가져다주었다. 그러나 빈우는 거들떠보지도 않고 커다란 머그잔에 커피를 따라 다시 소파로 휘적휘적 걸어가 버렸다.

그녀의 뒤를 따라가는 미영의 표정이 심각해졌다. 사장이 사무실에서 밤을 샜다. 그건 어제 〈대정 어패럴〉의 신상품 발표회장에서 무슨 일이 벌어졌고, 그 때문에 다시 사무실로 돌아왔다는 뜻인데…….

"미영 씨, 지금 몇 시?"

빈우의 물음에 미영은 재빨리 벽시계를 보았다.

"아홉 시 이십 분 전이요."

"일찍 출근했네?"

"사장님보다는 늦었죠. 대체 무슨 일인데요?"

호기심을 이기지 못해 묻고 말았지만 빈우는 묵묵부답이었다. 대신 뜨거운 커피를 두 번 만에 다 마셔 버리고는 또다시 소파에 드러누웠다. 소파 팔걸이 밖으로 그녀의 머리와 발이 툭 튀어나왔다. 미영은 알고 싶은 욕심에 조바심이 났다.

"저한테 말씀 안 해주실 거예요?"

빈우가 한 팔을 들어 눈을 가렸다. 그 아래 말라붙은 입술로 그녀가 중얼거렸다.

"끝났어."

"네?"

"그 남자한테 다 밝힐 거야, 내가 사빈우라고."

미영은 입을 열었다가 무슨 말을 해야 할지 몰라 도로 닫았다. 그러자 빈우가 쿡쿡 웃었다.

"응. 어제 거기에서 그 남잘 만났어. 아주…… 끝내줬지."

웃음소리가 너무나 씁쓸하게 들려 미영은 걱정이 되었다.

"저기, 안 좋은 일이 있었던 거죠, 사장님?"

빈우는 대답하지 않았다. 그러나 미영은 짐작을 했다.

그 성질 사나운 미국 남자가 빈우 사장님께 무슨 짓을 한 게 분명하다. 어쩌면 그녀가 사준이 아니라는 걸 먼저 알아내서 난리를 쳤을지도 모른다. 설마 행사장에서 그녀에게 망신을 준 건 아니겠지?

"머리 굴리지 마. 내가 밝히려고 결심한 것뿐이니까."

그때 미영의 머릿속을 들여다본 듯, 빈우가 잘라 말했다. 그러나 너무도 괴로워하는 음성이라 미영은 보호본능을 열렬히 가동시켰다.

"설마 그 미국 남자가 사장님을 협박한 건 아니죠? 자길 속였다고 계약을 깬다는 둥, 이 바닥에 발도 못 붙이게 만들 거라는 둥……."

"강미영 씨, 오버야."

빈우가 피곤하다는 듯이 한숨을 쉬었다.

"그 남잔 아무 말 안 했어. 내가 더는 견딜 수 없어서 그래."

"정말이요?"

"응."

그러고는 두 손으로 얼굴을 쓸어내렸다. 피곤함이 덕지덕지 묻어나는 그 동작을 보자 가슴이 아팠다. 그래서 미영은 더 추궁을 못하고 자신이 걸치고 온 캐시미어 숄을 빈우의 몸에 덮어주었다.

"좀 주무세요. 오전엔 특별한 스케줄이 없으니까 마음 놓고 쉬세요, 사장님."

빈우의 충혈된 눈동자에 웃음이 어렸다.

"고마워. 점심때쯤 깨워줄래? 집에 가서 씻어야 되니까."

"네."

"아, 그리고."

그렇게 말한 빈우가 머뭇거렸다. 그녀답지 않은 일이라 미영은 긴장한 채 다음 말을 기다렸다. 뜸을 들이던 빈우가 내키지 않는 말을 할 때면 그렇듯이 한껏 가라앉은 목소리로 말했다.

"쇼어 씨에게 전화 좀 해줘. 이따 오후 두 시에 내가 찾아갈 거라고."

"용건은 말씀 안 하시구요?"

"그렇게 말하면 알아들을 거야."

알아듣다 뿐이겠어, 세계 3차 대전을 기대하고 있을 남잔데.

빈우는 속으로 씁쓸하게 덧붙이고 숄을 어깨 위로 끌어 올렸다.

간밤엔 한숨도 자지 못했다. 불장난에 온몸을 데인 상태에서 살아나온 게 천만다행이라 생각하면서 말이다.

너무도 황홀했다. 남자와의 키스가 그렇게…… 그렇게 끝내주는 느낌일 줄 몰랐다. 서로 입술만 닿았을 뿐인데, 마치 온몸으로 사랑을 나눈 기분이었다. 단순한 섹스가 아니라, 나의 몸과 마음을 모두 상대에게 헌신하는 기분, 영혼까지 그에게 내맡기는 기분이었다. 그의 입 안으로 그녀의 모든 것이 빨려 들어가던 그때의 기분은 꿈에서도 잊지 못할 것이다. 그 순간의 충격으로 인해 아직도 몸이 화끈거렸다. 단지 키스였을 뿐인데 말이다.

결국 내 꾀에 내가 넘어간 거다. '겨우 키스 한 번'이 '육체와 영혼을 송두리째 빼앗긴 충격'이 되어버렸다. 게다가 유리의 입술은…….

거기까지 생각하던 빈우의 얼굴이 확 붉어졌다. 그녀는 타는 듯한 자신의 입술을 손끝으로 더듬으며 그때의 느낌을 되새김질했다.

그 남자의 입술은 너무 맛있었어.

그래서 더 미안했다. 그도 느꼈을 그 황홀한 느낌이 거짓에서 비롯된 거라 생각하면 죽을 만큼 미안했다. 그녀가 사빈우라고 밝혔다면 키스만으로 끝나지 않았을지도 모른다. 그 남자가 그렇게 괴로워하는 걸 보지 않아도 됐을 거다. 하지 않아도 될 고민에 싸여 절망하는 그 남자를 보고 있는 게 괴로웠다. 사람 때문에 이렇게 고민하고 괴로워해 본 적이 없었는데, 유리로 인해 그녀는 처음으로 타인의 감정을 헤아리게 되었다. 자신이 저지른 짓이 남에게 어떤 영향을 미치는지, 진지하게 고민하게 되었다. 따라서 유리에게 더욱 미안하고, 자신의 이기적인 행동을 진심으로 반성했다. 지난밤 내내 죄책감에 시달리고, 반성을 거

듭하느라 잠을 잘 수 없었다.

그래서 결론은, 이제라도 유리에게 그녀가 누구인지 밝히고 정식으로 사과하고, 벌을 받아야 한다면 받을 거라는 것.

불장난을 부추긴 그녀 자신이 정말 이기적이고 못된 인간이라는 걸 인정하고, 유리가 원하는 방식으로 보상을 해줄 거라 결심했다. 그로 인해 사업적인 계약이 깨어진다 해도, 더 이상 인간이 할 짓이 아니라는 결론을 내리자 오히려 속이 시원해졌다.

지금껏 사준 행세를 해오면서 죄책감이라곤 느껴본 적이 없었는데 이 남자, 유리 세바스티앙 댄튼에게는 달랐다. 그에게는 마냥 무심하게 굴 수 없었다. 그건 어쩌면 그에게 남자로서의 매력을 느끼는 그녀의 문제일지도 모른다. 이대로 끝내고 싶지 않다는, 그녀 안의 여자가 욕심을 부리는 것일지도.

모든 사실을 알아버린 그 남자가 널 미워하게 되면?

그런 가정을 하자 가슴이 뭔가에 찔린 듯이 아팠다. 왜 그런지 알 수 없었다. 빈우는 정체불명의 통증이 이는 명치 부근을 손바닥으로 문지르며 한숨지었다.

그래도, 설마 날 죽이기야 하겠어?

"설마가 사람 잡는다는 말이 있지."

오후 두 시. 호텔의 커피숍에서 크리스가 그녀에게 말했다. '설마 당신 사장이 날 죽일까요?' 라는 빈우의 질문에 대한 대답이었다.

그에 자신의 얼굴이 창백해지는 걸 느끼며 빈우는 다시 물었다.

"그 말이 무슨 뜻입니까?"

크리스의 파란 눈이 오늘따라 유난히 새파랗게 날이 서서, 보기에 괴로웠다. 그의 눈은 날카롭게 벼린 칼날이 되어 빈우를 사정없이 찔러댔다.

"한국 사람들이 잘 쓰는 말인데, 모르나?"

"알고 있는데, 여기에서 사람을 잡는다는 게 날 의미하는 것 같아서요. 그런 건가요?"

빈우의 그 말을 기다렸다는 듯이 크리스가 피식 웃었다.

"자신이 속았다는 걸 알게 되면 세바스티앙이 어떻게 할 것 같나?"

반문하는 남자의 목소리도 눈빛과 똑같았다. 서걱서걱, 사빈우를 베어내는 소리가 커피숍 안에 울리지 않는 게 오히려 이상했다.

"화를 내시겠죠."

"그리고?"

"계약을 깰 수도……."

"그전에 먼저 사빈우라는 나쁜 여자를 처단할지도 모르지."

단호한 말에 빈우는 진땀이 났다.

"어떻게 처단할까요?"

"글쎄, 여자를 처단하는 방법이야 뭐."

"당신, 즐기고 있는 거죠?"

빈우의 힐난에 크리스는 싱긋 웃었다.

"정의가 살아 있어 살맛나는 세상이지."

"어쩔 수 없었다고 했잖습니까? 당신 사장님이 처음부터 사준과 대화를 해야겠다고 해서……."

"유리가 피치 못할 사정도 못 봐줄 만큼 속이 좁은 사람이라고 생각했나?"

"내가 당신 사장이 어떤 사람인지 어떻게 알아요? 그때 공항에서 처음 만난 건데."

"그게 바로 당신 실수야. 뭐든지 자기 식으로 해석해서 혼자 결정하고 일을 저지르는 사람. 이름이 사빈우라고 하는데, 혹시 아나?"

"하나도 재미없어요. 쇼어 씨, 차라리 나보고 죽으라고 하시죠, 왜?"

"벌써 죽으면 재미없잖아. 본격적인 쇼는 이제부터 시작인데."

사악한 남자, 크리스 쇼어는 도무지 진지하게 대화할 마음이 없어 보였다. 자신이 '안티—사빈우'라는 걸 공공연히 드러내는 남자에게 무슨 도움을 청하겠는가?

그래서 빈우는 내키지 않지만, 정말 그러고 싶지 않지만, 최후의 방법을 쓰기로 했다. 이를테면, 자존심 죽이고 엎드리기.

"좀 도와주세요."

굳은 어조로 겨우 말했지만 크리스는 못 들은 척했다.

"뭐라구?"

"도와달라구요."

"뭘 어떻게?"

"내가 거짓말을 할 수밖에 없었던 이유를 설명할 때, 댁이 옆에서 좀 거들어주면……."

"싫어."

딱 잘라 거절하는 남자. 빈우는 그런 그가 너무도 얄미워 욕이라도 하고 싶었지만, 한 번 더.

"그러지 말고 좀 도와줘요. 당신도 공범이잖아요."

"공범이라니?"

크리스의 금빛 눈썹이 못마땅한 듯이 높이 치켜 올라갔다. 빈우는 마른침을 삼키고 침착하게 말했다.

"내가 여자라는 걸 알고도 사장님께 알리지 않은 건 범죄에 동조하는 거나 다름없는 짓이잖아요."

크리스의 얼굴에 붉은 기가 감돌았다. 화가 나는 모양이다.

"지금 날 협박하는 건가?"

"부탁이요. 살인을 막아달라는 부탁."

"자업자득이야. 예상을 하고 저지른 짓이 아닌가?"

냉담한 말투의 그는 전혀 빈우의 편이 아니었다. 저지른 짓이 있기에 항의도 할 수 없어 빈우는 침묵했다. 그러다 그녀가 용서를 구할 상대는 이 재수없는 금발머리가 아니라, 아직 모습을 보이지 않은 검은머리의 남자라는 걸 깨달았다. 크리스 쇼어에게 용서를 구걸할 필요가 없었다. 왜냐하면 그도 공범이니까.

"정말 도와주지 않을 겁니까?"

크리스가 끄덕였다. 때려주고 싶을 만큼 빨리, 짧게, 끄덕.

"그럼 같이 죽죠."

빈우는 이를 갈며 말했다. 그 말에 크리스의 파란 눈이 가늘어졌다.

"무슨 뜻인가?"

"당신 사장님, 보좌관에게 농락당한 걸 알면 아주 좋아하시겠습니다."

"뭐?"

"사빈우의 정체를 알고도 말 안 한 죄, 괴로워하는 사장을 제대로 보필하지 않은 죄."

"아니, 이 여자가!"

"난 더 이상 잃을 게 없거든요. 계약 깨져, 사빈우 처단돼, 내가 뭘 더 어떻게 해야 합니까?"

크리스는 기가 막혔다.

곧 죽어도 뻔뻔하게 지껄일 저 입 좀 봐라. 사빈우처럼 뻔뻔하고 무모한 여자는 처음이다. 감히 유리를 상대로 사기극을 벌인 것도 모자라, 그의 비서를 협박하는 저 여자는 대체 이성이라는 게 있기는 할까? 이런 여자 때문에 유리가 밤새 잠을 못 이루었단 말인가!

"사빈우 씨, 지금은 당신이 엎드려 빌어도 부족한 입장이라고 생각 안 하나?"

"그렇게 생각해요. 하지만 쇼어 씨 앞에서는 아니죠."

빈우는 초조하게 입술을 깨물었다. 그 남자는 왜 나타나지 않는 걸까?

"댄튼 씨를 불러주세요."

채근했지만 돌아온 건 한숨 소리였다.

"그럴 필요 없어."

"필요없다니요?"

"이제 와서 당신이 누구라고 밝힐 필요가 없다는 말이야."

가라앉은 어조로 말한 크리스가 테이블 위의 계약서를 빈우 앞으로 내밀었다.

"일을 마무리 짓지."

"댄튼 씨와……."

"없어."

그게 무슨 뜻인지 몰라 빈우가 얼굴을 찌푸리자, 크리스는 펜을 그녀에게 건네며 무뚝뚝하게 말했다.

"사장님, 한국에 안 계신다고."

"그럼……?"

"미국에. 오늘 아침 첫 비행기로 떠났어."

"……!"

빈우는 입을 벌린 채 아무 말도 하지 못했다. 전혀 예상치 못한 상황이다. 최악의 상상이란 상상은 다 해봤지만 이것만은 아니었다.

유리가 떠났다. 그녀에게 아무 말도 없이 한국을 떠나 버렸다.

그 사실이 이해가 되기까지 제법 시간이 걸렸다. 멍하니 앉아 있는 그녀에게 크리스가 언짢은 투로 말했다.

"이제부터는 나와 일해야 돼. 그 아래에 사인하고, 협의 내용을 한 번 더……."

크리스의 말소리가 점점 작아졌다. 그뿐만 아니라 주위의 모든 소음이 사라져 갔다. 빈우의 뇌리에서는 한 가지 사실만이 고장난 레코더처럼 끊임없이 반복해서 울렸다.

유리가 한국을 떠났어.

떠났어.

떠났다고!

한편, 뉴욕 맨해튼. 소호의 재즈바 〈Emily〉.

〈블루노트〉나 〈에반스〉처럼 유명하지는 않지만, 매일 밤 실력있는 재즈 연주자들의 라이브 공연을 보기 위해 찾아오는 손님들로 늘 붐비는 곳이다. 〈Emily〉라는 이름은 바 주인의 죽은 아내의 이름에서 유래된 것으로, 그녀의 기일에는 술이 공짜로 제공되고 밤샘 공연이 열리기도 했다.

이곳에 몇 년째 단골인 유리는 초저녁부터 스탠드의 한구석을 차지하고 있었다. 그는 앞에 놓인 브랜디 잔을 물끄러미 쳐다보며 깊은 생각에 잠겨 있었다.

수심이 가득한 표정과 수염 자국이 남은 턱, 야윈 뺨에 안색은 창백했고, 회색의 맞춤양복은 약간 구겨지고 넥타이의 매듭이 느슨하게 풀려 곧 흘러내릴 것 같았다. 그렇게 흐트러진 모습은 처음이라, 바텐더인 빌은 걱정스럽게 그를 주시하고 있었다. 브랜디 한 병을 다 비운 유리가 또다시 술을 주문하자 빌은 조심스럽게 만류했다.

"그만 마시는 게 어떨까요?"

유리가 이맛살을 찌푸렸다.

"난 취하지 않았어."

"압니다. 하지만 오늘 세바스티앙의 분위기가 영……."

"후우, 꼴사납다는 뜻인가?"

"그게 아니라……."

"됐어. 마지막으로 한 잔만 더 하지."

단호히 말을 내뱉고 술잔을 내미는 유리에게 빌은 할 수 없이 술을 따라주었다.

단골 손님인 유리를 몇 년 동안 알아왔지만 오늘처럼 기운 없는 모습은 처음이다. 고급스런 옷차림과 상류층의 영어를 쓰는 유리가 이런 곳에 어울리지 않는 사람이라는 걸 첫눈에 알아봤지만 유리는 한 번도 자신의 권위를 과시한 적이 없었다. 조용히 나타나서 공연을 보거나 술을 마시다 돌아가곤 했다. 어쩌다 여자 친구와 함께 와도, 하나같이 굉장한 미모에 글래머인 여자들은 곧장 싫증을 내고 유리에게 다른 클럽으로 가자고 채근했다. 빌은 유리를 좋아했지만 그의 여자 취향만큼은 마음에 들지 않았다. 지적이고 영리한 사업가의 표본이랄 수 있는 유리가 어째서 그런 머리 빈 인형들을 좋아하는지 알 수가 없었다. 그러나 유리에게 뭐라 충고할 수 없는 입장이라 그의 파트너가 바뀌는 걸 지켜봐야 했다. 실로 대단한 여성 편력이었다. 두 달이 멀다하고 그의 파트너가 바뀌었으니 말이다.

"오늘은 약속이 없습니까?"

얼마 전 유리와 함께 왔던 금발의 건방진 모델을 떠올리고 빌은 넌지시 물어보았다. 슈퍼모델이라던 그 여자는 오만방자하기 짝이 없었다.

"이따 올 거야."

"아······."

그럼 그렇지. 유리 세바스티앙 댄튼이 금발머리를 좋아하는 건 누구나 아는 사실이지. 대체 이 남자가 뭐가 아쉬워서 그런 인형들을······.

"내가 한심해 보이나?"

뜬금없는 질문에 빌은 생각을 멈췄다. 그렇게 묻는 유리의 표정이 너무 어두워 빌은 미간을 찌푸렸다.

"진심으로 듣고 싶습니까?"

"응."

"세바스티앙, 마치 대형트럭에 치인 사람처럼 보입니다."

빌은 심장을 한 주먹으로 두드리며 아픈 듯이 얼굴을 찡그렸다.

"여기가 너무 아파 고장난 것처럼요."

"대형트럭이라……."

중얼거리는 유리의 목소리가 더할 수 없이 낮게 가라앉았다.

"그래, 사고지. 초대형 사고."

"네?"

빌은 의아하게 유리를 쳐다보았지만, 유리는 묵묵히 술잔을 입에 댔다. 그러는 동안 사람들의 시선을 받으며 당당히 걸어온 한 여자가 유리의 옆에 걸터앉았다. 역시 눈부신 금발에 터질 것 같은 가슴을 가진 여자다. 하나, 얼마 전에 유리가 데려왔던 그 여자가 아니다. 그녀는 완벽하게 화장한 얼굴을 불만스럽게 찌푸린 채 유리의 팔을 빨간 손톱으로 움켜잡았다.

"달링, 재회의 장소로 이런 델 고른 이유가 뭐죠?"

빌은 속으로 혀를 차며 카운터로 향했다. 여자의 짙은 향수 냄새에 코가 마비될 것 같았다.

유리는 여자를 쳐다보지도 않고 중얼거렸다.

"마음에 안 들면 돌아가지."

"아이, 오랜만에 만났는데, 당신 너무해요."

"한 잔 하겠나?"

"됐어요. 조금 전에 친구 생일 파티에서 잔뜩 마시고 왔어요. 당신도 알 거예요, 플로런스 게일. 발렌티노 뉴욕 컬렉션에서 하이힐이 벗겨져서 발목이 부러진 애요. 하마터면 죽을 뻔했대요, 글쎄."

그러고는 키득키득 웃는 것이다. 유리는 그런 이름을 모른다고 말하려다가 그만두었다. 친구가 죽을 뻔했다는 말을 그토록 경박스럽게 웃으며 말하는 여자에게 뭘 바랄까 싶어 묵묵히 술을 마셨다. 여자는 그의 침묵에 아랑곳없이 계속 주절거렸다.

"일 년이 넘었나? 우리가 마지막으로 만난 거요. 당신, 앨리스 로런과 헤어졌단 소식을 들었어요. 그래서 기대했죠. 어쩌면 당신이 날 찾을지도 모른다고."

그녀가 유리의 팔에 의도적으로 가슴을 기대왔다. 풍만한 젖가슴의 감촉이 고스란히 팔을 타고 전해져 왔지만, 그 순간 어이없게도 유리의 뇌리에 떠오른 것은 다른 가슴이었다. 그의 호텔 방에서 옷을 벗어 던지던 사준. 남자임을 당당히 밝히면서 가슴을 열어젖힌 그 녀석의 영상이 뇌리에 꽂히듯이 순식간에 되살아났다. 유리는 흠칫 놀라 고개를 저었다. 완전히 돌아버렸나 보다. 여자와 있을 때에도 그 녀석이 떠오르다니, 이게 무슨 조화란 말인가!

"당신, 얼굴이 창백해요. 안 좋은 일이라도 있었어요?"

제니 카터는 경박하지만 눈치가 빨라서 금세 그의 표정을 읽었다. 유리는 씁쓸히 웃으며 그녀의 허리에 팔을 감고 일어섰다.

"자리를 옮기지. 머리를 식혀야겠어."

하루 종일 충격에 빠져 있었다. 언제까지나 이런 상태로 있을 수는 없다는 생각에 일 년 전에 헤어진 여자에게 전화를 걸었었다. 물론 제니는 반색을 하며 달려나왔다. 유리처럼 관대하고도 친절한 연인을 이 바닥에서 만나기가 쉽지 않다는 걸 일 년간의 경험으로 깨달았던 것이다.

헤어졌던 남자의 전화 한 통에 조르르 달려나온 여자.

제니는 심각한 면이라곤 조금도 없는 여자였다. 게다가 침대에서도 능동적인 타입이라 그녀와의 관계는 남자에게 무척 만족스러웠다. 그런 저급한 이유로 그녀를 불러낸 게 조금 꺼림칙하긴 하지만, 지금의 유리에게는 그녀가 필요했다. 그녀처럼 화끈하면서도 뒤끝이 없는 잠자리 상대가 무엇보다 필요했다.

그들은 곧장 제니의 아파트로 갔다. 마침 제니의 룸메이트가 패션쇼 때문에 파리에 간 터라 그들은 누구의 방해도 받지 않았다.

아파트 안으로 들어가자마자 유리는 여자를 끌어안았다. 그녀를 벽에 기대 세우고 무작정 입술을 밀어붙였다. 제니는 거부하지 않았다. 일 년 만에 만난 남자가 대화보다 몸으로 먼저 부딪쳐 오는 걸 불평하지도 않을뿐더러 적극적으로 입을 벌려 그의 키스를 환영했다. 사실 키스라고 이름 붙이기도 민망한 행위였다. 유리는 먹어치울 듯이 허겁지겁 여자의 입술을 빨아대면서 그녀의 드레스 자락을 걷어 올리기에 바빴다.

제니는 다리를 벌려 그의 손을 받아들이면서도 의아했다. 유리는 너무 다급했다. 뭔가에 쫓기는 남자처럼 섬세한 기교는 전혀없이 그저 달려들기에 급급했다. 물론 그의 손길이 반갑긴 했다. 유리는 완벽을 추구하는 성격답게 침대에서도 끝내줬으니까. 그의 기교와 스태미나를 얼마나 그리워했던가. 그러나 이렇게 숨이 넘어갈 듯이 서두르는 남자는 그녀가 아는 유리가 아니었다. 전희도 생략하고 곧장 팬티 속으로 손을 집어넣는 남자가 유리 세바스티앙 댄튼이라니.

"달링, 잠깐."

제니는 숨을 몰아쉬며 젖은 여성을 지분거리는 남자의 손을 잡았다. 그녀의 목을 따라 가슴으로 입술을 움직이던 유리가 고개를 들었다. 순간 지독한 알코올 냄새가 제니의 콧속으로 밀려들어 왔다. 제니는 인상을 쓰며 그의 가슴을 밀쳤다.

"당신, 취했어요?"

믿을 수가 없었다. 유리가 술김에 여자를 안으려 한다니.

과거에 그녀는 얄밉도록 멀쩡한 정신 상태로 섹스에 몰두하는 유리에게 안달을 했었다. 밤새 섹스를 하는 동안에도 자제력을 잃은 적이 없는 남자가 유리였다. 이 순간 열에 들뜬 그의 눈동자가 술 때문이란 걸 깨닫고 제니는 기가 막혔다.

"내가 누군지는 알아요?"

그때 유리가 힘껏 고개를 젓더니, 갑자기 그녀를 안아 올렸다. 그러고는 한 마디의 말도 없이 침실 문을 박차고 들어가 침대 위에 그녀를 내려놓았다.

제니는 안심했다. 유리의 걸음걸이는 정확했고, 그녀를 안은 팔도 여전히 굳건했다. 술에 좀 취하면 어떠랴, 곧 벌어질 쾌락의 향연에 방해만 되지 않는다면.

"내가 벗겨줘요?"

제니는 유리가 셔츠 단추를 번번이 놓치는 걸 보았다. 그의 손이 눈에 띄게 떨렸다. 그러나 그는 고개를 가로저으며 내뱉듯이 말했다.

"아니. 당신은 그대로 있어."

"너무 그리웠어요, 달링!"

머리 위로 드레스를 벗어 던진 제니가 브래지어와 팬티 차림으로 침대에 누웠다. 그녀는 유리가 셔츠를 벗고 바지의 지퍼를 내리는 걸 보며 헐떡이기 시작했다. 쉽게 달아오르는 그녀는 유리가 침대에 올라오기도 전에 흥분해서 어쩔 줄 몰라 했다.

크고 균형 잡힌 남자의 근육질 몸이 완전히 드러났다. 그러자 제니가 탄성을 지르며 그에게 두 손을 내밀었다. 유리는 재빨리 침대 위로 올라갔다. 그리고 벌어진 여자의 다리 사이로 무릎을 끼워 넣고 그대로 몸을 겹쳤다. 육중한 몸에 짓눌리자 제니는 앓는 소리를 냈다. 그녀의 두 다리가 유리의 허리에 감기는 것과 동시에 그녀의 몸이 열정적으로 꿈틀거렸다. 유리는 그녀의 속옷을 찢듯이 벗겨냈다. 섬세한 레이스 조각이 허공을 날아 떨

어져 내렸다. 그는 여자의 출렁이는 젖가슴을 그러쥐고 그녀의
입술을 사납게 빨았다. 아무런 생각이 들지 않도록, 오직 그의
몸 아래에 있는 여체의 감촉만 느낄 수 있도록.

전에 없이 사나운 기세로 달려든 남자를 제니는 몸을 활짝 열
어 반겼다. 유리의 숨소리는 거칠었고, 그녀의 음부를 쓰다듬는
그의 손은 거칠기만 했다. 하지만 이미 젖은 여성은 달콤한 물
을 흘리며 그의 손길을 갈구했다. 그에게 어서 들어오라고 채근
하듯 날씬한 허리가 한껏 뒤로 젖혀졌다. 유리는 뜻 모를 소리
를 중얼거리며 그녀의 엉덩이를 두 손으로 받쳐 올렸다. 그리고
커다랗게 부푼 남성을 그녀의 입구로 가져갔다. 바로 그 순간.

"키스해요."

귓가에서 낮고 허스키한 음성이 속삭였다. 그리고 또 한 번.

"아무도 몰라요. 그러니까 키스 한 번만."

유리는 고개가 떨어져 나갈 듯이 내저었지만 그 소리는 사라
지지 않았다. 사악한 유혹의 소리는 악귀처럼 귀에 들러붙어 그
를 미치게 했다.

흐릿한 눈을 내려 몸 아래의 여자를 보았다. 빨간 입술이 숨
가쁘게 그의 이름을 속삭이고 있었다. 뜨거운 숨이 밀려 나오는
입술 사이로 선홍색의 젖은 피부가 보였다. 그때에도 이랬다.
그를 온전히 받아들이던 속살, 그 뜨겁고도 축축한 동굴이 완벽
하게 그를 감싸고, 빠듯하게 그를 조여왔다. 그 녀석의 입 안
에 들어가는 순간이 바로 천국이었고, 극렬한 쾌감을 견디지 못

한 남성이 분출을 할 뻔했었다. 젖은 채 파르르 떨리던 입술이 그를 빨아들이던 바로 그 순간에.

"아아…… 준!"

유리는 전율하며 외쳤다. 보이는 거라곤, 느껴지는 것이라곤 그 녀석의 붉은 입술, 그를 위해 활짝 열린 그 입술의 한가운데에서 그를 감싸오던 혀…… 너무도 귀엽고 사랑스러운 속살뿐.

그에 눈앞이 하얗게 변하면서 지독한 황홀경이 또다시 재현되었다. 그러느라 그의 아래에 누워 있는 여자가 벼락을 맞은 듯이 굳어진 것도 몰랐다.

거대하게 부푼 남성이 여성의 입구를 무자비하게 열어젖히는 순간 제니는 알아차렸다. 지금 유리가 느끼는 상대가 '준'이라는 이름의 여자라는 것을. 제니 카터의 몸을 빌린 '준'이라는 여자라는 걸 말이다. 이런 치욕, 이렇게 저열한 모욕감은 처음이었다.

제니는 손톱을 세워 유리의 등을 세게 긁어내렸다. 그가 신음했다. 동시에 그녀의 허벅지 사이에서 꿈틀대는 남성을, 너무도 그리워했던 그의 심벌을 잡아 힘껏 밀어냈다. 귀두의 미끌거리는 감촉으로 그가 절정의 순간을 맞이하고 있다는 걸 알았다.

그녀를 '준'이라 불러놓고,

머릿속으로 다른 여자를 생각하면서,

그녀에게는 더할 수 없는 모욕을 던져 준 채 그 혼자서만 말이다.

나쁜 놈!

"세바스티앙! 당신, 뭐예요?"

울부짖는 여자의 목소리에 유리는 정신이 번쩍 들었다. 그리고 상황은 끔찍하게도 한순간에 깨달아졌다.

그는 후다닥 몸을 떼고 일어났다. 허둥대며 바닥에서 옷을 주워 올려 알몸을 가렸다. 제니가 고래고래 소리를 질러댔다.

"이건 아니잖아! 난 준이 아니라구!"

찢어지는 비명 소리가 끝나기도 전에 유리가 몸을 돌려 침실을 뛰쳐나갔다. 졸지에 침대에서 남자에게 버림을 받은 여자는, 기가 막힌 얼굴로 그 문을 쳐다보았다.

잠시 후 아파트의 현관문이 '쾅' 닫히는 소리가 들렸다. 그 소리에 더욱 격분한 그녀, 불쌍한 제니 카터 양은 베개를 집어 던지며 사납게 부르짖었다.

"세바스티아아아아앙—!"

오, 하느님.

오, 하느님!

하느니…… 임!

유리는 달려가며 연방 'God'를 외쳐 댔다. 그러나 야속한 신은 대답해 주지 않았다. 가련한 유리 세바스티앙 댄튼의 하느님은 그 어디에도 없었다.

칼날 같은 밤바람이 그의 피부를 스치고 지나갔다. 그 바람의

끝자락에 물기가 묻어 있었다. 그것이 자신이 눈에서 나온 것이
란 걸 깨닫고 유리는 더욱 절망했다. 머리에서는 오늘 오전 그
를 상담한 정신과 의사의 말이 소용돌이치고 있었다.

"드디어 자신의 성정체성을 찾으셨군요."

호모섹슈얼, 때로는 바이섹슈얼이란다. 유리 세바스티앙 댄
튼이.
자고로 인간은 한쪽의 성만 추구해야 한다고 생각했거늘, 그
런 자신이 자웅동체의 생물체인 양 양방향 성취향을 가진 인간
이란 걸 어떻게 인정한단 말인가!
호모섹슈얼을 비하하거나 경멸하지는 않았다. 그런 쪽에 대
해 잘 알지도 못하거니와 그건 개인의 문제라고 생각했으니까.
하지만 유리 세바스티앙 댄튼이, 여자들과 지극히 건강한 성
생활을 즐겨온 내가, 호모섹슈얼이라니!
신을 원망했다. 아니, 한국으로 자진해서 날아간 자신을 저주
했다. 그곳에서 사준을 만나게 한 운명을 저주하고, 그의 눈에
띈 사준을 저주했다. 자신에게 키스하자고 꼬드긴 그 녀석을 때
려죽이고 싶었다. 그런 한편 그 녀석의 보드라운 몸속으로 들어
가 내 것이란 낙인을 찍고 싶었다.
아아, 한국에 가기 전의 나로 돌아갈 수 있다면!
이 여자, 저 여자 울리고 다니는 바람둥이라는 악명을 떨치던

유리 세바스티앙 댄튼은 이제 영원히 안녕해야 하는 건가? 여자하고만 섹스를 해야 오르가슴을 느끼던 남자를 버려야 하는 건가?

사준을 떠올리는 순간 몸이 식기는커녕 완전히 흥분해 버렸다. 제니를 그 녀석이라 생각하면서 사정할 뻔했다. 그러니까 난 이제…….

유리는 황량한 거리에 우뚝 멈춰 섰다. 너무 기가 막혀 눈물이 쏟아졌다.

인정해야 하는 거야? 그런 거니, 유리야?

Chapter

10

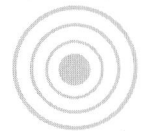

Chapter 10

—고백—

수상해.

드디어 한애경 여사의 의심이 확신으로 바뀌었다.

오늘로서 사흘째. 집에 돌아온 막내아들의 행보를 유심히 지켜본 결과, 녀석에게 무슨 일이 생긴 게 분명하다는 확신이 굳어졌다.

다 큰 아들을 염탐한다는 오해를 받기 싫어 줄곧 모른 척했었다. 사흘 전 밤에 갑자기 집에 들이닥친 아들이 무작정 그녀를 끌어안고 '엄마, 미안해'라고 말할 때에도 아무것도 묻지 않았었다. 그 후 밤이면 밤마다 컴퓨터 앞에 앉아 있는 녀석을 보았지만, 그때에도 역시 묻지 않았었다.

하지만 나날이 말라가는 아들 녀석의 초췌한 얼굴을 더 이상 두고 볼 수 없었다. 늘 웃고 다니던 막내아들이 속이 곪아가는 표정으로 아침 식탁에 앉는 걸 봐야 하는 건 고역이었다. 하여, 이제는 침묵을 깨뜨리기로 했다. 저렇게 내버려 두면 귀한 아들이 쓰러지는 꼴을 보게 될까 두려웠기 때문이다.

"너, 연애하니?"

식탁 머리에 앉은 막내아들에게 한 여사가 물었다. 그 말에 그녀의 남편, 라이언 댄튼이 보고 있던 신문 너머로 아들을 뚫어지게 응시했다. 아들과 똑같은 청회색의 눈동자가 안경 속에서 예리하게 빛났다.

"연애하는 것 같은데?"

남편의 단언에 한 여사는 끄덕였다.

"그렇죠? 유리가 좀비처럼 돌아다니는 이유는 그것뿐이죠. 여자 문제가 아니면 뭐겠어요?"

유리는 자신을 투명인간 취급하는 부모님에게 어이가 없었다.

"저기요, 저도 말을 할 수 있는데요."

그러자 그의 접시에 삶은 감자를 덜어주며 한 여사가 받아 말했다.

"말을 못하는 줄 알았지. 입을 꾹 다물고 네 방에서 꼼짝도 하지 않기에."

유리는 한숨을 쉬었다. 땅속에서 울려 나오는 듯한 한숨 소리에 라이언이 눈살을 찌푸렸다.

"아침부터 웬 한숨이냐? 고민이 있으면 말을 해. 함께 머리를 맞대고 의논하다 보면 해결 방법이 보이잖아."

"그런 거 아닙니다."

무뚝뚝한 대꾸에 라이언은 아내를 슬쩍 쳐다보았다. 그러자 한 여사가 살며시 고개를 저었다. 이에 라이언은 다시 신문으로 시선을 돌렸고, 한 여사가 아들을 향해 웃으며 말했다.

"연애 문제가 아니라면 대체 뭐가 우리 아들을 괴롭히는 걸까?"

식욕이 완전히 사라졌다. 아까부터 억지로 입 안에 음식을 쑤셔 넣고 있던 유리는 조용히 접시를 밀어냈다.

"그만 먹으려고?"

"네. 입맛이 없어요."

그렇게 말하는 유리의 음성이 너무 힘이 없어 한 여사는 혀를 찼다.

"아침을 굶으면 하루를 망친다고 말하던 녀석이 웬일이냐?"

유리는 한 여사를 바라보았다. 나이 육십이 다 된 중년 여성 특유의 은근하면서도 여유있는 분위기가 조그마한 몸에 배어 있었다.

동년배인 백인 여성들에 비해 몇 살은 더 젊어 보이는 어머니다. 나이가 들수록 저 조그만 몸에 깃든 여성적인 매력이 한층 깊어지는 느낌을 받는다. 한애경 여사의 동그란 얼굴은 때론 소녀처럼 붉어졌다가, 때로는 세상사에 통달한 여인처럼 그윽한 빛을 내뿜기도 했다. 전체적으로 작고 가녀린 인상인데, 밀 빛의 매끄러운 피부와 까만 눈동자는 눈을 떼기 힘들 정도로 매혹적이다. 아버지가 어째서 이 조그만 여성을 아내로 맞아들였는지 유리는 알 것 같았다. 기꺼이 아내에게 잡혀 사는 아버지의 심정이 헤아려졌다.

한국 여인들은 모두 이럴까? 한애경 여사님처럼 곱고 여성스런 얼굴에 지혜로운 여인일까?

"아들, 새삼스럽게 나한테 반한 건 아니겠지?"

상념을 뚫고 들려온 어머니의 목소리에 유리는 정신이 들었다. 퍼뜩 고개를 흔들어 바라보자 식탁에는 그와 한 여사 둘뿐이었다.

"아버지는 어디에 가셨어요?"

"전화 받으러. 텍사스에 새 지점을 개설하는 문제로 요즘 바쁘시거든."

"그건 큰형이 맡은 일 아닌가요?"

"그래도 최종 결재는 네 아버지의 몫이잖니."

큰형인 레이가 미주 지역의 책임자이고, 둘째 형인 블라이스는 유럽 쪽을, 셋째인 유리가 아시아 쪽을 맡고 있었다. 아버지는 세 아들의 일에 간섭을 하지 않았으나, 회장의 도움이 필요한 일에는 언제든지 보조하는 역할을 자처했다. 라이언 댄튼은 아내와 보내는 시간을 늘리기 위해 세 아들에게 전권을 위임한 뒤, 크루즈 여행과 관광으로 여유를 즐기고 있었다.

"그래, 내게 할 말이 뭐니?"

눈치 빠른 한 여사가 식탁 위에 팔을 포갠 자세로 진지하게 아들을 바라보았다. 유리의 눈에 그늘이 드리웠다. 한참이나 머뭇거리는 아들에게 한 여사는 용기를 주듯 부드럽게 웃어 보였다.

"괜찮아. 무슨 말이든 다 받아들일게. 어서 해보렴."

그녀는 유리를 누구보다 사랑했다. 지나치게 신중한 성격에 모범생으로 자란 두 아들과 달리 막내아들은 제멋대로인 성격에 여자 문제도 복잡하고, 좋아하는 것엔 앞뒤 가리지 않고 전부를 투자하는 위험한 성향을 지니고 있지만, 그런 만큼 정이 깊고 여린 면이 있어 세심하게 신경을 써왔었다. 나이 서른이 넘은 아들이 그녀의 눈엔 여전히 코흘리개 어린아이처럼 보였다. 지금처럼 우울한 표정으로 한숨을 쉬는 아들을 보자 그녀는 가슴이 아팠다.

"얼른, 유리야."

커서도 그녀를 'Mommy'라 부르는 녀석이 어찌 귀엽지 않은가.

"엄마, 죄송해요."

뜬금없는 말에 한 여사는 눈이 휘둥그레졌다. 사흘 전부터 유리는 그녀의 얼굴만 보면 미안하다는 소리를 했다.

"대체 뭐가?"

"저, 한국에 다시 갑니다."

"아직 일이 안 끝났니?"

"네."

한 여사는 더욱 혼란스러웠다. 유리가 한국에 다시 가는 거랑 그녀에게 미안한 거랑 대체 무슨 관계인가?

"그래서?"

유리가 그녀를 물끄러미 쳐다보았다. 아파 보이는 아들의 표정, 그리고 물기에 젖은 눈동자.

깜짝 놀란 한 여사는 아들의 손을 잡았다.

"유리야?"

한참 동안 그녀의 얼굴만 보고 있던 유리가 손을 잡은 채 일어나 다가왔다. 그러고는 앉아 있는 한 여사의 조그마한 몸을 힘껏 끌어안았다.

한 여사는 당황했다. 어른이 된 후로는 장난으로라도 안아달라고 한 적이 없는 아들이다. 그런 아들이 엄마를 다짜고짜 끌어안고 울먹이다니!

"무슨 일인데?"

염려가 묻어나는 질문에 유리는 고개를 가로저었다. 한 여사의 가느다란 목에 얼굴을 묻고 떨기만 했다. 커다란 덩치의 아들에게 안긴 채 한 여사는 얼떨떨한 심정으로 아들의 등을 토닥였다.

"아들! 이 엄마, 놀라서 쓰러지겠어."

"엄마, 죄송해요."

또.

한 여사는 애가 타서 아들의 등을 손바닥으로 내려쳤다.

"무조건 미안하다고 하면 어떡해? 무슨 사고를 쳤니? 여자를 임신시켰어?"

장난처럼 다다다 질문을 퍼부었지만 불안해하는 마음이 고스란히 묻어나왔다. 그런 어머니를 숨이 막히도록 끌어안은 유리는 먹먹한 가슴으로 울었다. 차마 소리 내어 울지는 못하고, 눈물을 억지로 삼키면서 가슴속으로 울분을 삼켰다.

어쩌면 마지막이 될지도 모르는 이 순간.

다시 미국으로 돌아올 수 있을지, 아니면 돌아온다 해도 부모님을 뵐 수 있을지 알 수 없었다.

지난 사흘, 그는 실낱같은 희망에 매달려 밤마다 컴퓨터 앞에 앉아 있었다. 정신과 의사의 말이 틀렸다는 걸 증명하려는 희망에 가득 차서 말이다.

그래서 동성애 관련 사이트와 서적들을 뒤지고, 심지어 동성애 포르노 사이트에도 들어가 봤다. 처음부터 끝까지 충격의 연속이었다. 작정을 하고 봤음에도 충격적인 영상과 자료들은 그의 정신을 피폐하게 만들었다. 의사의 말대로라면 담담히 볼 수 있어야 하는데, 그 순간 그가 느낀 건 충격과 혐오감과 안쓰러움뿐이었다. 마지막엔 컴퓨터를 집어 던질 뻔했다. 그리고 마침내 결론에 도달했던 것이다.

나는 사준이 아니면 안 된다. 오로지 사준, 그 녀석에게만 반응을 하는 몸이다.

유리 세바스티앙 댄튼은 사준에게만 반응하는 호모섹슈얼.

그걸 인정하고 나자 요동치던 가슴이 가라앉았다. 밤낮으로 그를 괴롭힌 녀석의 존재를 받아들이기로 했다. 그로 하여금 밥을 먹지도, 잠을 자지도 못하게 만든 녀석이 자신의 내부에서 얼마만큼 소중한 존재인지 다시금 확인했다. 그리고 지금, 부모님께 작별을 고하기 위해 이 자리에 선 것이다.

내가 사랑하는 유일한 여자, 한애경 여사님. 나의 엄마, 사랑하는 엄마.

죄송합니다. 이 못난 아들은 이제 한국으로 갑니다. 남자로 낳아주신 이 몸이, 미칠 것 같은 목마름을 견디지 못해 연인을 찾아갑니다. 잠을 잘 수도, 밥을 먹을 수도 없습니다. 이러다간 죽을 것 같은데, 어떡하나요?

절규의 목소리가 내부에서 울리고 눈에서는 눈물이 흘러내렸다. 그런 자신을 의식하며 죽은 듯이 서 있던 유리는 이윽고 어머니를 놓아주고 떨어져 섰다. 한 여사는 이상한 기분에 사로잡혔다. 눈물 자국이 선명한 아들의 얼굴을 쓰다듬으며 불안하게 물었다.

"유리야, 한국에 꼭 가야겠니?"

아들이 끄덕였다. 그런 아들의 비장한 표정이 그녀의 가슴에 대못처럼 박혀왔다.

"너, 한국에서 무슨 일 있었지?"

"……다음에. 다음에 말씀드릴게요."

"유리야……."

"절 용서해 주세요, 엄마."

발길이 떨어지지 않았다. 어리둥절해하는 어머니를 뒤로하고 집을 떠나야 한다는 것이 너무도 괴로웠다. 조국을 떠나 낯선 땅, 한국에서 남자인 사준에게 연인이 되어달라고 말하러 가는 길은, 유리의 평생을 통틀어 가장 끔찍하고도 슬픈 여정이었다. 그럼에도 포기가 안 되는 어리석음을 통탄하고, 비틀린 운명을 저주했다. 어째서 사준을 잊어버릴 수 없는지, 그 녀석의 무엇에 이토록 사로잡혀 있는지 알 길이 없어 더욱 미칠 것 같았다.

한 여사는 아들의 입술이 뺨에 닿는 걸 느꼈다. 유리는 전에 없이 진지했고, 슬퍼 보였으며, 마치 죽으러 가는 사람인 양 비장함에 가득 차 있었다. 왜 그러냐는 물음에 대답을 하지 않을 모양인지, 대신 그녀에게 입을 맞추고 끌어안을 뿐이었다.

그러고는 아버지를 뵈러 간다고 식당을 나가는 유리. 오랜만에 집에 온 막내아들은 사흘 내내 수상쩍은 행동만 하다가 그렇게 미안하다는 말과 함께 사라져 버렸다.

한 여사는 한국으로 전화를 걸었다. 자고 있었던지 크리스가 가라앉은 목소리로 전화를 받았다.

"유리에게 여자가 생겼니?"

한 여사는 거두절미하고 물었다. 그녀가 속해 있는 봉사단체의 회장 아들이자 유리의 대학 후배인 크리스는 생긴 것 답지 않게 고지식한 녀석이다. 따라서 거짓말을 하거나 수상한 태도를 보인 적이 없어 누구보다 신뢰할 만한 녀석이다.

[여자는 아닙니다.]

뜸을 들인 후에 들려온 대답은 한 여사를 더욱 어리둥절하게 했다.

"그게 무슨 말이니?"

[사장님께 물어보세요.]

"걔가 말을 안 하니까 네게 물어보는 거지."

[그럼 저도 말씀 못 드립니다. 죄송합니다, 여사님.]

흐이구, 고집쟁이.

한 여사는 더 이상 추궁할 수 없었다. 유리의 고집도 고집이지만, 상사를 끔찍이 생각하는 크리스 또한 그에 뒤지지 않았다. 몇 년씩이나 유리를 견디고 있는 것만 봐도 크리스가 무서운 녀석이라는 결론이 나온다. 하여튼 질긴 것들.

소득 없이 전화를 끊은 한 여사는 남편을 찾아 거실로 나갔다. 창문 앞에 서 있던 라이언이 인기척에 뒤돌아섰다. 그는 낯을 잔뜩 찌푸린 채 깊은 생각에 잠긴 표정이었다.

"유리가 당신에게 뭐라고 했소?"

"당신도 이상하죠?"

아내의 반문에 라이언은 고개를 갸웃했다.

"거참, 기분이 이상하네. 징그럽게 날 끌어안고 한참 울먹이다 나갔는데 말이야."

"나한테도요. 여보, 우리 막내에게 안 좋은 일이 생긴 거 아닐까요?"

라이언은 아내를 살며시 끌어안아 위로하듯 등을 쓰다듬었다.

"그렇지 않을 거라 믿읍시다. 영원히 이별하는 것도 아닌데 뭘."

한순간이지만 그런 느낌이 들어서 불안했어요.

한 여사는 차마 입 밖으로 그런 말을 하지 못하고, 남편의 가슴에 머리를 기대었다. 뭔가 좋지 않은 일이 일어날 것만 같은 예감이 그녀의 숨통을 죄어왔다. 부디 기분으로만 그치길 바라며 조용히 한숨을 내쉬었다.

인천공항에 내리자 비가 내리고 있었다. 추적추적 내리는 겨울비에 가슴속까지 젖어드는 듯했다.

유리는 크리스에게 한국행을 알리지 않았다. 혼자서 마음을 추스를 시간이 필요했기 때문이다. 그는 공항 건물을 나와 대기하고 있던 모범택시를 탔다. 짐은 없었다. 부모님께 인사를 드린 후 곧장 공항으로 달려가 한국행 비행기에 몸을 실었던 것이다.

무얼 챙길 정신도 없었다. 그저 빨리 한국으로 돌아가 이 혼란스런 상태에 종지부를 찍고자 하는 마음뿐이라 앞뒤 가리고,

계산할 틈도 없었다. 무언가에 몰두하면 전차처럼 밀어붙이는 그의 성향이 그대로 나왔다. 그렇지만 그걸 깨닫지 못할 정도로 유리는 한 가지에 정신이 팔려 있었다.

어서 사준을 만나자.

그 일념에 사로잡혀 이성도, 상식도 잊은 지 오래였다. 부모님께 이별을 고하고, 조국을 등진 그에게 남은 건 이제 그것뿐이었다. 택시 안에서 유리는 자신의 결심을 되뇌었다.

사준에게 거절을 할 틈도 주지 않을 것이다.

그가 도망가면 어디라도 쫓아가서 다시 끌고 올 것이다.

모든 걸 버리고 그를 찾아온 유리 세바스티앙 댄튼을 받아들이게 만들 것이다.

현재 시각 새벽 두 시.

시내로 들어온 유리는 손목시계를 한국 시간으로 맞추고, 우선 호텔로 향했다. 크리스가 묵고 있는 호텔은 피했다. 자신이 누구인지 아는 사람을 만나고 싶지 않아 택시기사의 도움을 받았다. 그를 관광객이라 여긴 택시기사가 친절하게 특급 호텔들 중의 한 곳으로 안내했다. 유리는 체크인을 한 뒤 방으로 올라갔다.

아담한 방의 내부를 둘러보지도 않았다. 트렌치코트를 벗어 침대에 내던지고, 냉장고를 열어 안을 확인했다. 맥주와 미네랄 워터, 가벼운 리큐르 종류뿐 그의 입에 맞는 술은 보이지 않았다. 유리는 한숨을 쉬며 다시 코트를 걸쳤다. 그리고 룸을 나가 엘리베이터에 몸을 실었다.

지하의 바에 들어가 스탠드 앞에 앉았다. 늦은 밤이라 손님은 거의 없었다. 그에게 다가온 바텐더가 영어로 물었다.

"뭘 도와드릴까요?"

직업적인 미소를 띤 남자를 유리는 물끄러미 쳐다보았다. 밤 늦게 나타난 외국인에게 말없이 한참 동안 응시당하자 바텐더는 당황해서 얼굴이 벌게졌다.

"저기, 손님?"

네가 알면 날 어떻게 도와줄 건데?

유리는 마음속으로 그렇게 중얼거리고 위스키를 병째 주문했다. 그 어느 때보다 지금 독한 술이 필요했다. 그의 주문이 떨어지자마자 바텐더가 안심하는 얼굴로 돌아섰다. 온몸으로 살벌한 기운을 풍기는 외국인을 되도록 건드리지 말자고 다짐하고 있을 것이다. 유리는 피식 웃으며 바텐더가 부리나케 놓고 간 술을 마시기 시작했다.

한 잔, 두 잔, 세 잔. 또, 또.

빠른 속도로 술잔이 비워지고, 그러다 곧 위스키 한 병이 바닥났다. 머리가 몽롱해졌지만 의식은 멀쩡했다. 너무 멀쩡해서 마음에 들지 않았다. 그래서 유리는 한 병 더 주문했다. 입 안에 들이붓듯이 술을 마셨는데도 정신이 멀쩡했다. 신기한 일이다. 취하고 싶은데도 취하지 않는 것은.

위스키 두 병. 일단 그걸로 만족하기로 했다. 정신이 멀쩡해도 몸을 가눌 수 없다면 무슨 소용인가? 그 녀석을 잡으러 가는 마당에 술에 취해 비틀거리면 얼마나 볼썽사납겠냐 말이다.

유리는 넉넉한 팁을 얹어 술값을 치르고 바(bar)를 나왔다. 새벽 세 시. 너무 이른 시각이지만 더 이상 기다릴 수 없었다. 기다림은 미국에서 충분히 겪었다. 그 빌어먹을 시간 동안 다시 없을 절망의 순간을 헤치고 살아남은 자신이 아닌가.

사준, 이런 나를 거절하면 널 죽여 버릴 거다.

유리는 이를 갈며 다시 택시에 올랐다. 사준의 아파트 주소는 알고 있었다. 그에 관한 건 하나도 잊지 않았다. 수첩에 적어둔 사준의 아파트 주소를 택시기사에게 보여주었다. 차가 달려가는 동안 취기가 머리까지 올라왔다. 정신은 멀쩡해도 알코올에 잠긴 육체가 차 안의 따뜻한 공기에 천천히 녹아내리기 시작했다. 유리는 눈을 감지 않으려고 애썼지만 어느새 그의 몸은 뒷좌석에 늘어져 있었다. 장신의 커다란 몸을 구기고 앉아 잠에 빠져드는 외국 남자를 택시기사가 룸미러로 살펴보았다.

처음엔 영화배우처럼 잘생긴 외국인의 외모에 놀랐고, 이어서 그가 풍기는 지독한 술 냄새에 두 번째 놀랐고, 이제는 아이처럼 얌전히 고개를 젖혀 잠이 든 그의 모습에 놀랐다. 남자의 눈으로 봐도 감탄이 절로 나올 만큼 잘생긴 남자였다. 혹시 헐리웃의 유명 배우가 아닐까 싶어 유심히 살펴보았지만 검은 양복 위에 트렌치코트를 걸친 남자는 그런 쪽과는 관계가 없어 보였다. 입고 있는 옷이나 구두, 심지어 붉은 보석이 박힌 넥타이핀과 드러난 소매에 달린 커프스단추까지 무엇 하나 고급스럽지 않은 게 없었다. 수많은 손님을 상대하는 택시기사의 눈에도 이 외국인이 평범한 사람이 아니라는 게 보였다.

그나저나 정말 잘생겼다. 여자깨나 울릴 것 같은 저 얼굴, 혹시 혼혈인가?

룸미러로 계속 뒷좌석의 손님을 흘끔거리다 보니 차가 목적지에 도착했다. 고급 오피스텔과 아파트가 밀집한 구역이었다. 하늘 높이 치솟은 아파트 건물을 창밖으로 올려다본 택시기사는 나직이 휘파람을 불었다. 말로만 듣던 최고급 아파트, 한 층에 백 평대의 한 가구만 입주한 최신식 건물이 어둠을 배경으로 우뚝 솟아 있었다.

"다 왔는데요, 손님."

차에서 내린 택시기사는 뒷좌석의 문을 열고 외국인을 흔들어 깨웠다. 그가 손을 살짝 댔을 뿐인데도 외국인은 눈을 번쩍 떴다. 순간 예리하게 빛나는 짙푸른 눈동자에 깜짝 놀란 택시기사가 후다닥 떨어져 섰다. 곯아떨어진 줄 알았는데 저렇게 번쩍 눈을 뜨다니.

"나머지는 가지세요."

네 번째 놀라움의 연속이다. 외국인의 입에서 나온 한국어에 택시기사는 입을 다물 수 없었다. 그는 두둑한 지폐를 받아 든 채, 장신의 외국인이 아파트 정문으로 들어가는 걸 지켜보았다.

유리는 신분확인 절차를 거치고 엘리베이터에 올랐다. 건물 관리인의 전화에 사준이 그를 올려 보내라고 한 모양이었다. 신분확인 절차라는 것 자체를 겪어본 적이 없는 유리에게는 불쾌한 첫경험이었다.

마침내 엘리베이터가 멈추고 문이 열렸다. 마블링 무늬의 대리석 복도 건너편에 하나의 문이 보였다. 한 층에 문은 그것밖에 없었다. 저 문 안쪽에 그 녀석이 있는 것이다.

유리는 문 앞에서 심호흡을 했다. 크게 세 번 숨을 들이마셨다가 내쉬고는, 식은땀이 흐르는 이마를 손등으로 닦았다. 이처럼 긴장이 되는 순간은 처음이었다. 그의 평생 다시는 이렇게 긴장되고 두려운 순간이 없을 것 같았다. 유리는 피식 웃었다. 남자에게 고백을 하는 순간보다 더 최악은 무엇일까?

그는 벨을 눌렀다. 전자시스템으로 움직이는 문이 벨소리가 끝나기도 전에 철컥 하고 열렸다. 유리는 문을 열고 천천히 걸어 들어갔다.

바로 앞에 누군가가 서 있는 느낌이 들었다. 주위를 둘러볼 정신은 없었다. 그의 감각은 온통 몇 센티미터 앞에 서 있는, 청바지에 감춰진 긴 다리의 주인에게 집중되었다. 유리는 그 다리의 끝을 물끄러미 바라보다, 그 앞으로 한 걸음 더 다가섰다. 숨소리도 들릴 만큼 녀석에게 가까워진 그 순간, 유리는 천천히 무릎을 꿇고 앉았다. 그리고 청바지 옆에 늘어뜨려진 녀석의 두 손을 잡고 자신의 가슴으로 끌어당겼다. 감촉을 느낄 정신도, 녀석의 얼굴을 봐야 한다는 생각도 들지 않았다. 얼마나 떨리고, 얼마나 긴장하고 있는지 자신도 의식하지 못한 채, 누구에게도 해본 적이 없는 일생일대의 처음이자 마지막이 될 고백을 하려는 순간이었다.

유리는 눈을 감았다. 그리고 입을 열어 말하기 시작했다.

"널 가지기 위해서라면 나의 모든 걸 버리겠어. 준, 나의 연인이 되어줘."

그가 잡은 녀석의 손이 움찔했다. 도망가려는 시도인가? 그래서 녀석이 벗어나지 못하게 더욱 힘을 주어 잡아당겼다. 왜 대답이 없을까, 애가 타서 고개를 든 바로 그 순간.

"준! 이 새벽에 대체 무슨 일로 사람을 오라 가라……!"

날카로운 음성이 그의 등 뒤, 열린 문에서 쏟아져 들어왔다. 귀에 익은 음성. 유리는 순간 눈을 번쩍 뜨고 휙 돌아보았다. 사준이다! 아니, 그럼 내가 잡고 있는 이 손은?

유리는 고개를 들고 위를 보았다. 역시 사준이다. 아니, 그가 알고 있는 사준보다 더 부드러운 눈빛에, 녀석답지 않게 생글생글 웃는 얼굴의, 턱에 수염 자국이 역력한, 그야말로 사내다운 냄새를 온몸에서 풍기고 있는 사준이 그를 향해 한쪽 눈을 찡긋했다.

녀석이 말했다.

"이렇게 절절한 사랑 고백은 처음인데, 받아들일까요?"

미성이지만 의심할 여지없이 남성적인 톤의 음성.

유리의 얼굴이 하얗게 질렸다. 그는 자신의 몸에서 피가 모조리 빠져나가는 걸 느꼈다. 그때 문가에 선 또 하나의 사준이, 그토록 그리워했던 얼굴의, 누군지 알 수 없는 정체불명의 녀석이 떨리는 음성으로 말했다.

"세바스티앙, 무릎을 꿇고…… 뭐 하는 거예요?"

유리는 아무 말도, 아무 생각도 할 수 없었다. 완전히 세상이 멈춰 버린 그 순간, 유리는 바닥에 주저앉은 채 멍하니 두 명의 똑같은 얼굴을 바라보고만 있었다.

Chapter

11

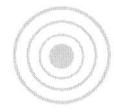

Chapter 11

—Fallen Heart—

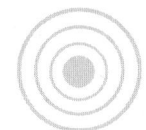

헛것이 다 보이네. 취한 건가? 흠, 어서 가서 잠이나 자야
겠다.

영원 같은 시간이 흐르는 동안, 유리는 그런 생각이 들었다.
이건 모두 술에 취해서 보이는 환상이라고.

그래서 일어나려 했는데 차가운 바닥에 엉덩이가 붙어버린
것처럼 꼼짝하지 않았다. 두 손으로 바닥을 짚고 몸을 일으키려
해도, 본드로 붙여놓은 것처럼 몸이 떼어지지 않았다.

짜증이 났다. 어서 잠이 들어야 헛것을 보지 않을 텐데 마음
대로 몸을 가눌 수도 없으니 말이다.

젠장, 여긴 어디야?

흐릿한 눈으로 주위를 둘러보았지만 눈에 익은 건 하나도 보이지 않았다. 아니, 둘이 보이긴 했다. 사준, 오매불망 그리던 녀석의 얼굴이 두 개. 하나도 아닌 둘. 알코올 때문에 눈까지 맛이 갔나 보다.

유리는 머리를 흔들어 정신을 가다듬고 다시 보았다. 그래도 여전히 녀석은 둘이었다. 그가 잡고 있던 손의 사준은 하얀 셔츠에 낡은 청바지를, 문 앞에 우뚝 서 있는 사준은 검은 가죽점퍼에 검은 바지. 비슷한 키에 똑같은 얼굴. 아니다. 같이 놓고 보니 차이가 확연하다. 청바지의 사준은 늘씬하지만 남자다운 골격이 뚜렷한 얼굴, 검은 진의 사준은 갸름한 턱 선이라든지 백조처럼 기다란 목, 우아하면서도 당당한 자태가 여자라고 해도 믿을 수 있을 것 같다.

여자?

그 순간 뇌리를 스치는 한 단어에 유리는 퍼뜩 정신이 들었다. 거대한 망치에 머리를 얻어맞은 것처럼 한순간에 깨달아졌다. 나중에 들어온 검은 바지의 저 녀석은 사준이 아니라는 것이.

"넌, 누구냐?"

유리는 기계적으로 입술을 움직여 물었다. 느끼는 건 잠시 뒤로 미루었다.

"저는 사빈우입니다."

현관문 앞에 선 녀석이 중얼거리듯이 말했다. 유리는 무감각한 시선을 돌려 청바지의 녀석을 바라보았다.

"너는?"

"저는 사준, 육 개월 전 뉴욕에서 한 시간 동안 사장님과 상담을 한 그 녀석입니다."

나른하면서도 어딘지 재미있어하는 듯한 어조로 녀석이 대답했다.

유리의 얼어붙어 있던 몸이 점차 풀리면서 혈색이 돌아오기 시작했다. 뜨겁다 못해 끓어오르는 피가 전류를 타고 흐르듯이 그의 온몸 구석구석까지 흘러들었다.

그러나 아직은 폭발할 때가 아니다. 우선은 알아야 한다.

그렇게 자신을 다독이며 유리는 가라앉은 음성으로 다시 물었다.

"두 사람의 관계는?"

청바지의 사준이 대답했다.

"남매입니다. 〈빈우〉의 진짜 사장이 저 사빈우이고요."

"사기꾼 남매에게 내가 당한 거네."

중얼거리는 유리의 입술에서 웃음소리가 흘러나왔다. 전혀 유쾌하지 않은, 억지로 쥐어짜낸 듯한, 낮고도 음산한 울림이었다.

그 소리에 빈우는 얼굴이 창백해졌지만, 감히 입을 열지는 못했다. 죄책감에 며칠 밤낮을 자지도 먹지도 못하고, 어떻게 하면 미국에 있는 유리에게 연락을 해서 정식으로 사과를 할까 고민을 했었다. 그러다 오늘 새벽 갑자기 준이 전화를 걸어와 빨리 오라는 말에 달려온 참이었다. 준은 크리스 쇼어에게서 전화를 받았다고 했다. 유리가 돌아왔다는 소릴 들었을 게 분명했다. 이곳에서 유리를 본 순간, 빈우는 준이 왜 자신을 불러냈는지 알아차렸다. 그런데 이런 재회, 이렇게 지독한 타이밍이 또 있을 수 있을까!

그때 유리가 비틀거리며 일어섰다. 빈우는 반사적으로 손을 내밀어 그를 부축하려 했지만, 매섭게 뿌리쳐졌다. 어찌나 살벌하게 뿌리치는지, 순간 가슴이 덜컥 내려앉을 정도였다.

빈우는 멍하니 유리를 바라보았다. 그는 눈을 감은 채 한 손으로 이마를 짚고 한참 동안 말을 하지 않았다. 하얗게 질렸던 얼굴은 이제 검붉은 색으로 물들었다. 곧 쓰러질 것 같은 그의 몸에서 불길한 기운이 터지듯이 쏟아져 나왔다. 필사적으로 자신을 억제하는 모습이다.

왜 아니겠는가? 그녀가 유리였다면 당장 두 남매를 죽여 버렸을 것이다. 말도 안 되는 사기극을 벌인 두 인간을 결코 용서하지 않았을 것이다.

난생처음, 빈우는 자신이 저지른 짓의 결과에 참담한 심정으로 반성을 했다. 그 누구에게도 가지지 않았던 죄책감에 떨면서, 그것보다 더 깊고 안타까운 어떤 감정에 자꾸만 목이 메었다. 그게 뭔지 몰라도 그녀를 아프게 했고, 간절한 소원을 빌게 했다.

할 수만 있다면, 공항에서 유리를 처음 만났던 그때로 돌아가고 싶다.

할 수만 있다면, 이 남자를 알지 못하던 때로 돌아가고 싶다.

이 남자, 유리 세바스티앙 댄튼을 만나지 않은 사빈우, 타인에게 전혀 관심이 없던 이기적인 사빈우로.

"사기죄로 너희 둘, 고소하겠어."

유리가 드디어 입을 열었다. 사형선고를 내리는 저승의 심판관처럼 조용히, 하지만 소름 끼치도록 무감각한 어조로 그가 말했다.

"너희 두 사람, 꼼짝 말고 기다려. 어디로 도망갈 생각 하지 마. 어디로 가든 찾아내서 가만두지 않을 거니까. 내 이름을 걸고 맹세하지."

유리는 울고 싶었다. 이런 사기꾼 때문에 부모 형제를 버리고, 조국을 버리려고 했던 자신이 너무나 어리석어서.

바보도 이런 바보가 없을 거다. 어째서 몰랐을까? 사빈우, 저 사기꾼이 그를 상대로 장난을 치고 있을 때, 어째서 한순간도 의심해 보지 못했을까?

철석같이 믿고 있었다. 남자인 사준이 순간순간 여자처럼 느껴지고, 여자보다 더 매혹적인 입술을 가지고 있어도 그냥 여성스런 남자라고만 생각했지, 어떻게 여자라고 확신할 수 있었겠는가!

유리는 한 손으로 사빈우의 목덜미를 와락 잡아당겼다. 가느

다란 목, 힘없이 끌려오는 육체. 하지만 눈물도 흘리지 않는 그
녀의 맑은 눈동자를 보자 그의 속에서 뜨거운 뭔가가 치솟아올
라 왔다. 참을 수도, 참고 싶지도 않은 뭔가가 순식간에 그의 심
장을 데우고, 벌어진 상처를 후벼 팠다. 이미 상처로 너덜해진
가슴인데도 그 아픔이 너무 지독해 신음 소리를 내지 않으려면
어금니를 악물어야 했다.

굳은 입술을 억지로 비틀어 냉소 지은 채, 유리는 다른 손으
로 빈우의 점퍼를 열어젖히고 손을 넣었다. 그 순간 사준이 그
의 손을 잡아챘다.

"뭐 하는 겁니까?"

딴에는 자신의 여자 형제를 보호하려는 듯이 사납게 물어온
다. 유리는 픽 웃고 서늘한 눈길로 사준을 노려보았다. 막으면
죽여 버릴 거라는 무언의 경고와 함께.

"놔."

이 사기꾼들과 같은 수준이 되기 싫어 주먹은 쓰지 않으려 했
다. 주먹조차 아까운 인간들 때문에 힘을 쓸 필요가 없으니까.

"괜찮아. 놔드려."

그때 사빈우가 준을 향해 말했고, 그 담담한 말투에 유리는
더욱 화가 났다. 그러나 냉정하게 표정을 굳힌 채 준이 놓아준
손을 다시 그녀의 옷 속으로 밀어 넣었다. 보드라운 스웨터 밑
의 가슴. 편편하지만 여자임을 분명히 알려주는 봉긋한 몽우리
가 그의 손 안에 들어왔다. 아주 작지만 남자의 것과는 다른 느

낌이다. 유리는 고개를 저으며 소리 없이 웃었다.

진짜 바보였구나, 유리 세바스티앙 댄튼.

"죄송합니다."

빈우가 'sorry' 라는 단어를 입에 올리는 게 더 가증스러웠다. 지금도 죽이고 싶은데, 태연하게 지껄이는 저 입을 아예 꿰매 버리고 싶었다. 이런 사기꾼에게 연인이 되어달라고 무릎까지 꿇었던 자신의 모습, 두고두고 잊지 못할 것이다. 더불어 사빈 우라는 여자가 어떻게 자신을 농락했는지도.

걷잡을 수 없이 분노가 터져 나왔다. 이젠 한계다. 유리는 빈 우의 얼굴을 향해 한 손을 번쩍 치켜들었다. 그러자 눈을 감은 빈우가 얌전히 얼굴을 내밀었다. 때리면 맞겠다는 의미다. 그러나 유리의 주먹이 날아간 곳은 그녀의 얼굴이 아니었다. 퍽 하는 소리에 놀란 빈우가 눈을 떴을 때는 준이 저만치 나가떨어진 후였다. 두 손으로 뺨을 감싼 채 준이 고래고래 소리를 질렀다.

"내 얼굴! 사진 찍어야 하는데, 내 얼굴이……!"

그의 절규에 유리는 실소를 터뜨렸다. 그까짓 여자 같은 얼굴 이 부서지지 않은 게 더 아쉬웠다.

빈우는 눈을 휘둥그레 뜬 채 그 모든 걸 보았다. 준의 터진 입술에서 피가 흘렀다. 그의 눈 주변은 벌써 퍼렇게 멍이 들어 있다. 유난히 멍이 잘 생기는 피부라 할머니와 아버지가 엄청 조심조심 키운 녀석인데.

빈우는 울컥해서 유리에게 따졌다.

"잘못한 건 난데 왜 쟤를 때립니까?"

유리의 짙은 눈썹이 휙 치켜 올라갔다.

"너는 때리는 것보다 더한 벌을 줘야 하거든."

"속여서 미안합니다. 무슨 벌이든 달게 받겠어요. 하지만 쟤
는 건드리지 마세요. 무책임한 것 빼곤 잘못한 게 없는 녀석이
니까요."

준을 감싸는 그녀의 말에 유리는 격분했다.

"입 다물어!"

무릎을 꿇고 용서해 달라고 울부짖어도 속이 시원찮을 판인
데, 그녀는 너무 침착했다. 창백한 얼굴이라 더욱 붉어 보이는
입술로 주절주절, 감히 다른 녀석을 보호하기 위해 겁도 없이
그에게 덤벼들었다.

유리는 주먹을 쥐었다 폈다 하면서 살인충동을 눌렀다. 생각
같아서는 사빈우를 죽이고도 남았는데, 정신을 차려보니 그녀
와 대화를 하고 있었다. 어이가 없었다.

저 여자가 사준이 아니라는 걸 알았는데도 왜 나는 여기에서
이러고 있는 걸까?

"댄튼 씨, 누구에게 사랑을 고백한 겁니까?"

준의 질문이 들려온 순간 빈우는 꿍 소리를 내며 눈을 감았
다.

하여튼 저 자식은 참을 줄을 몰라. 저런 질문이 유리를 더욱
화나게 하는 걸 몰라서 묻는 거야?

"사랑이라고?"

유리가 쿡쿡 웃는 소리가 들렸다. 눈을 떠보자 그는 전에 없이 무표정한 얼굴로 두 남매를 차례로 쳐다보았다.

"사준, 남자인 너를 원했다는 건 인정하지. 하지만……."

그러고는 빈우에게서 멈춘 눈이 가늘어졌다.

"이 여자가 누군지 나는 몰라. 사준에게 느꼈던 욕망, 그뿐이 었어. 여자인 사빈우는 전혀 알지 못해. 그뿐이야."

그가 빈우의 보드라운 뺨을 손끝으로 쓰윽 훑어 내리더니, 매끈한 턱을 틀어쥐었다. 보드랍고, 또 보드라운 여자의 살결. 턱에서 입술로, 꿈에서도 보고 싶어했던 검은 눈동자로 천천히 시선을 옮긴 유리는, 그런 자신을 조소하듯 나직이 웃으며 말했다.

"사빈우, 이런 몸인 널 누가 여자라고 생각하겠어?"

그녀의 얼굴이 파랗게 질렸다. 제대로 모욕을 주고 싶었는데, 유리는 기대했던 만족감을 전혀 느낄 수 없었다.

가슴이 답답해서 미칠 것 같았다. 아니, 남자인 사준에게 몸이 달아 모든 걸 버리려 했던 그 순간 미쳐 버렸는지도 모른다. 눈앞에서 잔인한 진실을 마주하고 있는 이 순간에도 그저 허탈감과 후회의 감정만 느끼는 걸 보면.

유리는 휘청거렸다. 충격적인 재회에 놀라 막혀 있던 알코올의 기운이 순식간에 몸으로 퍼져 나갔다. 며칠 동안의 불면과 폭음에 항복해 쓰러질 것만 같았다.

머리가 너무 아파서 더 이상의 생각은 무리다. 빨리 이곳을 나가 안전한 곳에서 잠이나 자야겠다. 생각은 그 후에……

"댄튼 씨, 한국에 돌아온 건 나 때문…… 아니, 사빈우 때문이 아닙니까?"

대체 어디에서 그런 용기가 샘솟는 건지, 준은 지치지도 않고 물어댔다. 두 손으로 마른세수를 한 유리가 잠긴 목소리로 대답했다.

"마음대로 생각해."

초연한 말투. 무섭게 화를 내는 것보다 더 무시무시한.

유리는 그렇게 만사가 귀찮다는 투로 내뱉고는, 문 앞에 선 빈우를 밀치고 지나갔다. 술 냄새를 풍기는 그가 자신을 스치고 지나가는 순간, 빈우는 그의 팔을 잡아 세웠다. 이대로 그를 보내면 안 된다는, 본능의 소리에 따라 머리가 의식하기도 전에 먼저 손을 뻗었다.

"제가 모셔다 드릴게요."

까맣게 변한 유리의 눈이 잠시 그녀를 물끄러미 쳐다보았다. 그러다 그가 천천히, 일말의 미련도 용납하지 않겠다는 듯이 단호하게 그녀의 손을 떨어냈다.

"생각이 정리되면 연락하겠어."

그 말을 끝으로 유리가 사라졌다. 조용히 닫히는 문소리가 천둥소리처럼 커다랗게 파문을 일으키며 빈우의 심장에 내리꽂혔다.

빈우는 닫힌 문에 기대어 주저앉았다. 부어오른 눈을 문지르던 준이 우울한 어조로 중얼거렸다.

"저 남자, 진심이었나 봐."

과거형의 말.

"마음대로 생각해."

유리가 던진 그 말이 이렇게 가슴을 아프게 할 줄이야…….

멍하니 바닥을 보고 있는 빈우의 귀로 한숨 섞인 소리가 들려왔다.

"너도 조금은 마음이 있었던 거지?"

바보 같은 자식. 누구 때문에 이런 지경이 된 줄 모르는 거야?

말없이 일어난 빈우는 성큼성큼 걸어 장식장으로 다가갔다. 준이 수년을 걸쳐 세계 각지에서 구입해 온 자수정 작품들이 진열된 장식장의 문을 열어젖히고 손에 잡히는 대로 하나를 꺼내 들었다. 준이 비명을 지르며 달려왔을 때는 이미 늦었다. 요란한 소리를 내며 바닥에 떨어진 자수정 조각들이 빈우의 발치에까지 굴러왔다. 그중 파편 하나가 튀어 올라 빈우의 뺨에 상처를 냈다. 가느다란 상처에서 피가 흘렀지만 빈우는 무감각하게 바닥을 보고 서 있었다.

"아이고, 불쌍한 내 아기!"

준이 허겁지겁 파편을 주워 모으며 소리쳤다.

"너무하잖아! 애가 무슨 죄가 있다고 그러는 거야?"

빈우는 후회하고, 또 후회했다.

사람을 기만한 죄, 사람의 감정을 장난감으로 취급한 죄, 무슨 말로 용서를 받을 수 있단 말인가?

그럼에도 애써 괜찮다고 자신을 세뇌하는 지금의 사빈우가 너무 어리석어 할 말이 없었다. 무릎을 꿇고 준에게 연인이 되어달라고 말하던 유리. 그 오만한 남자가 무릎을 꿇고 있던 모습을 떠올려 보자 가슴이 뭔가에 찔린 듯이 아팠다. 빈우는 명치 부근을 손바닥으로 누르고 천장을 올려다보았다.

왜?

답을 알 수 없는 질문이, 유리가 한국을 떠난 걸 알았던 그 순간부터 그녀를 괴롭혀 온 질문이 또 떠올랐다. 왜인지 알 수 없어 더 아픈 가슴.

왜?

왜!

왜냐고!

일층까지 무사히 내려온 유리는 비틀거리며 건물을 나섰다. 엘리베이터 안에서 정신을 잃을 뻔했는데, 초인적인 힘으로 견뎌냈다. 아직은 그럴 때가 아니라고 얼마나 되뇌었는지 모른다. 바닥에 달라붙은 발을 한 번, 두 번 떼어내면서 걸어나가 택시를 타고, 크리스가 묵고 있는 호텔로 달려가는 동안에도 의식을 잃지 않으려고 기를 썼다.

그처럼 간절히 뭔가를 바란 적이 없었다. 경제학 석사 학위를 따기 위해 몇 날 며칠 밤을 새워서 논문을 준비할 때에도 이렇게 애를 써본 적이 없었다. 참으로 여러 가지를 경험한다 싶었다. 그 모든 것이 사준, 사빈우, 그 사기꾼 남매 때문이라는 걸 떠올리자 속이 또 끓어올랐다.

터지기 직전의 시한폭탄이 된 유리는 마침내 크리스의 숙소에 도착했다. 그는 프런트 데스크에서 크리스의 방으로 전화를 걸었다. 새벽 네 시 반. 오가는 사람이 거의 없는 호텔의 로비에서 유리는 이를 갈며 녀석의 목소리가 들리길 기다렸다.

[무슨 일입니까?]

"나다. 올라갈 거니까 옷을 입고 기다려."

벗고 있으면 네놈의 가죽까지 벗겨낼 거다.

마음속으로 그렇게 덧붙이고 유리는 전화를 끊었다. 그리고 엘리베이터에 올랐다.

잠시 후, 그는 크리스의 방에 들어가 있었다. 가운을 걸친 크리스는 문을 닫고 돌아서자마자 두 번 연속해서 폭탄을 맞았다. 한 번은 턱에, 한 번은 가슴에.

힘을 실은 폭탄 주먹이 작열하는 동안 크리스는 저항하지 않았고, 흥분한 유리가 씩씩대며 아픈 주먹을 허공에서 흔들어댈 때에도 침묵했다. 어떤 변명의 말도 나오지 않았다. 그의 얼굴에 흐르는 피를 보자 유리는 크게 숨을 들이마셨다.

"알고 있었어?"

크리스가 끄덕였다. 그런 그의 턱에 유리의 주먹이 또 날아갔다. 이번엔 제대로 맞았는지 크리스가 신음 소리를 냈다. 휘청거리다가 재빨리 몸을 바로 세운 그가 유리에게 원망의 눈길을 던졌다.

"이가 부러지면 어떡합니까?"

"지금 그게 문제야?"

거친 노성이 방 안에 울렸다. 유리는 참고 있던 울분을 마구 토해냈다.

"내가 어떤 심정으로 돌아온 줄 알아? 내가 뭘 버리려 했는지 아냐고?"

크리스의 눈이 커다래졌다.

"설마, 사장님…… 진심이었습니까?"

유리는 대답하지 않고 방 안을 서성이기 시작했다. 거친 걸음, 짜증이 나서 어쩔 줄 모르겠다는 몸짓.

그의 모든 것이 진실을 용납할 수 없다는 소리를 했다. 충격에서 깨어나지 못한 자신의 상태가 마음에 들지 않는다고 했다. 하긴 어떻게 믿겠는가? 남자라고 철석같이 믿은 사준을 만나기 위해 돌아왔는데, 그가 여자였고 처음부터 끝까지 사기였다는 것을.

"말씀드리지 못해 죄송합니다."

크리스는 진심으로 사과했다. 설마 유리가 남자인 사준에게 돌아올 줄은 몰랐었다.

"언제부터 알고 있었어?"

"준을, 아니, 사빈우를 처음 보았을 때부터요."

"그런데 내게 말을 안 해?"

유리는 기가 막혔다.

"내가 힘들어하는 걸 보고만 있었나?"

"사준이 여자라고 말씀드렸지만 사장님이 믿지 않으셨죠."

"내가 믿게끔 진심을 다해 말한 적이 있나?"

"사장님이 사준에게 예사롭지 않은 감정을 품고 계신 것 같아 걱정이 되었습니다. 그러다 일에 지장을 주고, 좋지 않은 일이 벌어질 것 같아 그가 남자라고 믿게 했습니다. 모두 사장님을 위해서……. 게다가 사빈우는 남자를 싫어한다고 했습니다. 그러니 신경이 쓰이게 하는 사장님을 좀 말려달라고 부탁하기에……."

사빈우가 남자를 싫어한다? 그 말의 의미는……!

거기까지 생각하던 유리는 허허허 웃어버렸다. 억장이 무너진다는 어머니의 표현, 이제는 알겠다. 한국식의 과장된 그 말이 너무나 웃기다고 생각했었는데.

"크리스 쇼어, 네가 제일 나빠. 알아?"

"네."

순순한 인정에 유리가 와락 달려와 크리스의 멱살을 잡아 올렸다. 덩치가 큰 크리스의 몸을 갈대처럼 마구 흔들어대면서 유리가 쩌렁쩌렁한 소리로 외쳤다.

"네가 이럴 줄 몰랐어! 적어도 너만은 나를 이해해 줘야 하는 거 아냐?"

"……죄, 죄송합니다."

크리스는 눈을 감고 쉰 소리로 말했다.

"죄송? 그게 다야?"

유리가 큰 소리로 웃어댔다. 공허한 울림으로 방 안을 맴돌다 돌아온 웃음소리는 크리스의 얼어붙은 몸을 후려치는 듯했다.

"넌 해고야!"

무슨 변명이 필요한가?

"네. 사직서 쓰겠습니다."

"크리스 쇼어, 네게 실망이다. 그 사기꾼 녀석들보다 네가 더 나빠. 빌어먹을 자식, 갈아 마셔도 시원찮을 놈!"

"네."

"내가 엄마에게 어떻게…… 어떻게 한 줄 알아? 아버지는? 형들한테는? 그리고 내 이름과 내…… 내 자존심은? 그걸 다 어떻게 한 줄 알아? 그걸 내가 다 어쩌고 여기에 돌아온 줄 아냐고, 자식아!"

처절하게 부르짖는 유리의 음성이 마지막엔 흐느낌으로 변했다. 너무 기가 막혀 스스로도 제어가 되지 않는 모양이었다.

크리스는 감히 눈을 뜨지 못했다. 이전에는 결코 느낀 적이 없는 분노의 물결이 방 안에 넘실거렸다. 그 뜨거움에 피부가 타 들어가고, 호흡이 콱 막혔다.

유리가 이토록 울분을 토해내는 모습은 처음이었다. 그냥 화를 내는 거라면 차라리 다행이지, 고래고래 소리 지르는 그의 음성이 너무나 아프게 들려 크리스의 죄책감은 이루 말할 수 없이 커져 갔다.

사준에게 돌아온 유리.

그의 심정이 어땠을까를 생각하자 눈앞이 깜깜해졌다. 수많은 여자를 울리고 다닌 바람둥이가 남자인 사준을 원해서 돌아왔으니, 그 심적인 고통을 누가 다 헤아릴 수 있단 말인가!

갑자기 크리스의 목에서 유리의 손이 떨어져 나갔다. 눈을 뜨자 유리는 침대에 엎드려 있었다. 그의 어깨가 잔잔히 떨렸다. 우는 건가? 크리스가 머뭇거리며 그의 어깨에 손을 대자 움찔한 어깨 아래에서 웅얼거림이 들려왔다.

"꺼져. 얼른 꺼지라고!"

아픈 목소리.

크리스는 차마 보지 못해 돌아서서 방을 나갔다. 그리고 복도에 나와 문이 닫힌 뒤에야 깨달았다. 유리가 문을 열어주지 않는 한, 방에 다시 들어갈 방법이 없다는 것을.

그는 자신의 몸을 훑어보았다. 알몸 위에 얇은 가운 한 장. 게다가 맨발이다. 방 열쇠는 당연히 방 안에 있다.

이런, 젠장!

고개를 푹 숙인 그는 절망 어린 한숨을 내쉬었다.

이런 상태로 어디로 가야 하는 거지?

그야말로 잔인한 복수가 달리 없었다. 유리의 주먹보다 이쪽이 더 잔인하다 중얼거리며 크리스는 방문에 기대어 앉았다. 프런트로 내려갈 용기가 생길 때까지만, 이라고 애써 자신을 달래면서.

Chapter

12

Chapter 12

―그의 복수―

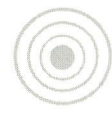

"아직도야?"

준이 인상을 쓰며 물었다. 빈우는 묵묵히 끄덕였다. 무릎에 담요를 덮고 소파에 앉아 있는 그녀는 준이 방금 전 건넨 뜨거운 레모네이드를 홀짝이고 있었다.

"거참, 그렇게 안 봤는데 그 남자 되게 속이 좁네."

빈우는 뭐라 대꾸하려다가 재채기를 했다. 그리고 레모네이드를 한 모금 마셨다가 이번에는 더 큰 소리로 기침을 했다. 그녀는 소파 옆의 둥근 탁자에서 티슈 박스를 집어 올렸다. 그걸 무릎에 내려놓고 티슈 서너 장을 뽑아 입에 대고 계속 기침을 했다.

"너 병원에 가봐야 되는 거 아냐?"

무뚝뚝한 준의 물음에 그녀는 고개를 저었다. 감기에 걸려 죽진 않는다. 죽어도 가기 싫은 데가 병원이다.

"만나주지도 않아, 전화도 안 받아, 대체 우리보고 어쩌라는 거야?"

준은 다시 본론으로 돌아가서 투덜거렸다.

그런 난리 끝에 유리가 사라진 지 사흘. 그동안 크리스 쇼어에게 두 남매가 번갈아가며 꾸준히 접촉을 시도했지만 휴대폰 불통에 호텔 측에서는 면회 금지라는 답변만 들었다. 얼핏 듣기에는 유리가 술병이 나서 꼬박 이틀을 앓다가 겨우 정신을 차렸다고 하는데, 그 후의 사정을 전혀 알 수 없어 답답했다.

아직까지는 이렇다 할 결과가 없었다. 유리의 말대로 사기죄로 고소를 당할까 걱정을 하는 빈우에게 만사태평한 준은 '우리가 그 남자 돈을 떼어먹은 것도 아닌데, 뭘'이라고 말하면서 껄껄 웃어댔다. 그러면서 무시무시한 발언을 덧붙이는 것이었다. '여차하면 우리도 그 남자가 커밍아웃하려고 했다고 말하지 뭐'.

그 말을 들은 빈우는 불같이 화를 내며 준에게 꺼지라고 했었다. 그리고 그날부터 지금까지 감기 몸살로 끙끙 앓다가 오늘에야 겨우 정신을 차린 터였다. 콧물은 멈췄지만 시도 때도 없이 재채기에 기침에, 그야말로 감기의 증상이란 증상은 모조리 겪고 있는 그녀는, 유리를 생각하기만 해도 두개골이 빠개지는 것 같은 통증에 시달렸다. 그날 상처받은 얼굴로 돌아서던 남자의 뒷모습이 자꾸만 어른거려 며칠 동안 잠을 잘 수 없었다. 심란해서 일도 손에 잡히지 않았다. 그 덕분에 감기 몸살에 된통 걸리고 말았다.

"솔직히 말해서, 그 남자가 자기감정을 못 다스린 게 우리 때문이냐? 누가 그 남자보고 사준을 사랑하라고 협박을 했냐고."

준의 어이없는 말에 빈우는 잘 나오지 않는 음성으로 반박했다.

"사랑이 아니라잖아."

"그래, 욕망이랬지. 징그럽게 사내놈에게 욕망이 뭐냐?"

빈우는 투덜대는 준의 어깨를 발로 차서 소파 밖으로 밀어냈다.

"좀 꺼져 줄래?"

원래 허스키한 목소리가 감기 때문에 완전히 쉬어서 쇳소리가 났다. 또 한 번 쿨럭거리고 티슈로 코를 풀어낸 빈우는 소파 밑에 앉아서도 투덜대는 준을 흘겨보았다.

"네가 도망치지만 않았어도 이런 사태는 벌어지지 않았을 거야."

그녀의 일침에 준이 어깨를 움츠렸다.

"진짜 깜박했던 거라니까."

"널 믿은 내가 잘못이지."

준은 자신이 관심을 가진 것만 기억하는 녀석이다. 즉, 관심이 가지 않는 것은 씻은 듯이 잊어버린다. 대외 활동을 피하려고 준의 이름을 빌려 회사를 운영하고 있지만 때때로 제멋대로 행동하는 녀석 때문에 빈우는 울화가 치민 적이 한두 번이 아니었다. 남이었으면 진작 인연을 끊었을 텐데, 돌아가신 아버지의 유언 때문에 그럴 수가 없었다.

"준이는 오빠지만 너보다 정신 연령이 낮아. 그러니 빈우 네가 저 녀석을 동생이라 생각하고 잘 보살펴 주렴. 혼자 놔두면 제 밥도 못 찾아먹을 녀석이야."

자신을 버린 아버지에 대한 원망으로 호적 정리도 허락하지 않았던 그녀다. 그런데 다른 건 모두 잊어버려도 아버지의 저 말씀만은 이상하게도 가슴에 남아 잊을 수가 없었다. 그러다 보니 준의 무책임한 행동을 견디고 있는 상황인데, 이번만큼은 제대로 사단이 난 판이라 골치가 아팠다.

그녀의 퀭한 눈을 뚫어지게 보고 있는 준의 얼굴도 말이 아니었다. 여자처럼 고운 피부를 자랑하던 얼굴은 멍투성이였다. 눈가와 입술 옆의 푸른 멍, 그리고 찢어진 입술은 퉁퉁 부어올라 한 사발은 될 것 같았다. 그야말로 한바탕 격전을 치른 얼굴이었다. 샤기 컷의 금갈색 머리에 준수한 외모, 꽃미남이라 불리던 그를 누가 알아보겠는가!

푸읍, 웃음소리를 내는 빈우를 그가 짜증스럽게 흘겨보았다.

"웃지 마. 그 남자 덕분에 중요한 계약이 깨지게 생겼단 말이야."

"화장품 지면광고 사진?"

"응. 철이 형님이 노발대발하더라. 어떤 자식이 귀한 재산에 손을 댔냐고 한바탕 난리를 쳤지."

"귀한 재산?"

빈우의 물음에 준이 씨익 웃었다.

"당근이지. 나 덕분에 철이 형님이 지금의 회사를 키운 건데."

그러더니 갑자기 크게 재채기를 했다. 자신의 재채기 소리에 놀란 준이 후다닥 소파에서 떨어져 섰다.

"감기에 옮으면 안 돼! 크랭크 인 들어가기 전에 체력 관리해야 하는데!"

빈우는 그에게 코를 푼 티슈를 집어던졌다.

"꺼져, 너 때문에 잠도 못 자겠단 말이야."

"그런데 빈우야."

은근히 낮아진 그의 목소리에 빈우는 촉각을 곤두세웠다. 흐흐 웃는 얼굴에 달콤한 목소리. 저럴 때의 준은 곧잘 그녀의 속을 뒤집는 말을 쏟아내기 때문에 긴장해야 했다. 녀석의 취미가 '사빈우 속 뒤집기'라는 걸 잊지 말자.

"왜?"

여차하면 티슈 박스를 던질 요량으로 그녀의 손이 슬그머니

박스를 움켜쥐었다. 물론 준은 그걸 알아차렸고, 그의 입가에 달콤한 미소가 피어올랐다.

"언제 날 오빠라고 인정해 줄 건데?"

"내가 누나야."

"아니, 아니지. 할머니 말씀 기억 안 나? 내가 오빠, 너는 동생."

"출생 기록이 불타서 없어졌잖아. 그래서 남들은 우리가 쌍둥이라는 걸 몰랐던 거고. 네가 진짜 내 오빠라는 법적인 증거를 대봐."

빈우는 시치미를 뚝 떼고 레모네이드 잔을 입으로 가져갔다. 내심으론 준이 오빠라는 걸 인정했지만 철없는 그를 오빠라고 부를 마음이 들지 않았다. 그들 남매가 대학에 입학할 무렵 폐암으로 돌아가신 아버지의 유언장에는 분명히 준이 오빠라고 명시되어 있었다. 하지만 그녀의 부정에 파르르 넘어가는 준을 보는 게 즐거워 그녀는 매번 약을 올리곤 했다.

지금도 준은 그녀의 대답에 얼굴이 붉으락푸르락했다.

"하여튼 네 고집을 누가 말리니?"

"말리지 마. 난 젖어 있고 싶으니깐."

"유리 세바스티앙 댄튼이 너의 어딜 보고 끌렸는지 모르겠다. 그 남자, 변태 아니냐?"

티슈 박스가 그의 얼굴로 날아갔다. 그걸 가뿐하게 받아 든 준이 '나이스 캐치!' 라고 외치며 박스를 어깨 너머로 던져 버렸다. 그 순간 여자의 비명 소리가 들렸다.

"아얏!"

깜짝 놀란 준이 돌아서서 그 소리의 주인을 바라보았다. 구불거리는 붉은 머리의 여자가 머리를 때린 티슈 박스를 들고 막 거실로 들어온 참이었다. 놀랄 만큼 예쁜 얼굴에 어울리지 않는 걸쭉한 욕설이 여자의 입에서 쏟아졌다.

"어떤 새끼가 이걸 던진 거야?"

물론 준을 겨냥한 말이다. 그 말에 준의 인상이 험악해졌다.

"유리애, 네 입은 여전하구나."

"사준, 얼굴만 반반한 얼간이."

만났다 하면 으르렁거리는 두 사람. 준이 대학 시절 리애를 '호박'이라 부른 뒤로 거의 오 년이 넘게 이어져 온 싸움인지라 이젠 놀랍지도 않았다. 빈우는 아직도 아이들처럼 싸우는 그들이 대한민국 연예계를 선도하는 유행 아이콘이라는 게 믿어지지 않았다.

"어떻게 온 거야?"

빈우는 슬그머니 중재에 나섰다. 그러자 리애가 언제 찌푸렸냐 싶게 얼굴을 활짝 펴고 빈우에게로 총총 뛰어왔다. 그녀가 빈우의 옆에 딱 붙어 앉자 준이 못마땅한 듯이 중얼거렸다.

"저러니 둘이 사귄다는 소문이 나지."

리애의 눈이 번뜩였다.

"질투하는 거니?"

"말을 말자. 호박한테 인간의 말이 통하겠어?"

"사준, 좀 꺼져 줄래? 우리의 사랑을 방해하지 말고."

쏘아붙이던 리애는 빈우가 크게 기침을 하자 금세 안쓰러운 표정이 되었다.

"저런, 감기가 심하구나. 약은 먹었어?"

그러고는 빈우의 이마에 손을 얹어 체온을 재고, 무릎 담요를 꼼꼼하게 덮어주었다. 그런 모습을 지켜보던 준이 흥, 하고 콧소리를 내고는 휙 돌아서서 나가 버렸다.

"왜 그렇게 준을 싫어해?"

빈우의 물음에 리애가 피식 웃었다.

"싫어한다기보다 놀리는 게 재미있어서. 단순해서 놀리면 금방금방 반응이 오거든."

"준이를 좋아하는 여자들이 많아. 저래 봬도 꽃미남 스타란다."

리애는 콧등을 찡그리며 웃었다.

"우리 연예계에 꽃미남이 한둘이니? 쟤는 철이 좀 들어야 돼. 나만 보면 '호박, 호박' 그런다? 곧 영화도 같이 찍을 텐데, 나 저 소리 듣고 스트레스 받아 쓰러질까 무섭다, 얘."

빈우가 소리 내어 웃자 리애는 눈을 흘겼다.

"그만 웃어. 지금 네 웃음소리, 소름 끼치게 섹시하단 말이야."

"뭐?"

"가뜩이나 허스키한 목소리가 감기 때문에 더 거칠고 낮아져서 들으면 오싹오싹해. 사빈우가 남자라면 당장 내 애인 삼았을 텐데."

아쉽다는 투로 말하고는 금세 말투를 바꾸어 물어온다.

"소식 들었어. 그 미국 남자가 돌아왔다면서?"

빈우는 크게 한숨지었다.

"응. 다 알아버렸어."

"어떡해! 널 죽이려 들지 않았어?"

빈우가 끄덕이자 리애는 입술을 깨물었다. 그렇게 뭔가 생각하는 듯하더니, 곧 손가락을 튕기며 빈우에게 말했다.

"차라리 잘됐네. 네가 여자라는 걸 알았으니 그 남자도 마음 놓고 네게 대시할 거 아냐?"

단순한 건 준만이 아니군.

빈우는 속으로 생각하며 심드렁한 어조로 말했다.

"사기꾼 남매를 고소한다고 하더라. 이젠 우릴 만나주지도 않아."

"왜?"

"왜라니? 당연한 거지. 처음부터 끝까지 거짓말을 한 인간을 보고 싶겠어?"

리애는 팔짱을 끼고 다시 생각하는 표정이 되었다.

"흠, 생각보다 더 깐깐한 남자네."

"그리고 거짓말은 그것뿐이 아니야."

나직이 덧붙인 빈우의 말에 리애가 놀란 듯이 되물었다.

"뭐? 네가 사준이라는 것 말고 또 무슨 거짓말을 했는데?"

"너와 내가…… 진짜 연인이라고 쇼어 씨에게 말했어."

잠시 정적이 흘렀다. 그러다 까르르 웃는 소리가 터지듯이 쏟아졌다.

"못 말린다, 애! 어쩜 네 무덤을 네가 판 거야?"

빈우는 따라 웃을 수가 없었다. 말을 하고 보니 사빈우는 진짜 사기꾼이라는 생각이 들었다. 그깟 계약이 뭐라고, 멀쩡한 사람을 커밍아웃하게 만들고, 본의 아니게 농락한 게 되어버렸으니.

죄책감에 어두워진 빈우의 얼굴을 리애는 뚫어지게 쳐다보았다. 감기에 시달린 빈우의 얼굴은 초췌했지만 꼭 그것 때문만은 아닌 듯했다.

예전에는 볼 수 없었던 표정이 빈우의 얼굴에 떠올랐다 사라졌다. 세상사에 무심한 듯, 관심없는 듯 굳어 있던 얼굴은 뭔가 괴로운 생각에 사로잡혀 찡그려졌다가 풀렸다가, 때로는 우울하게 변하곤 했다. 빈우가 이처럼 다양한 표정들을 지을 수 있다니, 리애는 그저 놀랍기만 했다. 그녀를 대하는 빈우의 태도만 봐도 그랬다. 좀 더 가까워지고 싶어하는 유리애를 무뚝뚝하게 대하던 사빈우가 아니다. 묻는 말에 꼬박꼬박 대답해 주고, 자신의 몸을 만지는 손길도 뿌리치지 않는다.

리애는 빈우의 손을 잡아보았다. 아무 일도 일어나지 않았다.

이번에는 빈우의 어깨에 머리를 기댔다. 여전하다. 사람과의 접촉을 허락하고, 대화에도 인간답게 반응하는 사빈우.

이런 변화가 혹시 그 미국 남자와의 일 때문에……?

"만나서 사과를 해야 하는데."

빈우의 나직한 목소리에 리애는 생각을 멈추었다.

"내버려 둬. 널 좋아하는 건 그쪽 사정이지, 네 탓이 아니잖아."

차마 그에게 키스해 달라고 했다는 소리는 못하겠다. 그 소릴 들으면 리애가 어떤 오해를 할지 뻔했다. 그래서 빈우는 한숨만 푹 내쉬었다.

"머리 아파. 내가 사준 행세를 한 게 그렇게 큰 잘못인가?"

라고 말을 했지만, 이번만큼은 가벼운 일이 아니라는 걸 빈우 스스로도 인정했다. 사준인 척한 사빈우에 대한 유리의 감정, 짐작조차 할 수 없었다. 증오로 번들거리던 그의 눈이 떠오르자 빈우는 가슴이 먹먹해졌다. 왜 이렇게 아파하는 건지 의아한 상태에서도 유리에게 사과를 해야 한다는 생각은 더 굳어졌다.

한참 생각에 빠져 있는 빈우를 일깨운 건 요란하게 울리는 휴대폰 벨소리였다. 미영에게서 온 전화라 빈우는 재빨리 폴더를 열었다.

"응, 무슨 일인데?"

이틀 동안 결근을 하겠으니 급한 일이 있을 때만 연락하라고 했었다. 그런데 전화를 걸어온 미영의 목소리가 다급했다.

[사장님, 큰일났어요!]

"왜?"

[〈댄튼 인터내셔널〉과의 제휴를 없었던 일로 하자고 방금 연락이 왔어요.]

가슴이 아팠지만 예상했던 일이라 빈우는 놀라지 않았다. 그러나 이어진 미영의 말에 그녀는 놀라서 벌떡 일어나고 말았다.

[그리고요, 차후에 〈빈우〉가 미국에 진출하려고 할 땐 〈댄튼 인터내셔널〉이 가만있지 않을 거라고 했어요. 온—오프라인 마켓을 통틀어 미주 지역 어디에도 손을 뻗지 말라고요. 그리고 유럽 시장에도……]

"누가…… 누가 그렇게 말했는데?"

[방금 쇼어 씨가 전화했었어요. 오늘자로 우리 회사와의 모든 계약은 파기하고 온라인 쇼핑몰의 입점 계약은 절차를 밟아 파기할 거라구요.]

빈우는 말이 나오지 않았다. 미국 진출 원천 봉쇄. 게다가 유럽 시장까지.

처음 든 생각은 유리가 정말 그녀를 미워하고 있다는 것. 그리고 이어서 대기업의 횡포를 제대로 경험하고 있다는 생각이 들었다. 유리는 그러고도 남을 남자다. 왜 아니겠는가? 커밍아웃까지 하게 만든 상대를 가만히 두는 게 더 이상하지.

그런데도 가슴이 아팠다. 누군가에게 이토록 원망을 산 적이 없어 그런지도 몰랐다. 이런 자신을 의식하자 빈우는 헛웃음이

나왔다.

처음에는 미국 진출에의 욕심 때문에 유리를 속였고, 순전히 돈을 벌어야 한다는 생각에 죄책감도 없이 거짓 연극을 계속했는데, 이제는 계약이 깨진 것보다 유리에게 미움을 받고 있다는 것에 더 아파하고 있으니 말이다. 이건 마치 실연을 당한 여자처럼…….

거기까지 생각이 미치자 기가 막혀 웃음밖에 안 나왔다. 대학 시절, 그녀에게 처음이자 마지막이었던 남자에게 헤어지자는 소리를 들었을 때보다 더 아프니, 이게 무슨 조화란 말인가? 겨우 열흘. 그 짧은 시간 동안 몇 번 만났을 뿐인 미국 남자에게 이렇게 마음을 쓰고 있는 사빈우.

나는 대체 그를 뭐라고 생각하는 거지?

"왜? 미영 씨가 뭐라고 하는데?"

휴대폰을 든 채 멍하니 서 있는 그녀를 리애가 흔들어댔다.

"사빈우, 정신 차려!"

그제야 정신을 차린 듯, 빈우가 고개를 가로저었다. 그녀는 휴대폰을 소파에 툭 던져 놓고, 창가로 걸어갔다. 며칠 사이에 살이 빠져 더욱 날씬해진 몸이 창백한 겨울 햇살을 받아 길게 그림자를 만들었다.

"리애야."

빈우의 잠긴 목소리가 쓸쓸하게 울려 나왔다.

"응."

리애는 차마 다가서지 못하고 조용히 대답했다. 그러자 괴로움에 가득 찬 빈우의 목소리가 이어졌다.

"나, 참 어리석은 애지?"

뜬금없는 질문에 뭐라 대답해야 할지 몰라 리애가 머뭇거리는 사이에 빈우가 다시 말했다.

"한 번도 다른 사람들의 심정을 생각해 본 적이 없어. 그래서 지금 내가 어떻게 해야 할지 모르겠다. 사과해야겠다고 생각할 때는 너무 늦어버려. 언제나 그랬어. 타이밍을 맞추지 못해서 항상 후회했었어."

돌아가신 아버지가 문득 떠올랐다. 병상에서 그녀의 손을 잡고 말없이 눈물을 흘리시던 아버지.

그런 아버지에게 '사빈우는 괜찮아요. 아버지를 이미 용서했어요'라고 말씀드리지 못했었다. 아버지를 사랑하면서도 사랑한다고 말할 수 없었다. 부모님 대의 원한을 내 일이라 철석같이 믿으면서 고집을 피운 못난 딸이었다.

그랬는데 이제는 유리.

그녀를 남자라 믿으면서도 원한다고 말해준 첫 번째 사람.

부족한 거라곤 전혀 없는 그 남자가 오로지 그녀만을 원했었다는 걸 떠올리자 가슴속에서 뭔가가 울컥하고 올라왔다. 여자인 사빈우도 받지 못했던 관심. 그렇게 대단한 남자에게서 사랑을 받을 기회를 스스로 저버린 어리석음.

마지막엔 항상 같은 생각을 반복했다.

내가 사빈우라는 여자로 다가섰다면, 유리는 나를 원했을까?

전화를 끊고 돌아선 크리스는 소파에 앉아 커피를 마시고 있는 남자를 가만히 응시했다. 그러자 검은머리의 남자가 신문에서 눈을 떼지 않고 말했다.

"왜?"

크리스는 한숨을 쉬었다.

"사실 계약 파기랄 것도 없습니다."

고개를 든 유리가 계속 말해보라는 듯이 눈썹을 치켜올렸다. 크리스는 굳은 목의 뒷부분을 손바닥으로 문지르며 피곤한 음성으로 계속 말했다.

"사빈우 씨가 계약서에 사인을 하지 않았거든요."

유리의 눈이 한순간 휘둥그레졌다가 이내 가느다랗게 변했다. 그는 무뚝뚝하게 물었다.

"계약 조건이 마음에 안 든다고 하던가?"

새로 출시될 제휴 상품의 라벨명도 〈빈우〉에 맡긴다고 했는데, 대체 그 여자는 뭐가 아쉬워서…….

"그게 아니라, 사빈우 씨가 사장님께 사과를 드린 후에, 그래도 사장님이 원하시면 그때 다시 계약 조건을 논의하자고 하더군요."

마음속으로 빈우를 비난하던 유리는 이어진 크리스의 말에 깜짝 놀랐다. 계약을 하려는 욕심에 거짓 연극을 시작한 여자에게서 의외의 정직함을 발견했다. 그러나 사빈우를 믿을 수 없었던 유리는 곧 마음을 가라앉히고 차갑게 웃었다.

"그 여자가 그렇게 사과를 하고 싶었으면 미국에 있는 내게 전화를 했어야지."

그러자 크리스가 머뭇거리며 대답했다.

"그게…… 음, 제가 사장님께 연락할 필요가 없다고 했습니다."

"뭐?"

크리스는 기가 막혀서 되묻는 유리의 얼굴을 보지 못하고, 자신의 발끝을 내려다보았다.

"미국으로 돌아간 사장님을 신경 쓰이게 하지 말라고요."

그 말이 끝나자마자 그의 얼굴로 신문지가 날아왔다. 돌돌 말린 종이에 얻어맞는 아픔은 상당했지만 크리스는 신음 소리를 내지 않았다. 어째 갈수록 자신이 가장 나쁜 놈이 되는 것 같아 의아했다. 거짓말을 시작한 건 사빈우인데, 어째서 크리스 쇼어가 나쁜 놈이 되는 걸까?

"하여튼 나쁜 놈."

유리가 이를 갈며 말하고는 벌떡 일어나 거실의 창문 앞에 섰다. 크리스는 소리 없이 한숨을 쉬고 침울하게 말했다.

"사직서는 사장님의 침대 옆에 올려두었습니다. 짐이 정리되는 대로 저는 미국에 돌아갈……."

"그대로 있어. 누구 좋으라고 널 보내?"

"네?"

뜻밖의 말에 놀란 크리스가 반문하자 유리는 돌아보지도 않고 말했다.

"널 내 옆에 두고 괴롭힐 거야. 밤낮으로 부려먹어야지. 네놈이 미국에서 편하게 지내는 꼴은 절대 못 봐."

험악한 어조인데도 크리스는 눈물이 날 만큼 기뻤다. 안 그래도 사건의 전말을 대충 전해 들은 유리의 어머니, 한애경 여사로부터 협박을 당한 터라 걱정이 이만저만이 아니었던 것이다. 어젯밤, 한 여사님은 그에게 말씀하셨다.

"유리가 처음으로 사랑에 빠진 거야. 그걸 방해하는 녀석은 내가 가만두지 않을 거야."

한 번 한다고 작정한 건 반드시 해치우는 한 여사님.

게다가 그녀와 같은 봉사단체의 회장인 미시즈 쇼어는 한술 더 떠서 크리스를 결혼시킬 거라 협박했다. 당신의 외동아들이 사촌 여동생인 레나를 사랑하고 있다는 걸 모르시는 어머니가 말이다.

"사장님, 사빈우 씨를 어떻게 하실 겁니까?"

그러니 어떻게든 유리의 사랑이 이루어져야 한다. 그 재수없는 거짓말쟁이 여자를 끌고 와서라도 둘을 붙여놔야 하는데……

"관심없어. 회사 일만 처리해."

너무도 냉랭한 대답에 크리스는 또다시 한숨을 쉬었다.

"그녀를 남자라고 생각할 때에도 원하지 않으셨습니까? 그런데 여자라는 게 밝혀졌으니 이제는 마음 놓고 데이트를……."

"크리스, 또 맞을래?"

하여튼 저 고집불통!

크리스는 속으로 투덜댔다. 〈빈우〉와의 제휴 계약 파기는 물론 〈빈우〉의 미국 진출까지 원천 봉쇄하라는 유리의 명령을 착실히 수행했지만, 심한 처사라는 생각이 들었다. 하지만 그 일들은 술병이 나서 꼬박 이틀을 앓고 일어난 유리가 맨 처음 지시한 것이었다. 게다가 그걸로는 부족했는지 〈빈우〉의 재정상태와 한국 내의 매출 현황, 아시아 시장에서의 인지도를 꼼꼼히 조사해 오라는 유리의 명령에 크리스는 불안감을 감추지 못했다.

예전 〈댄튼 스포츠〉의 수석 디자이너를 빼내간 라이벌 회사를 몇 년에 걸쳐 추적한 끝에 급기야 골프, 스포츠 의류 업계에서 완전히 발을 빼게 만든 일이 자연히 떠올랐다. 유리의 집요한 성격에 일단 발동이 걸리면 사람이든 일이든 그의 손아귀에서 벗어나지 못했다. 남자인 사준에게 돌아오기 위해 자신의 모든 걸 버렸다고 말하던 유리가 아닌가? 한사코 '사랑'이 아니라 우기는 그의 내면에 과연 사빈우에 대한 애증의 깊이가 얼마인지 감히 짐작도 할 수 없었다.

"사준의 소속사와는 연락이 됐나?"

유리의 질문에 크리스는 힘없이 대답했다.

"일단 미팅 약속을 잡아놨는데, 어떻게 하실 겁니까?"

"사기꾼이 활동하는 한국 연예계에 관심이 생겼거든."

그렇게 말하는 유리는 웃고 있었다. 가슴을 섬뜩하게 하는 웃음소리에 크리스는 더 이상 말을 잇지 못했다.

맙소사, 유리가 발동 걸렸다!

"이왕 한국에 온 거, 신나게 놀다 가야지."

"사장님, 이성을 좀……."

"크리스, 입 다물고 있으면 네 가죽을 벗기진 않을 거다."

"……네에."

크리스는 속으로 기도했다.

사준, 사빈우. 두 남매에게 부디 신의 가호가 있기를.

그리고 힘없이 문으로 걸어가는데, 내선 전화가 울렸다. 크리스는 기운이 빠진 목소리로 전화를 받았다. 잠시 상대의 말을 듣고 있던 그는 이맛살을 찌푸린 채 유리를 보았다.

"사준이 사장님을 뵙기 전에는 호텔을 나가지 않을 거라고 했다는데요."

"그 녀석, 지금 어디에 있는데?"

"프런트에요."

"올려보내라고 해."

드디어 만날 생각이 든 건가.

크리스는 다소 안도했다.

전에 묵었던 스위트룸에 다시 체크인을 한 유리는 아예 거실을 사무실로 쓰고 있었다. 〈빈우〉와 관련된 일을 처리하느라 여기저기를 쑤셔대고 있었다. 심지어 사준의 소속사에까지 손을 뻗친 그가 이제는 사준을 만나서 무슨 소리를 할지 자못 기대가 되었다. 그러나 준이 들어오자 유리는 둘만 있게 해달라고 했다. 궁금증에 애가 탔지만 크리스는 묵묵히 방을 나갔다.

녀석은 아무리 봐도 남자였다. 여자처럼 화장을 하고 옷을 입힌다 해도, 사준이 남자라는 사실은 변함이 없을 것이다.

맞은편에 앉은 녀석을 응시하며 유리는 씁쓸하게 웃었다. 빈우와는 달라도 너무 달랐다. 얼핏 보기에는 똑같은 얼굴이지만, 꼼꼼히 뜯어보면 다른 데가 한두 곳이 아니다.

빈우보다 더 짙은 눈썹에 그녀와 달리 쌍꺼풀이 없는 눈, 그녀보다 더 높은 콧날에 그녀보다는 얇고 작은 입술. 그녀라고 착각할 근거가 전혀 없다. 반대로, 그녀를 이 녀석이라고 착각할 이유도 없다. 조금만 더 사준에게 관심이 있었더라면, 아니, 뉴욕에서 만났을 때 이 녀석의 얼굴을 단단히 새겨놓았더라면 그런 착각을 하지 않았을 것이다. 결국 자신의 무관심이 불러온 결과였다. 그렇게 생각하니 분노가 다소 가라앉는 것 같았다.

"날 찾아온 용건은?"

유리는 건조한 음성으로 물었다. 안경 속에서 녀석의 눈이 가늘어졌다. 빈우처럼 검은 뿔테 안경을 쓰고 있지만, 지적으로 보이던 그녀와 달리 이 녀석은 일부러 멋을 부리기 위해 걸친 것처럼 보였다.

"모든 건 제 잘못이라고 말씀드리려구요."

영국식 발음을 구사하던 빈우의 영어와 달리 녀석은 나무랄 데 없는 미국식 영어로 말했다. 표정도 빈우보다는 훨씬 부드럽고 온몸에서 자유롭게 삶을 영위하는 자의 분방한 분위기가 넘쳐흘렀다. 여자인 빈우가 더 남성다운 무뚝뚝함을 갖추었다고 할까. 남매가 달라도 어쩌면 이렇게 다를 수가.

"비즈니스를 장난으로 생각한 사람과는 할 말이 없어."

"조금 전에 빈우에게서 전화 받았습니다. 우리 회사와의 계약은 물론 미국 진출 쪽에도 손을 쓰신다구요?"

"그것만이 아니야. 앞으로 더 재미있는 일이 벌어질걸."

준이 입술을 내밀어 한숨을 토해냈다. 그 모습이 빈우와 똑같아서 순간 유리는 반갑지 않은 가슴의 두근거림을 느꼈다.

"계약 파기는 그렇다 치고, 미국 진출 문제는 반려해 주실 수 없습니까?"

"싫은데."

이 녀석 때문에 커밍아웃까지 하려고 했던 걸 생각하니 울분이 올라왔다.

"회사 문제라면 돌아가게. 나는 사기꾼과는 대화도 하고 싶지 않으니까."

"사장님이 사준을 만나러 왔다고 말씀하시는 바람에 저 녀석이 사실을 밝힐 수 없었던 겁니다. 큰 계약이 깨어질까 두려워서 자신도 모르게 연극을 하게 된 거라고요."

유리는 냉소했다.

"변명을 하고 싶은 건가?"

"사실을 말씀드리는 겁니다. 지금 빈우, 몸이 말이 아니에요. 잠도 못 자고 먹지도 못해서 컨디션이 최악입니다. 독감에 걸렸다가 오늘에야 좀 살아났어요."

그 순간 유리는 가슴 한곳을 찔린 듯한 아픔을 느꼈다. 그녀역시 자신처럼 아팠다고 한다. 많이 아팠을까? 어떻게, 어디가 아팠던 걸까?

정신없이 생각하던 그는 일순 호흡을 멈추고 다시 이성을 찾았다.

그래, 아파야지. 그래야 사람이지. 사기꾼에게도 인간다움이 남아 있으니 다행이라고 하자.

"그래서 내게 할 말이 뭔가?"

표정의 변화 없이 냉랭하기만 한 남자의 태도에 준은 애가 탔다. 유리가 빈우를 완전히 밀어낸 게 아니라고 믿고 싶었다. 처음으로 빈우를 그 자체로 원한다고 말한 남자인데, 이대로 오해를 한 채 헤어지게 할 수 없었다. 준은 궁금해졌다.

유리는 빈우에게서 뭘 보았을까?

툭툭 내뱉는 무심한 말투와 줄지어 피워대는 담배, 화장도 하지 않는 맨얼굴.

그런 빈우를 남자라 착각한 상태에서 돌아온 이 남자, 유리.

찬바람이 도는 얼굴과 얼음을 씹어 먹은 듯한 말투, 무시무시
한 복수까지 무엇 하나 쉬운 게 없는 이 남자에게 어떻게 하면
빈우를 다시 봐달라는 부탁을 해야 할지 몰랐다. 그러나 아파하
는 빈우를 위해서라도 여기에 올 수밖에 없었다. 처음으로 준은
자신의 무책임했던 행동을 반성하는 순간을 맞이하고 있었다.

"빈우를 다시 만나주세요."

유리가 코웃음쳤다.

"내가 왜?"

"그 애를 원하지 않습니까?"

"사빈우가 누군지 나는 모른다고 했는데."

"그럼 사장님은 저를 원하시는 겁니까?"

그 말에 유리의 얼굴이 빨갛게 변하고, 꽉 다문 입술이 부들
부들 떨렸다. 다음 순간 준은 유리에게 목을 잡혀 컥컥거렸다.

"나쁜 자식! 뚫린 입이라고 함부로 지껄이지 마!"

굉장한 힘이다. 하지만 준은 컥컥대면서도 악착같이 말을 이
었다.

"남자인 제게…… 달려온 그 마음…… 헉! 여자인 빈우……
다행이잖아요. 여자라서…… 이것도, 저것도…… 당신이 원하
는 대로…… 커헉!"

"닥쳐!"

"빈우, 여잡니다. 헉헉…… 사장님은 남자, 빈우…… 여자니까…… 허억!"

준의 얼굴이 새빨개졌다. 거의 숨이 끊어지기 직전까지 내몰린 후에야 그는 풀려났다. 떠밀린 반동으로 소파에 나동그라진 준은 원망의 눈초리로 유리를 쏘아보았다.

"정말 너무합니다, 댄튼 씨."

그러고는 안경을 벗어 커다랗게 멍이 든 눈을 보란 듯이 손으로 가리켰다.

"이것 보이시죠? 저요, 얼굴이 재산인데, 이것 때문에 광고도 못 찍고 위약금 물게 생겼습니다. 그리고 여기요."

이번에는 부어오른 입술을 붕어처럼 삐금거렸다.

"아이 씨, 이것 때문에 영화도 못 찍어요. 또 여자랑 키스도 못하게 만들어놔서 성생활도 당분간 못해요. 이게 전부입니까? 아니요. 우리 회사, 이제 미국에는 나가지도 못해요. 유럽 쪽도 막아놨다면서요? 너무해요, 댄튼 씨. 이건 정말 너무한다구요."

녀석이 징징거리는 동안, 유리는 입을 벌린 채 듣고 있었다. 달라도 이리 다를 수가! 과묵한 빈우, 평소 말이 없어 오히려 그가 떠들게 했던 빈우와 달리 준은 수다, 수다, 그렇게 수다스러울 수가 없었다. 내버려 두면 울먹이면서 끝없이 말을 쏟아낼 것이다. 준은 아직 지껄이고 있었다.

"그 불쌍한 것이 나 때문에 남자 역할을 하느라 얼마나 고생을 했는지, 얼굴이 반쪽이 되고 살도 쏙 빠져서……."

아, 머리 아파.

유리는 한 손으로 이마를 문지르며 다른 손을 들어 녀석의 말을 잘랐다. 그러자 언제 떠들었냐 싶게 녀석이 말을 뚝 멈추었다.

"생각을 좀 더 해보지."

유리가 무뚝뚝하게 말하자 녀석의 얼굴이 환해졌다.

"빈우를 버리지 않을 거죠?"

그 말에 왜 자신의 낯이 뜨거워지는지 유리는 알 수 없었다.

"돌아가."

"약속해 주세요. 회사 일과 별도로 빈우를 생각할 거라고요."

"얼른 꺼져, 자식아!"

고함 소리에 깜짝 놀란 준이 부리나케 일어섰다. 그러나 녀석은 한 걸음 내딛은 상태에서 또다시 물어왔다.

"그런데, 왜 같이 안 잤어요?"

유리는 손에 잡히는 재떨이를 녀석에게 던지려 했다. 그러자 준이 'stop!'이라 외치면서 코트 주머니에서 뭔가를 꺼내 들었다. 엉겁결에 녀석이 던진 종이쪽지를 받아 든 유리는 녀석이 하는 말을 들었다.

"빈우의 휴대폰 번호입니다. 전화하면 아주 좋아할 겁니다."

그러고는 횡허케 사라졌다.

유리는 종이를 펼쳐 보았다. 한동안 보고만 있었다. 그러다 크게 심호흡을 하고 일어나 전화기로 다가갔다. 언제 그런 생각이 들었는지 모른다. 그녀의 전화번호를 본 순간, 크리스가 했던 말이 뇌리에 번쩍 떠올랐던 것이다.

"사빈우는 남자를 싫어한답니다."

유리는 버튼을 누르고 귀에 익숙한 여자의 목소리가 들리길 기다렸다. 벨이 두 번째 울리기도 전에 그녀가 전화를 받았다.

[여보세…… 콜록, 콜록!]

격한 기침 소리에 유리는 인상을 썼다.

이런 바보 같은 사기꾼. 몸 관리를 어떻게 했기에 이 모양이야?

"나다."

말이 곱게 나갈 리가 없다.

"내가 누군지 모른 척할 건가?"

놀란 듯 숨죽이고 있던 그녀가 더듬거리며 대답했다.

[무, 물론 압니다, 댄튼 씨.]

"유리라고 하랬는데."

[네, 유리.]

낮고 허스키한 목소리로 불리는 자신의 이름이 그렇게 달콤할 수 없었다. 잠시 멍하니 그 목소리의 여운에 잠겨 있던 유리는 화들짝 놀라 정신을 차렸다. 그는 헛기침을 하고 다시 냉랭하게 말했다.

"내일 저녁, 같이 먹지."

[네?]

그렇게 묻는 말끝에 또다시 기침 소리가 들려 유리는 험악하게 내쏘았다.

"내게 감기 옮기지 않게 내일까지는 나아야 돼. 알겠어?"

말이 안 되는 협박인데도 빈우는 순순히 대답했다.

[네. 꼭 나아서 갈게요.]

"그리고 그 여자, 이름이 뭐였지?"

[누구요?]

"저번에 당신 파트너로 데려온 빨간 머리."

[아, 유리애요?]

유리는 기분이 나빠졌다. 그새 잊고 있었다. 그와 비슷한 이름이라 더욱 기분 나쁘게 했던 발칙한 여자.

"그녀와 함께 와. 꼭 같이 와야 돼."

[왜요?]

"오라면 오는 거지, 무슨 말이 필요하나?"

살벌한 말투에 놀랐는지 빈우의 낮은 목소리가 더욱 가라앉았다.

[네. 리애와 함께 가겠습니다. 몇 시에 갈까요?]

유리는 시간과 장소를 말한 뒤 일방적으로 전화를 끊어버렸다. 아드레날린이 돌기 시작했다. 이렇게 가뿐할 수가!

진작 이랬어야 하는 건데, 이런 방법을 일찍 생각하지 못한 자신을 자책하며 유리는 욕실로 향했다. 그의 발걸음이 그 어느 때보다 가벼웠고, 음정이 맞지 않는 콧노래 소리가 점점 커졌다.

한편, 전화를 끊고 일어선 빈우는 리애를 보고 말했다.

"나, 병원 가는데 함께 가줘."

리애는 깜짝 놀랐다. 부모님이 모두 병원에서 돌아가셨기 때문에 그곳과 관련된 건 뭐든지 싫다고 말하던 빈우. 그런 친구의 입에서 병원 가자는 소리가 나왔으니 대경실색할 밖에.

그러나 기운 없이 처져 있던 친구가 모처럼 밝아진 걸 보자 안심이 되었다. 그러니 질문은 그만. 빈우를 따라나서며 리애는 궁금증을 조용히 눌러 삼켰다.

모든 것이 잘될 거라 믿고 있는 유리애.

그녀는 장차 다가올 시련(?)을 전혀 예상하지 못한 채 빈우와 함께 집을 나섰다.

Chapter

13

Chapter 13
—반격—

"**이**해가 안 돼. 왜 나까지 부른 걸까?"

호텔 로비를 걸어가며 리애가 물었다. 그녀는 드라마 촬영장에서 곧장 달려오느라 말아 올린 머리에 짙은 분장을 한 상태였다. 함께 유리를 만나자는 빈우의 말에 겨우 시간을 맞추어 호텔에 온 길이었다.

"와줘서 고마워."

빈우가 자신의 팔에 매달린 리애를 보며 말했다. 언제나 그렇듯이 눈이 부시게 아름다운 모습이다. 이번 드라마가 판타지 퓨전 사극이라고 했던가? 그래서인지 살짝 틀어 올린 머리에는 동양풍의 뒤꽂이가 꽂혀 있었고, 눈꼬리가 가느다랗게 치켜 올라

가는 화장술이 리애의 작은 얼굴을 더욱 돋보이게 했다. 청순하면서도 섹시한 미모의 깍쟁이라는 평가를 받는 리애가 실은 털털한 성격에 못 말리는 말괄량이라는 걸 팬들이 알까 싶었다.

"내 꼴이 우습지? 화장을 지우고 싶었는데 시간이 없지 뭐야."

리애가 변명하듯이 중얼거리자 빈우는 싱긋 웃었다.

"예뻐. 넌 어떻게 하고 있어도 예쁘다."

리애가 동그란 눈으로 빈우를 올려다보았다.

"웬일이야? 사빈우 씨가 내 칭찬을 다 해주고."

"같이 와줘서 고맙다는 뜻이지."

"칫, 말을 말자."

쿡쿡 웃는 빈우의 얼굴이 창백하면서도 빛이 났다. 며칠 동안 햇빛을 보지 못했던 피부가 보얗게 반짝이는 걸 보며 리애는 부러운 한숨을 내쉬었다.

"빈우 너의 그 끝내주는 피부만큼은 진짜 부러워. 어쩜 뾰루지도 하나 안 날 수 있니?"

짙은 선글라스와 목까지 감싸는 스웨터에 아노락 점퍼.

중무장을 한 빈우를 사준이라 알아보는 사람은 없었다. 리애 자신도 호텔에 들어와서는 선글라스를 쓰고 있어 시선에 노출될 염려는 없었다. 요즘 가뜩이나 사준과 열애설이 나도는 판에 호텔을 드나드는 장면이 포착되면 시끄러워질 게 뻔했다.

뭐, 그 단순한 남자야 신경도 안 쓸 테지만.

리애는 사준을 떠올리며 피식 웃었다. 학창 시절부터 지금까지 그녀를 따라다니는 그 이름, 사준. 이제는 애증인지 정인지도 모르게 그냥 받아들이는 이름이다. 준을 거쳐 가는 많은 여자들을 보면서 단 한 번도 그녀들을 부러워한 적은 없었다. 그녀의 데뷔 초기에는 '인기배우 사준의 연인'이라는 꼬리표 때문에 달갑지 않은 스캔들의 주인공이 되어야 했지만, 연기력을 인정받기 시작하면서부터 두 사람 모두에게 득이 되는 시너지 효과를 불러왔으니 다행이라고 해야 할까. 이번에 크랭크 인을 앞둔 새 영화에서 처음으로 함께 출연을 하게 되어 기대가 컸다. 장난꾸러기, 심술쟁이, 싸움꾼이라 불리는 사준이 업계의 평가대로 정말 '신의 연기'를 펼칠 수 있을지 직접 확인하게 될 것이다.

"그런데 넌 옷이 그게 뭐니?"

리애는 다시 빈우에게 관심을 돌렸다. 그녀의 말에 빈우가 무슨 소리냐는 듯이 쳐다보았다. 리애는 모자가 달린 모피 재킷의 일종인 아노락을 엉덩이까지 덮고 있는 빈우를 한심하다는 듯이 흘겨보았다.

"연인을 만나러 오면서 옷이 그게 뭐냐고. 네가 에스키모인이야? 여긴 북극이 아니야, 아주 이불을 덮고 나오지 그랬어."

빈우가 순진하게 눈을 굴리며 자신의 옷차림을 훑어보았다.

"이거 되게 따뜻해. 다 나아가는 감기가 다시 붙으면 안 되잖아."

"그래도 너무했어. 그 남자를 뿅 가게 만들어야 하는데, 옷이 그래서 분위기나 잡을 수 있겠니?"

"뿅 가게 만든다니?"

"널 부른 걸 보면 화해를 하고 다시 시작하자는 의미인 것 같은데, 그런 옷을 입고 떡 나타나 봐라. 있던 정도 다 떨어지겠어. 적어도 치마는 입고 와야 되는 거 아냐?"

'치마' 라는 말에 빈우가 눈살을 찌푸렸다.

"난 치마를 입어본 적이 없어."

이번에는 리애가 놀랐다.

"맙소사, 너 정말 여자 맞니?"

그러자 장난스럽게 씨익 웃는 빈우, 자신의 볼을 긁적이며 고개를 갸웃했다.

"글쎄, 나도 때론 헷갈려서."

리애는 어이가 없어서 고개를 젓다 웃음을 터뜨리고 말았다.

두 여자는 깔깔 웃으며 호텔의 레스토랑에 도착했다. 특급 호텔의 명성에 걸맞게 프랑스에서 직접 초빙해 온 유명 쉐프가 총지휘하는 정통 프렌치 레스토랑이었다. 양복을 입은 지배인이 기다리고 있었다는 듯이 그들을 예약되어 있는 VIP 룸으로 안내했다.

룸 안에 유리가 먼저 와 있었다. 그는 등 뒤의 유리창을 배경으로 식탁 앞에 앉아 영자 신문을 뒤적이고 있었다. 그리고 보니 식탁 위에는 종류별로 영자 신문들이 널려 있었다.

두 여자가 들어갔는데도 그는 시선을 들지 않았다. 에스프레소 커피의 짙은 향기가 룸 안에 가득했다. 리애는 침묵 속에서 잠시 빈우의 눈치를 살피다가 먼저 입을 열었다.

"하이, 유리."

순간, 신문지가 확 구겨졌다. 리애를 쳐다보는 남자의 어두운 눈이 경고하듯 번쩍거렸다.

"세바스티앙."

이를 악문 소리에 놀란 리애가 재빨리 호칭을 정정했다.

"아…… 쏘리, 세바스티앙."

그러자 유리가 무표정하게 끄덕이고 손을 뻗어 두 여자에게 앉으라는 표시를 했다. 두 여자가 자리에 앉자 그는 신문을 접어 내렸다. 검은 셔츠에 검은 바지, 적갈색의 스웨이드 재킷을 입고 있는 그는 처음 만난 사람처럼 낯설어 보였다. 워낙 냉랭한 표정 때문일 것이다.

빈우는 이제껏 보지 못했던 남자의 무시무시한 표정에 질려 인사말도 건네지 못했다. 그런 그녀를 유리가 가느다란 눈으로 쳐다보았다. 처음 만난 사람처럼 무심한 눈빛이다.

"사빈우."

그의 입에서 처음으로 불리는 자신의 이름에 빈우는 뜨끔했다. 의식할 새도 없이 가슴이 뜨거워졌다. 그녀는 긴장한 음성으로 인사했다.

"안녕하십니까?"

'How are you?'

'Fine, thank you. And you?'

'Fine.'

이런 식으로 영어 대화가 시작되는 게 보통인데, 빈우는 'Fine, thank you. And you?' 라는 대답을 듣지 못했다. 그 대신 'No' 라는 지극히 짧고 인정머리없는 대답이 돌아왔다.

"죄송합니다."

그의 'No' 에 말문이 막혀 그냥 미안하다고만 했다. 그러자 유리는 더욱 불쾌하다는 듯이 이맛살을 찌푸렸다.

"이후로 미안하다는 소리를 한 번만 더 하면, 당신을 저 창밖으로 집어 던질 거야."

뾰족한 칼로 칠판을 박박 긁어대듯이 아주 사납고, 살벌하면서, 게다가 냉랭하기까지 한 음성이 날아왔다. 빈우는 룸 안이 갑자기 못 견디게 더워진 걸 깨닫고 아노락을 벗어 의자에 걸쳤다. 유리가 눈도 깜박이지 않고 그녀의 몸을 훑어보는 게 느껴졌다. 얼굴이 달아올랐다. 준인 척했을 때에도 저런 노골적인 시선에 떨었던 적은 없건만.

"감기는?"

유리가 물었다.

"거의 다 나았습니다."

어제 병원에서 링거를 맞고 밤새 땀을 흘리면서 푹 잤더니 감기가 한결 나아졌다. 무뚝뚝하게 물어본 남자는 끄덕이고, 대기하고 있던 종업원을 불렀다.

"아직 빈우를 용서 안 하신 거예요?"

종업원이 주문을 받고 나가길 기다려 리애가 유리에게 물었다. 유리는 가늠할 수 없는 눈빛으로 그런 여자를 물끄러미 쳐다보았다.

"용서가 뭐지?"

그건 빈우를 용서하지 못했다는 의미나 마찬가지.

"처음부터 속인 건 빈우 잘못이지만, 사람이 진심으로 사과하면 받아줘야 하는 거 아닐까요?"

"유리애 씨."

한숨을 내쉰 유리가 잘라 말했다.

"당신은 사빈우의 파트너로 온 거니까 그냥 입 다물고 있지?"

리애는 그의 오만한 발언에 울컥하지 않았다.

"입 다물고 있어야 마땅한데, 빈우만 일방적으로 당하는 것 같아서요."

"연인이 그렇게 걱정이 되나?"

'연인'이라는 말에 두 여자는 눈이 동그래졌다. 그러다 빈우의 말을 떠올린 리애가 손으로 입을 가리고 웃었다.

"아, 그 연인이요?"

빈우는 유리의 험악한 표정을 보고 머리가 아파왔다. 그녀는 리애의 손을 잡아 누르고 대신 말을 하려 했다.

"저기, 댄튼 씨. 우리는 사실……."

"유리."

그의 정정에 빈우는 아무 생각 없이 그의 이름을 따라 불렀다. 그러자 리애가 놀란 음성으로 외쳤다.

"나한테는 세바스티앙이라고 부르라고 했잖아요!"

그러자 유리와 빈우, 두 사람은 동시에 놀라서 서로 쳐다보았다. 그러다 유리가 먼저 시선을 돌렸고, 묘하게 일그러진 표정의 빈우는 천장을 올려다보며 무늬를 세어보는 척했다. 그제야 깨달은 것이다. 빈우에게 자신을 유리라고 부르라고 말한 남자, 그런 남자의 말에 아무 생각 없이 유리를 불러댄 빈우, 둘 다 그제야 이 상황이 묘하다는 걸 인식했다.

배가 아프게 웃어 젖히고 싶은 걸 꾹 참고 리애는 시치미를 떼고 말했다.

"뭐, 빈우한테만 유리라고 불리고 싶은 거겠죠. 이해해요."

"뭘 이해한다는 거야?"

몹시 불쾌하다는 투로 유리가 내뱉자, 리애는 생글생글 웃으며 대답했다.

"빈우는 여자예요."

그러니까 당신 마음대로.

라고 덧붙이고 싶은 마음을 누르고, 리애는 식탁 위의 음식을 쳐다보았다. 어느새 먹음직스런 정찬이 한가득 차려져 있었다. 그러나 그녀가 막 나이프를 든 순간, 맞은편에서 심술기 가득한 남자의 목소리가 날아들었다.

"나는 여자다운 여자가 좋아."

그 말에 빈우의 몸이 굳어졌다. 옆에 앉은 리애는 순간 걱정이 되었지만, 치사하게 공격을 해오는 남자를 물끄러미 쳐다보았다.

"그 말이 무슨 뜻인가요?"

"남자인 척하지 않고, 양성애자인 척하지 않는 여자. 유리애 씨처럼 정상적인 여자 말이야."

배배 꼬인 말투를 누가 못 알아들을까? 지금의 유리는 단단히 토라진 아이처럼 심술궂기 짝이 없었다.

"아하하, 설마 제게 수작을 거는 건 아니죠?"

애써 농담으로 넘기려는 리애를 똑바로 쳐다보는 유리의 눈빛이 진지했다.

"같이 앉혀놓으니 더 확실해지는군. 유리애 씨가 내 취향이라는 거."

그러고는 핥듯이 리애의 얼굴에서 가슴으로 시선을 옮겼다. 마음에 드는 여자를 발견했을 때의 눈빛, 전형적인 남자의 눈빛이라 순간 룸 안에 어색한 침묵이 흘렀다.

리애는 뜻밖의 전개에 놀라서 입을 벌렸고, 얼음 기둥처럼 뻣뻣이 굳은 빈우는 창백한 얼굴로 테이블을 뚫어지게 보고 있었다. 겉으로는 아무렇지 않은 듯이 보이지만 지금 빈우가 얼마나 충격을 받았을지 리애는 알고 있었다. 세상에 널린 게 남자들이다. 굳이 친구의 심장을 짓이기면서까지 갖고 싶은 남자는 아니다, 유리 세바스티앙 댄튼은.

비열한 자식.

리애는 보이지 않게 이를 갈며 싸늘한 눈으로 그를 쳐다보았다.

"이러려고 우릴 함께 부른 건가요?"

"'우리'라는 말, 언제까지 쓸 건가?"

유리는 아주 즐겁다는 듯이 입가에 미소를 띠고 되물었다. 거의 소리를 내지 않고 도자기 접시 위의 고기를 써는 솜씨가 훌륭했다. 그런데도 살기가 느껴지는 걸 왜일까? 저 길쭉길쭉한 남자의 손에 정육점의 대형 식칼이 쥐어져 있다면?

그 순간 섬뜩한 상상에 빠진 자신을 질책하며 리애는 화가 난 어조로 쏘아붙였다.

"분명히 말하지만 난 빈우의 파트너로 여기에 온 거예요, 댄튼 씨."

"알아. 식사나 하지."

"지금 밥이 넘어가겠어요?"

"아가씨가 왜 흥분하나? 화를 내야 하는 사람은 나인데."

한 마디도 밀리지 않는 남자에게 씩씩대느라 리애는 입맛이 완전히 달아나 버렸다.

"빈우야, 가자. 더 이상 여기에 앉아 있을 필요가 없을 것 같아."

리애의 말이 끝나기도 전에 나직한 음성이 날아왔다.

"먹어. 다 먹기 전엔 일어서지 마."

말투가 어찌나 살벌한지, 두 여자는 움찔해서 아무 말도 하지 못했다. 그제야 리애는 깨달았다. 유리가 왜 그녀들을 이곳에 불러냈는지를.

벌을 받는 거다. 이게 저 남자의 복수야.

유치하든 야비하든 이게 바로 사빈우에게 감쪽같이 속아 넘어간 남자의 복수라는 걸 리애는 알 수 있었다. 슬쩍 빈우를 쳐다보자, 그녀는 처음처럼 무표정했다. 하지만 나이프를 움켜쥔 손의 마디가 하얗게 도드라져 있다. 긴장한 거다. 이번에는 맞은편의 남자를 보았다. 아주 맛있다는 듯이 음식을 씹고 있는 유리. 그러나 억지로 만든 미소는 그의 눈가에도 미치지 못했다. 아닌 척하지만 끊임없이 빈우의 표정을 살피고, 혐오감이 실린 눈빛으로 리애 그녀를 쳐다보면서 입으로는 마치 유리애라는 여자에게 관심이 있는 듯이 말을 한다. 도대체가 제정신들이 아니다. 초연하게 상황을 받아들이는 빈우와 단단히 삐친 유리. 리애는 이해가 되지 않았다.

아무리 속았다고 한들, 빈우가 여자인 걸 알았으면 빨리 조치를 취해야 정상이 아닌가? 동성애자라고 커밍아웃하지 않아도 되는데, 대체 뭐가 꼬여서 저렇게 심술을 부리는 거야?

유리를 가만히 노려보고 있자니 배탈이 날 것 같았다. 그래서 리애는 냅킨을 내던지고 물 컵을 들었다. 복수심에 사로잡힌 남자의 눈총을 받으며 식사를 하는 건 정말이지 너무도 고통스러웠다. 그런데 마지막 고기 조각까지 말끔히 먹어치운 빈우가 물을 마시다가 기침을 하기 시작했다. 한번 터진 기침은 여간해서 멈추지 않았다. 리애는 안쓰러움에 어쩔 줄을 몰라 하며 빈우의 등을 두드렸다.

"괜찮아?"

빈우가 기침을 하며 끄덕였다. 그녀의 입을 막았던 냅킨을 떼어내자 혈흔이 보였다.

"어머, 피! 병원에 가야 하는 거 아냐?"

리애가 호들갑스럽게 외쳤지만, 빈우는 단호히 고개 저었다.

"마른 목으로 기침을 해서 그래. 약 먹으면 되니까 가만있어."

그러고는 아노락의 주머니를 뒤져 약봉지를 꺼냈다. 알약들을 입 안에 넣으면서 빈우는 생각했다.

내가 왜 이런 고생을 해야 하는 거지?

처음에는 지은 죄가 있으니 무슨 일을 당하든 받아들이자고 결심했었다. 자존심을 다친 남자의 어떠한 보복에도 가만히 있어주자고. 그게 인간으로서 최소한의 도리라고 생각했고, 따라서 오늘 이 자리에서 여자 같지 않은 여자라는 소릴 들어도 참자고 스스로 달래었던 것이다.

그런데 죽도록 가기 싫었던 병원에서 링거까지 맞고, 약봉지를 구겨 넣으면서까지 달려온 이 자리에서, 사빈우라는 이유로 왜 이런 모욕을 당하고 있어야 하는지, 한순간에 눈앞이 밝아지듯이 번뜩 정신이 들었다. 그리하여 그녀는 생각했다.

사빈우가 이렇게까지 엎드려야 하는 건가?

빈우는 알약을 삼키고 맞은편에 앉은 복수의 화신을 바라보았다. 유리는 낯을 잔뜩 찌푸린 채 앉아 있었다. 그녀가 기침을 하자 짜증이 나는지, 빈정대던 미소조차 싹 지운 상태였다. 그녀와 눈이 마주치자 잠시, 눈치 채지 못할 만큼 아주 잠깐 그의 청회색 눈이 흔들렸지만, 뭐 그뿐이었다. 그는 눈을 부릅뜨고 눈싸움이라도 하듯 그녀를 노려보았다. 덤벼, 사기꾼! 그렇게 외치는 그의 눈빛이 번쩍번쩍 빛을 발했다. 도발에 넘어가길 바라는 건가? 그 순간 빈우의 뇌리에 그런 생각이 스쳤고, 이어서 죄책감이 사라져 갔다. 계약 파기에 미국과 유럽 진출 봉쇄. 그것만으로도 이쪽의 피해가 심각한데, 어째서 인간적인 모멸감까지 느껴야 하는 거지?

"궁금한 게 있는데요."

빈우의 가라앉은 목소리가 울리자 유리가 턱을 들어 올렸다. 계속하라는 그 동작에 빈우는 기침 때문에 더욱 쉬어버린 목소리로 말했다.

"어째서 날 사준이라고 착각한 겁니까? 그를 뉴욕에서 만났지 않습니까?"

유리의 굳은 입매가 순간 꿈틀거렸다.

"사람을 그렇게 못 알아볼 수는 없잖습니까? 기억상실증에 걸리지 않았다면 날 처음 본 순간 사준이 아니라는 걸 알아차렸을 텐데요."

"육 개월 전에 사준은 머리가 길었지. 내가 그를 본 건 한 시간이야. 그리고 동양인 여자라곤 엄마밖에 모르는데, 무슨 수로 내가 당신을 알아봐?"

"그렇군요."

길을 가는 사람 아무나 붙잡고 물어봐라. 저게 말이 되는 변명이라고 생각하는지.

빈우는 속으로 한숨을 삼키며 지끈거리는 이마를 문질렀다. 너무 긴장했더니 머리가 아팠다. 그런 자신이 우스웠다.

나는 무슨 기대를 하고 이곳에 나온 것일까?

이를 드러낸 불곰처럼 그녀에게 적대적이기만 한 남자를 보고 있으니 숨이 막힐 지경이다. 그리고 리애를 흘끔거리는 그의 시선 또한 마음에 들지 않았다. 리애를 하나의 인격체라기보다는 욕망의 대상인 듯 대놓고 훑어보는 것이다. 저 남자, 리애를 싫어하는 게 아니었나 보다. 하긴 사기꾼인 사빈우보다는 저렇게 여성스러운 매력이 넘치는 여자에게 매혹당하는 게 정상이지.

빈우는 지금껏 단 한 번도 자신에게 부족한 여성다움을 의식해 본 적이 없었다. 가능하다면 남자처럼 살고 싶었고, 남자 때문에 고민을 하기도 싫었기에 굳이 여자다워야 한다는 콤플렉스에 시달린 적도 없었다. 소원이라면, 돈을 많이 벌어서 세계 여행이나 하면서 삶을 즐기는 것. 그런데 타고난 여성미의 집합체랄 수 있는 리애와 나란히 앉아보니 새삼 자신에게 부족한 것이 뭔지 깨달아졌다. 아니, 부족한 게 아니다. 유리 세바스티앙 댄튼이란 남자가 여성다움을 재는 심사관도 아닌 다음에야 내가 왜 이런 고민을 하는 거지?

난생처음 맞닥뜨린 상황에 놀란 빈우는 표정을 관리하는 것만도 버거웠다. 이런 고민조차 하게 만든 남자에 대한 경계심과 분노가 스멀스멀 피어올랐다. 가만히 유리의 눈을 노려보자 그가 약간 움찔하는 듯했다. 그러나 자존심이든 마음이든 단단히 상처를 받은 남자는 쉽게 그녀를 용서해 줄 마음이 없는 듯이 보였다. 그렇다면……

"언제 끝낼 겁니까?"

빈우는 무뚝뚝하게 물었다. 유리가 무슨 뜻이냐는 듯이 쳐다보았다.

"우리 회사에 대한 보복 조치는 받아들이겠습니다. 그리고 사빈우가 사기꾼에 여자 같지도 않은 여자라는 말씀, 백 번 동의하고 반성하겠습니다. 그리고 저녁은 다 먹었고요. 이 다음에는 뭐가 또 남았습니까?"

"술, 한 잔 하지."

너무도 가볍게 나오는 대답에 빈우와 리애, 둘 다 놀라서 입을 벌렸다. 그러다 리애가 벌린 입을 움직여 말했다.

"감기에 걸린 애한테 술이라니."

"그건 사빈우 씨 사정이고."

딱 잘라 말하는 유리에게 리애가 비난을 퍼붓기 시작했다.

"이것 보세요! 빈우가 뭘 그렇게 잘못한 거예요? 회사 일도 완전히 막아놨다면서요? 그것만으로도 애 손해가 얼마나 큰지 알아요?"

"내가 알 게 뭐야."

리애는 기가 막히는지 더는 말을 잇지 못했다. 인정머리없이 잘라 말한 남자가 벌떡 일어나 그녀들을 내려다보았다.

"내 방으로 올라가지. 할 말이 있으니까."

"빈우 아픈 거 안 보여요?"

유리의 서늘한 눈빛이 빈우의 창백한 얼굴에 내리꽂혔다. 그간의 마음고생을 알려주듯이 홀쭉한 뺨, 젖은 눈동자, 상대적으로 더욱 붉어 보이는 도톰한 입술이다. 미치도록 그를 괴롭혔던 얼굴이지만 복수의 화신이 된 남자의 눈에는 그녀의 아픔이 보이지 않았다.

사빈우가 아프다. 하지만 내가 더 아파.

한번 비틀린 마음이 여간해서 풀어질 리 없었다. 그래서 유리는 아파하는 여자와 기가 막혀 펄펄 뛰는 여자를 두고 먼저 룸을 나갔다. 그녀들이 따라오든 말든 상관없다는 듯이.

"우리, 돌아가자."

리애의 설득에도 빈우는 단호하게 고개를 저었다.

"올라가서 뭐라고 하는지 들어봐야지."

"들어볼 것도 없어. 처음부터 끝까지 널 괴롭히려고 이곳에 불러들인 거라는 걸 모르겠니?"

"알아."

너무도 짧은 대답에 리애는 어이가 없었다.

"바보야, 이건 아니잖아. 저 남자한테 네가 억지로 사랑해 달라고 한 적 없고, 저 남자 회사에 손해를 끼친 것도 아니야. 그런데 왜 이런 취급을 당해야 하니?"

그러자 빈우는 웃었다. 자조하듯이 씁쓸한 미소가 그녀의 입술을 떨리게 했다.

"나도 모르겠어. 내가…… 정말 잘못한 것 같거든."

"아우, 이런 바보!"

답답해서 가슴을 치는 리애를 빈우가 웃으면서 바라보았다.

"걱정 마. 오늘 이후에는 받아줄 생각 없으니까."

"그럼?"

"이 정도는 내가 감수해야 한다고 생각해. 하지만 오늘까지야. 나도 바보는 아니거든."

그렇게 중얼거리는 빈우의 얼굴에 비장한 표정이 어렸다. 한번 내뱉은 말은 반드시 지키는 친구이기에 리애는 그제야 안심이 되었다. 사랑에 빠졌다고 해서 바보 천치가 되진 않을 거다, 이 영리한 친구는.

리애는 그런 친구를 따라 룸을 나서며 혼잣말로 중얼거렸다.

"유리 세바스티앙 댄튼, 나중에 어떻게 빌려고 그러는 거야?

빈우 바짓가랑이에 매달려 백날을 빌어봐, 아주 즐겁게 구경해
줘야지."

그의 스위트룸은 변함없이 근사했다. 하룻밤 숙박비가 삼백
만 원이 넘는다는 이곳을 그 혼자 사용하고 있다니, 돈 자랑도
그런 자랑이 없다고 생각하면서 두 여자는 거실로 들어섰다. 그
러나 거실 한구석에 놓인 오크 책상과 사무기기들을 보자 이곳
이 유리의 사무실 겸용 주거 공간이라는 걸 알아차렸다.
"샴페인이야."
유리가 소파에 나란히 앉은 두 여자에게 술잔을 건네며 말했
다. 웬 샴페인이냐고 쳐다보자 그가 승리감 백배한 미소를 지었
다.
"이곳에서 두 사람을 보니 내 속이 다 시원하군."
"유치해."
리애가 한국어로 중얼거리자 유리의 눈이 가늘어졌다. 그러
나 그는 아무 말 없이 술을 들이켜고, 리애가 앉은 쪽의 팔걸이
에 걸터앉았다. 이곳에 들어와서는 빈우에게 눈길도 주지 않았
다. 그녀가 투명인간인 듯이 무시했다. 빈우는 술잔을 입에 댔
지만 마시지는 않았다. 머릿속으로는 궁금해했다.
이 남자, 지금 무슨 게임을 하려는 거지?
"왜, 왜 이래요?"
리애는 남자의 손가락이 머리에 꽂은 뒤꽂이를 뽑아내자 당

황했다. 붉은 갈색의 아름다운 머리채가 폭포수처럼 쏟아져 내
렸다. 장미 향기를 머금은 탐스러운 머리카락을 한 움큼 쥐고
유리가 쉰 목소리로 중얼거렸다.

"이게 딱 내 취향인데 말이야."

"당신은 내 취향이 아니거든요?"

얼굴이 빨개진 리애가 사납게 외쳤다. 그러나 유리는 유들유
들하게 웃으며 그녀의 머리카락을 들어 살짝 입을 맞추었다. 그
광경을 무감각하게 바라보던 빈우는 문득 유리와 눈이 마주쳤
다.

그녀를 비웃는 남자의 눈동자. 번뜩이는 그 눈빛이 그녀에게
이렇게 말하는 듯했다.

사빈우, 넌 내 여자가 될 수 없어.

빈우는 조용히 술잔을 내려놓고 일어섰다. 그리고 유리에게
말했다.

"손을 좀 씻고 싶은데, 욕실을 써도 될까요?"

유리가 그녀를 보지도 않고 한 손을 뻗어 거실 한쪽을 가리켰
다. 빈우는 말없이 그곳을 향해 성큼성큼 걸어갔다.

둘만 남게 되자 리애는 본격적으로 공격을 퍼부었다.

"댄튼 씨, 미쳤어요?"

그에게 잡힌 머리카락을 빼내는 동작이 사뭇 거칠었다.

"사준에게 반해서 미국에서 돌아와 놓고는 이게 무슨 행패예
요? 어떻게 빈우 앞에서 이럴 수가 있어요?"

"빈우 앞이니까."

가라앉은 목소리로 대답하는 남자를 리애는 어이가 없어 쏘아보았다.

"그럼 일부러……?"

"유리애."

언제부터 유리의 목소리가 그렇게 낮아지고, 또한 살벌해졌는지 모른다. 순간 섬뜩한 느낌에 리애는 어깨를 움츠렸고, 두 눈이 휘둥그레진 채 표정을 굳힌 남자를 올려다보았다. 유리는 언제 웃었냐 싶게 더없이 무서운 얼굴로 그녀를 쳐다보았다. 조금 전까지도 그녀에게 매력을 느끼던 남자의 표정이 결코 아니었다. 그녀의 머리카락을 그가 다시 잡아당겼다. 이번에는 비명이 절로 나올 만큼 세게, 잡아 뜯듯이 힘껏.

"너, 사빈우한테서 떨어져. 그녀와 헤어지라고."

리애가 놀라서 입을 떡 벌렸다. 유리의 씹어뱉는 듯한 말이 계속 이어졌다.

"사빈우, 내 거니까 너는 떨어져. 알겠나, 유리애?"

"뭐…… 뭐……."

"명심해, 그녀 옆에서 얼쩡거리면 가만 안 둘 거야."

"저기요, 우리는……."

"입 다물어."

리애는 말을 하지 않았다. 아니, 할 수 없었다. 그녀를 노려보는 남자의 눈빛이 어찌나 무서운지, 자칫 잘못하다가는 한 대

얻어맞을 것 같아 감히 말을 할 생각조차 할 수 없었다.

숨이 막히는 침묵이 흐르는 가운데, 빈우가 거실로 돌아왔다. 세수를 했는지 그녀의 말간 얼굴이 젖어 있었다. 걸어 들어오던 그녀가 놀라서 걸음을 멈추었다. 유리에게 머리를 잡힌 채 울상을 짓고 있는 리애, 그리고 험악한 오라를 마구 풍기는 유리를 번갈아 보며 빈우가 의아하게 물었다.

"두 사람, 친해지지 않았어요?"

그때 유리가 벌떡 일어나 그녀에게 다가갔다. 눈 깜짝할 새라 그를 피할 틈도 없었다. 다음 순간 유리가 그녀의 허리에 한 팔을 감고 힘껏 끌어안았다. 그리고 의기양양한 눈으로 리애를 쳐다보며 다른 손으로 빈우의 턱을 잡아 올렸다.

빈우가 다가오는 남자의 입술을 보았을 때는 이미 그에게 사로잡힌 후였다. 입술로 샴페인의 달콤 쌉싸래한 맛이 느껴지는가 싶더니, 이내 남자의 뜨거운 혀가 그녀의 입 안으로 미끄러져 들어왔다. 유리는 사탕을 빨아먹듯이 그녀의 입술을 빨고, 그녀의 입 안을 휘저었다. 타액을 빨아 마시고 헐떡이는 숨소리까지 남김없이 흡입했다. 그에게 송두리째 빨려 나가는 느낌이었다.

첫 번째와 마찬가지로 혼을 앗아가는 두 번째 키스에 빈우는 허물어졌다. 가라앉는 그녀를 단단히 품에 안고 기나긴 키스를 퍼붓던 남자는 나약한 신음 소리를 듣고서야 고개를 들었다. 빈우는 거의 혼수상태였다. 호텔 레스토랑에서 먹은 독한 감기약이 몸속으로 빠르게 퍼져 나간 듯했다. 어지러운 머리, 손가락 하나 까딱할 힘이 남아 있지 않았다. 한 팔로 안고도 남는 가녀린 몸을 단단히 끌어안은 남자가 소파 쪽을 쳐다보았다. 그러고는 놀라서 입을 벌리고 앉아 있는 아름다운 여자를 향해 씨익 웃어 보였다.

"봤지?"

그 말과 함께 한 눈을 찡긋했다. 그러더니 의기양양하게 웃었다. 온 세상을 다 가진 듯한 승리자의 미소가 그의 잘생긴 얼굴에 한가득 퍼져 나갔다.

Chapter

14

Chapter 14
―사랑인가요?―

**오**케이! 한 번 더 갑시다!"

사진작가의 우렁찬 목소리가 스튜디오 내부에 울려 퍼졌다. 카메라 앞에서 고개를 높이 들고 활짝 웃고 있던 리애는 순간 짜증이 나서 쓰고 있던 모자를 벗어 던졌다.

"감독님! 너무해요. 이번이 마지막이라고 하셨잖아요!"

그러나 중년의 남자는 그녀의 말을 못 들은 척, 조수에게 명령했다.

"새 필름 가져오고, 조명 위치 다시 세팅해."

"큰아빠!"

리애가 바락 지른 소리에 그제야 남자가 심드렁하게 쳐다보았다.

"쯧쯧, 일할 때는 감독님이라고 부르라 했거늘."

"아, 몰라요. 여덟 번만 하고 끝낸다고 하셨잖아요!"

흥분해서 펄펄 뛰는 조카딸을 바라보는 남자의 얼굴에 짓궂은 미소가 감돌았다. 한국 최고의 사진작가인 유건은 함께 작업을 할 때에조차 조카인 리애를 다섯 살 난 어린애로 취급했다.

"꼬맹아, 사진이 잘 나와야 끝을 내지. 네 얼굴이 호빵만하게 나오길 바라는 거냐?"

리애의 얼굴이 온통 빨개졌다.

"너무해요, 감독님!"

"내 말이. 딱 한 번만 더 찍고 끝내자, 응? 우리 꼬맹이 사진, 최고로 멋지게 찍어줄게."

지금 리애는 내년 밸런타인데이를 겨냥해 새로 출시될 향수의 지면광고 사진을 찍고 있는 중이다. 영상광고는 이미 몇 달 전에 끝낸 상태이고, 스케줄이 빡빡한 유건 작가를 설득할 수 있었던 것은 리애가 그의 조카라는 이유 때문이었다.

주로 풍경과 인물을 주제로 비상업적인 사진만을 찍어온 유 작가를 설득한 것까진 좋았다. 하지만 다섯 장의 사진을 골라내기 위해 거의 보름 동안 다섯 시간씩 매달렸고, 작업을 할 때마다 열댓 번씩 카메라 앞에 서라고 하니, 아무리 사진 찍히는 걸 좋아하는 리애라 해도 짜증이 폭발할 지경에 이르렀다. 상대가 큰아버지이다 보니 다른 감독들에게 하듯이 마음대로 성질을 부릴 수도 없었다. 국내 최고 영화 배급사의 사장인 아버지와 사진작가인 큰아버지, 방송사의 간부인 작은아버지까지 유씨 집안은 연예계와 뗄래야 뗄 수 없는 관계였다. 그런 대단한 배경을 차치하고라도 리애는 자신이 가진 미모와 재능을 백분 살려 이미 이쪽 업계에서는 촉망받는 샛별로 이름을 알리고 있었다.

그런 조카를 자랑스러워할 만도 한데, 유 작가는 카메라 앞에 선 리애를 초보 모델로 취급했다. 시선을 저렇게 처리하라, 손과 발은 이렇게 움직여라, 고개를 조금만 더 들어라, 몸이 왜 그렇게 뻣뻣하냐 등등. 그것까진 좋았다. 똑같은 포즈를 열댓 번씩 취하면서 웃었다가 울었다가, 이건 광대 짓이 따로 없었다.

평소라면 감독에게서 오케이 사인을 받아낼 때까지 참았을 것이다. 그러나 지금 리애의 머릿속을 가득 채운 생각은 인내심을 빠른 속도로 바닥나게 했다.

"감독님, 저 진짜 나가봐야 돼요. 중요한 약속이 있다니까요."

그녀답지 않은 애원조에 유 작가는 의아한 얼굴이 되었다. 리애는 두 손을 모아 잡고 한껏 애처로운 표정을 지었다.

"제 친구가 다 죽어간다구요. 꼭 가봐야 돼요, 네?"

"지금 죽는다니?"

"감독님!"

리애의 애절한 표정 연기가 씻은 듯이 사라졌다. 역시 피는 못 속이는 법. 눈치가 백단인 유 작가는 조카딸의 연기에 조금도 속아 넘어가지 않았다.

"내가 널 모르면 누가 널 알겠니? 징징대지 말고 얼른 카메라 앞으로 가!"

"너무한다, 진짜."

"너무하는 건 너야, 유리애. 바쁜 사람 붙잡고 사진을 안 찍어 주면 약 먹고 죽어버릴 거라 협박한 게 누구였냐?"

유 작가의 원망 담긴 목소리에 뾰로퉁하던 리애가 까르르 웃어댔다.

"그걸 믿으신 감독님이 바보죠."

"말을 말자, 말을. 얼른 가!"

리애는 투덜대면서도 다시 카메라 앞에 섰다. 동그란 얼굴에 너털웃음을 달고 다니는 큰아버지가 일에 있어서만큼은 치가 떨리도록 완벽을 추구하는 일벌레라는 걸 모르는 사람이 없었다. 아마도 다섯 장의 사진을 오케이하기 전까지는 수십, 아니, 수백 장의 필름이 쓰레기 통 속으로 들어가야 할 것이다. 그러나 전국에 뿌려질 그녀의 사진들이 얼마나 멋있을지, 그것만 상상하자고 자신을 달래며 리애는 초조한 마음을 눌렀다.

그로부터 한 시간 후, 간신히 오케이 사인이 떨어졌다. 리애는 감독과 스태프들에게 일일이 인사를 전하고 부리나케 스튜디오를 나왔다. 복도로 나오자 서늘한 겨울바람이 몸을 스치고 지나갔다. 어깨를 드러낸 얇은 슬립 드레스 차림이라 몸이 떨렸다. 그러나 대기하고 있던 의상담당 직원이 보이지 않았다. 짜증이 나서 발을 동동 구르는데, 그녀의 어깨에 묵직한 코트가 내리덮였다. 톡 쏘는 듯한 레몬 향기에 놀란 것도 잠시, 그녀의 시야에 웃고 있는 준이 들어왔다.

"어머, 웬일이야?"

놀라서 묻자 준의 입 안에서 우두둑 소리가 났다. 이가 깨지는 소리인 줄 알았다. 깜짝 놀라는 그녀에게 준이 입을 벌려 으깬 사탕 조각들을 보여주었다.

"레몬 맛 사탕이야. 줄까?"

"됐어."

리애가 새침하게 고개를 돌리자 그가 쿡쿡 웃었다. 니트 모자를 푹 눌러쓰고 선글라스로 눈을 가리고 있어 그가 누군지 쉽게 알아보지 못할 것이다. 그러나 기묘한 일이지만 리애는 언제 어느 때든 그를 알아볼 수 있었다. 언젠가 괴물로 분장하고 있는 준을 정확히 지적했을 때에 놀라던 사람들의 표정이 떠올라 리애는 피식 웃었다. 그녀를 물끄러미 쳐다보고 있던 준이 콧등에 주름을 잡았다.

"또 날 골탕 먹일 생각을 하고 계신가, 유리애 양?"

준의 체취가 밴 캐시미어 코트는 너무도 따뜻했다. 떨리던 몸이 진정된 걸 깨닫고 리애는 다소 호의적인 시선으로 그를 올려다보았다.

"옷을 빌려줬으니까 골탕은 안 먹일게. 그런데 여기엔 웬일이야?"

"유 작가님께 용건이 있어서."

"왜, 사진 찍어달라고?"

"아니. 올 봄에 뉴욕에서 잠시 뵈었는데, 그때 내게 동의도 구하지 않고 내 사진을 찍으셨거든. 그걸 돌려달라고 했더니, 오늘 받으러 오라 하셔서."

"그걸 받아서 뭘 할 건데?"

"태워 버려야지."

준이 아무렇지 않게 대답하자 리애는 어처구니가 없었다.

"너, 우리 큰아버지한테 사진 찍히고 싶어 안달을 하는 스타들이 한둘이 아니라는 걸 알고 있니?"

"응. 그래도 내가 원하지 않는 사진은 싫어."

"하여튼 까탈스럽긴."

리애는 한숨을 쉬며 중얼거렸다. 사준이 예정에 없이 사진을 찍히는 걸 무엇보다 싫어한다는 걸 깜박했었다. 그 상대가 한국 최고의 사진작가라 해도 말이다. 한데 부탁하지 않았는데도 큰아버지가 이 녀석의 사진을 찍으셨다고? 까다로운 큰아버지의 마음에 어지간히 들었나 보다.

리애는 훤칠한 키의 사준을 올려다보며 나름 짐작했다. 마른 듯한 근육질 몸에 조그마한 얼굴, 날렵한 턱 선이 매력 포인트인 사준은 국내의 내로라하는 사진작가들이 함께 작업하고 싶어하는 인물이다. 그의 사진이 놀랄 만큼 잘 나온다고 했던가?

거기까지 생각하던 리애는 문득 떠오른 생각에 다급하게 화제를 바꾸었다.

"참, 빈우한테서 연락 왔니?"

그녀의 질문에 준이 고개를 저었다. 선글라스 때문에 그의 눈을 볼 수 없어 답답했다.

"빈우는 왜?"

그의 반문에 리애는 입술을 잘근거리며 대답했다.

"사흘째 연락이 안 돼. 회사에 출근도 안 하고 있다면서? 넌 오빠니까 빈우가 어디에 있는지 잘 알 거 아냐."

"나도 몰라."

똑 떨어지는 대답에 리애는 기가 막혔다.

"걔 오빠라면서 넌 걱정도 안 되니?"

"내버려 둬. 고민거리가 있을 때엔 갑자기 사라졌다가 언제 그랬냐 싶게 또 슬그머니 돌아오곤 했잖아."

"그래도……."

"그것보다 유리애, 사흘 전 호텔에서 무슨 일이 있었던 거냐?"

그 순간 리애는 깊이 신음했다. 그녀의 눈앞에서 보란 듯이 빈우에게 키스를 퍼붓던 미국 남자와 그를 후려치던 빈우의 화가 난 얼굴이 떠올랐다.

"저질."

약 이 분 정도 기절을 했었던 빈우는 깨어나자마자 그 한 마디와 함께 유리의 뺨을 때렸다. 그러고는 아노락을 질질 끌며 룸을 뛰쳐나갔다.

그렇게 화가 난 빈우는 처음이었다. 대개 무표정하거나 피식 웃는 게 다였던 그녀가 그토록 생생하게 분노에 타오르는 모습은 처음 보았다.

빈우가 나간 뒤 끔찍한 침묵이 흘렀다. 얼떨떨한 심정으로 미국 남자를 보았을 때, 그는 빨갛게 손자국이 남은 얼굴로 멍하니 이쪽을 보고 있었다. 망연자실한 그의 표정을 뭐라고 표현해야 할지……

한참 후에야 목쉰 소리로 그가 물었다.

"저질이 뭐야?"

대답 대신 그의 다른 쪽 뺨을 갈기고 뛰쳐나온 것이 바로 사흘 전의 일이다.

"응? 무슨 일이 있었기에 빈우가 저렇게 삐친 거야?"

리애는 준의 목소리에 다시 현실로 돌아왔다.

아, 현실.

그녀는 한숨을 푹 내쉬고, 자신보다 머리 하나는 더 큰 남자를 짜증스럽게 올려다보았다.

"삐친 게 아니야. 상처를 받은 거지."

"그 미국 남자가 빈우를 상처 입힌 거라고?"

"응."

그 말을 끝으로 리애는 옷을 갈아입기 위해 탈의실로 향했다. 그때 그녀의 팔을 준이 부드럽지만 강하게 잡아 세웠다.

"말해봐. 그 남자가 빈우를 어떻게 생각하는 것 같아?"

평상시처럼 쏘아붙이면서 팔을 뿌리치려던 리애는 준의 경직된 입매를 발견하고 생각을 바꾸었다. 리애는 이 장난스럽고 무책임한 남자가 빈우를 얼마나 끔찍하게 아끼는지 잘 알고 있었다.

"그는 유치하고 질투심 많고, 한심한 남자야. 하지만 빈우를 좋아해."

깔끔한 대답에 준이 크게 숨을 들이마셨다.

"확신할 수 있냐?"

"날 보고 빈우한테서 떨어지래. 빈우 옆에 누가 얼쩡거리는 게 싫다는 거지. 아주 유치해서 못 봐주겠더라."

준이 쿡쿡 웃었다.

"그 남자가 유치한 건 나도 알아."

"사돈 남 말 하시네."

그녀의 팔을 잡은 준의 손에 힘이 들어갔다. 그에게 좀 더 가까워졌다. 순간 확 끼쳐 오는 레몬 향기에 리애는 몸이 굳어졌다. 장난꾸러기 사준이 아닌, 낯모르는 남자를 대하는 기분. 요즘 들어 순간순간 의식하게 되는 이런 기분이 너무도 못마땅했다.

"놔, 놔줘!"

뿌리치려 해도 그럴 수 없는 힘의 차이. 얼굴이 빨개진 그녀를 준이 고개 숙여 들여다보았다. 그녀의 얼굴을 간질이는 따뜻한 숨결을 느낄 수 있었다.

"이봐, 호박. 자꾸 까불면 찜 쪄 먹는다."

"뭐, 뭐라고?"

"난 호박 찜 좋아하거든. 딱 잘라서 절반은 찜 쪄 먹고, 나머지는 부침개 해먹고."

"에잇!"

리애가 한 손을 들어 그의 얼굴을 치려 한 순간, 전광석화보다 더 빠른 동작으로 그가 그녀의 손을 잡아당겼다. 그 바람에 리애는 얇은 니트 셔츠를 걸친 남자의 가슴에 부딪치고 말았다. 생각보다 더 단단하고 넓은 가슴이었다. 순식간에 얼굴이 벌개져서 안절부절못하는 그녀를 준이 선글라스 속에서 내려다보았다. 그의 입술 한쪽 끝이 비스듬히 치켜 올라갔다. 그녀를 비웃는 거다.

"너한테서 좋은 냄새가 나."

그렇게 중얼거리고는 그녀의 목덜미에 코를 대고 냄새를 맡는 게 아닌가!

"브라보."

가르랑거리는 음성이 마치 연인의 속삭임처럼 들렸다. 지금까지 그녀가 만나온 어떤 남자도 그렇게 부드럽고, 달콤하고,

섹시하게 속삭여 준 적은 없었다. 번개가 내리치듯 충격적인 깨달음에 그녀의 온몸이 뻣뻣이 굳어진 그 순간, '찰칵' 하고 이질적인 소리가 귓가에서 울렸다. 그와 동시에 그녀의 몸이 남자의 두 팔에 폭 감싸였다. 뭐라 할 새도 없이 그녀는 준의 단단한 가슴에 얼굴을 묻어야 했다.

"뭐야?"

그녀를 끌어안은 채 준이 사납게 외쳤다. 카메라의 플래시를 터뜨린 누군가가 바로 옆에서 소리쳤다.

"유리애 씨, 사준 씨와 결혼을 하실 거라는 소문이 사실입니까?"

그리고 또 한 명.

"새 영화의 홍보를 위한 연극이라는 소문이 있던데, 정말 그런가요? 극중 친구의 연인인 사준 씨를 빼앗는 역할이라는데, 연기를 위한 예행연습이라는……!"

갑자기 리애는 자유로워졌다. 그리고 퍽퍽, 두드리는 소리가 나면서 주위가 시끄러워졌다. 여자의 비명 소리, 뭔가가 치고받는 소리가 뒤섞여 정신이 없을 정도였다. 그때 리애는 보았다. 준이 청바지를 입은 긴 다리를 뻗어 한 남자의 가슴을 사정없이 치받는 것을. 무예의 달인이라도 된 듯이 깔끔한 동작으로 돌려차기를 한 뒤, 나가떨어진 남자의 카메라를 밟아버리는 것도.

격한 움직임 탓에 풀려 버린 목도리를 다시 목에 감는 준의 동작은 침착했다. 선글라스는 그 소동에도 제자리를 지키고 있었다.

준이 쓰러진 남자를 내려다보며 말했다.

"김병기, 한 번만 더 내 손에 걸리면 죽는다고 했지?"

씹어뱉듯이 토해내는 말들이 어찌나 살벌한지.

"유리애한테도 집적대지 마라. 나, 다음번엔 너 진짜 죽인
다."

"사, 사준! 당신이 어떻게 여기를……."

"내가 사준인 줄 몰랐다고? 네 눈이 드디어 썩었구나, 새끼
야."

"고, 고소할 거야!"

김병기가 바들바들 떨면서 그렇게 외쳤다. 그러자 준이 평상
시의 그 장난스런 미소를 띠고 아주 달콤하게 속삭이듯 말했다.

"고소당하기 전에 실컷 때려나 볼까?"

남자가 비명을 지르며 일어났다. 그러고는 부서진 카메라를
주울 생각도 못하고 꽁지가 빠지게 도망쳐 버렸다. 그와 함께
왔던 사람들은 도망간 지 오래였다.

리애는 눈만 깜박이며 서 있었다. 그런 그녀의 어깨에 한 팔
을 감아온 준이 아무렇지 않은 투로 말했다.

"저 새끼, 작년에 내가 어떤 여자를 임신시켰다고 허위 사실
을 인터넷에 올린 녀석이야. 그 건으로 신문사에서 잘린 뒤로
파파라치 짓을 해 먹고사는 것 같은데, 어림도 없지. 내가 누구
야? 저 새끼 약점은 꽉 잡고 있으니까 걱정 마. 호박 양의 안전

은 이 오빠가 책임진다.”

멍하니 있던 리애는 ‘호박’이란 말에 정신이 들었다. 그녀는 자신의 어깨를 감싼 남자의 팔을 사납게 뿌리치고, 눈을 부릅뜨고 외쳤다.

“너는 진짜 구제불능이야!”

“왜?”

그렇게 묻는 남자는 정말 모른다는 듯이 순진한 표정이었다. 그러나 리애는 속지 않았다. 사준을 착각하기에는 서로 알아온 세월이 너무나 길었다.

“아예 사준이 유리애의 남편이라고 하지 그랬어?”

질 나쁜 파파라치를 저렇게 때려놨으니, 뒷감당은 어찌해야 할까?

그 생각만으로도 돌아버릴 것 같은데, 이 어처구니없는 사태의 주범인 남자는 싱글싱글 웃기만 했다.

“이참에 우리, 결혼해 버릴까?”

“뭐야?”

리애는 앙칼지게 외치며 그의 어깨를 팡팡 두들겼다. 어느 틈에 다가와 있던 의상 담당과 코디네이터, 메이크업 담당자가 눈을 동그랗게 뜨고 그들을 쳐다보았다. 청순하고 고고한 여인이라 소문난 유리애가 남자를 주먹으로 두들겨 패는 장면이 어디 흔히 볼 수 있는 일인가 말이지.

한참 동안 맞아주던 준이 그런 시선들을 의식하고 리애의 손을 잡아 내렸다. 그리고 신음하듯이 말했다.

"저기, 호박 양. 이미지 관리 좀 하지?"

그 소리에 흠칫 놀란 리애, 그제야 둘러선 사람들의 경악한 시선들을 알아차렸다. 당황해서 어쩔 줄을 몰라 하는 그녀의 귓가에 준이 입술을 내려 속삭였다.

"나야 이미 버린 몸이지만 그대는 골치가 좀 아프겠네."

"이…… 이 나쁜……."

"후반전은 나중에. 그리고 미영 씨가 이거 전해달라더라."

그러고는 깊이 팬 원피스의 가슴 선을 내려다보더니, 그의 손에 쥔 쪽지를 가슴의 골짜기로 슬쩍 찔러 넣었다. 리애가 차가운 손가락의 감촉에 놀라서 아무 말도 못하는데, 그가 윙크를 하며 웃었다.

"느낌도 좋은걸?"

리애의 얼굴이 화르륵 타올랐다. 그녀가 비명을 지르기도 전에 준은 도망가 버렸다. 연이은 충격에 완전히 녹다운 된 리애는 비명 대신 준이 남기고 간 쪽지를 꺼내 들었다.

〈사장님은 청평 별장에 계세요. 그러니까 오늘 오지 않으셔도 돼요.〉

미영의 전언이었다. 오늘 사진촬영이 끝난 후에 미영을 만나 함께 빈우를 찾으러 가자고 약속했던 것이다. 촬영 중엔 휴대폰을 꺼놓는 걸 알기에 준을 통해 쪽지를 보낸 모양이었다. 안도하며 리애는 쪽지를 접었다.

적어도 빈우의 소재를 알았으니 이젠 시간이 흐르길 기다리면 되는 건가?

묵묵히 생각하던 그녀는 아직도 충격에 빠져 멍하니 서 있는 사람들을 발견하고 눈을 부라렸다. 그녀의 카랑카랑한 목소리가 복도에 울려 퍼졌다.

"이제 오면 어떡해요? 나 얼어 죽으면 누가 책임져요?"

오만하게 소리치는 그녀는 만인이 다 아는 유리애, 도도한 공주님이었다.

크리스가 거의 두 시간을 찾아다닌 끝에 유리를 발견한 곳은 호텔의 지하 바(bar)였다. 지척에 두고 엉뚱한 곳을 헤맨 것이다.

치미는 울화를 간신히 누른 크리스는 스탠드 앞에 앉아 있는 유리에게 다가갔다.

"사장님, 언제부터 여기에 계셨습니까?"

두 건의 인터뷰 약속을 펑크 내고, 제휴업체와의 미팅도 일방적으로 연기해 버린 유리.

지난 사흘 내내 술을 입에 달고 산 그가 이곳에 죽치고 앉아 있을 거라는 걸 왜 몰랐을까?

"오…… 이게 누구신가? 배신자 크리스 군이 아닌가?"

혀가 꼬부라지는 발음으로 유리가 말했다. 크리스는 한숨을 쉬며 술주정꾼을 바라보았다.

초점이 맞지 않은 눈동자, 달아오른 얼굴, 그리고 흐트러진 옷매무새.

'나는 술에 취했어요' 라는 타이틀이 유리의 머리 위에 걸린 것 같았다. 넥타이는 온데간데없이 셔츠의 단추가 세 개나 풀려 있고 양복 재킷은 스툴 밑에 떨어져 있었다. 크리스는 재킷을 주워 올렸다. 뉴욕 최고의 재단사에게서 맞춘 양복 재킷의 목덜미 안쪽에 'Sebastian' 이라는 이니셜이 작게 수놓아져 있었다.

이렇게 흐트러진 유리를 보자 또다시 울화가 치밀었다. 하나 그 이유를 알기에 크리스는 화를 터뜨릴 수 없었다.

"일어나세요."

크리스는 유리를 부축해 일으키려 했다. 그러나 유리는 그의 손을 난폭하게 뿌리치고, 들고 있던 술잔을 단숨에 들이켰다.

"사장님, 이제 그만 마시라구요."

이번에는 조용히 타일러 봤지만 유리는 그를 흘겨보기만 했다. 유리의 옆에 앉은 크리스는 애가 타서 조심하자던 결심을 잊고 잔소리를 하기 시작했다.

"이렇게 술을 마신다고 해결책이 나오진 않습니다."

"시끄러워."

"사빈우 씨를 찾아가세요. 가셔서 사과하고, 다시 시작하자고 말씀하세요."

"꺼져."

크리스는 고집스럽게 앞을 노려보는 유리의 얼굴을 가만히 쳐다보았다. 윤곽이 뚜렷한 그의 옆얼굴이 잔뜩 볼이 난 아이의 것처럼 부어 있었다.

사흘 전 스위트룸을 뛰쳐나오던 사빈우, 그리고 이어서 머리 끝까지 화가 나서 달려나오던 유리애의 모습이 떠올랐다. 놀라서 달려들어 가자 유리는 멍하니 거실 한가운데에 서 있었다. 그의 두 볼이 새빨갛게 부어 있어 얼마나 놀랐었는지 모른다. 두 여자에게 동시에 뺨을 얻어맞은 유리는, 울지도 웃지도 못하는 얼굴로 물었었다.

"크리스, 저질이 뭐야?"

한국어로 '저질'이라고 하는데, 그게 무슨 뜻인지 알게 뭔가?

"술을 마시면 잊혀질 것 같습니까? 술을 마시면 마실수록 더 떠오르는 게 여자입니다. 술과 여자는 남자에겐 없어서는 안 될 물건들이죠. 하지만 그만큼 남자를 괴롭히는 물건이기도 해요."

"나의 사준이, 아니, 사빈우가 물건이란 뜻이냐?"

'나의 사빈우'라고 말하는 사장은 이미 중증 환자였다. 사랑이라는 불치병에 걸린.

"이를테면 그렇다는 말이죠. 아니, 더 이상 마시지 마십시오."

크리스는 말을 하다 유리가 들어 올린 술잔을 빼앗아 대신 마셔 버렸다. 목을 타고 내려가는 알코올의 지독한 맛에 숨이 막힐 것 같았다. 이렇게 독한 술을 몸 안에 들이붓고도 살아 있는 유리가 새삼스럽게 존경스러웠다.

"술값, 네가 낼 거야?"

유리는 발음도 엉망인 말을 주절주절 잘도 뱉어냈다.

"크리스, 널 보면 짜증이 나."

크리스는 얌전히 대답했다.

"네."

"사빈우랑 둘이 짜고 날 놀려먹었지?"

"네, 죄송합니다."

"나쁜 자식, 네가 제일 나빠."

"압니다."

"근데 그 여자를 어떻게 해야 될지 모르겠어."

한숨을 쉬고 두 손으로 자신의 머리를 잡아 뜯는다.

"나는 유리 세바스티앙 댄튼이야. 여자라면 누구나 바라는 이상적인 남자."

"네."

"그런데 내가 한국에서 이러고 있잖아. 여자 때문에. 그 나쁜 사기꾼 때문에!"

부르짖고는 머리를 벅벅 긁어댄다. 고개를 들었을 때, 유리의 머리는 사방으로 뻗쳐 있었다. 잔뜩 찡그린 얼굴이 마치 울고 있는 것처럼 보인다.

"나, 그 여자가 미워. 절대 용서 못해."

"네. 그러시겠죠."

"그런데 말이야…… 키스했을 때 느낌이 그때와 똑같은 거야. 내 꿈이 아니었어. 진짜 끝내줬거든."

'Excellent' 라는 표현이 나왔다. 수많은 여자를 울린 바람둥이의 입에서 그런 단어가 나왔을 때는 이미 끝난 게임이 아닐까?

크리스는 조심스럽게 물어보았다.

"모두 없었던 일로 하고 한국을 떠나는 게 어떨까요?"

"뭐? 떠나자고?"

"네. 어머님이 계신 곳으로요."

"아, 한 여사님."

고개를 푹 숙이고 한참 생각을 하던 유리가 갑자기 고개를 번쩍 들었다.

"아니, 안 돼. 우리 엄마가 날 말려 죽이려고 들 거야."

'맞습니다' 라고 속으로 덧붙이며 크리스는 다시 물었다.

"그럼 사빈우를 잊어버리는 게 어떨까요? 아예 만나지 않았던 걸로요."

그 말에 유리가 또다시 생각에 잠긴 얼굴이 되더니, 이내 눈을 번뜩이며 험악하게 내쏘았다.

"너, 바보냐? 그럴 수 없으니까 내가 이러고 있는 거 아냐."

"그럼 왜 심술을 피우세요? 사빈우가 여자라는 데 뭐가 문젭니까?"

그러자 유리가 두 손으로 얼굴을 쓸어내리며 웅얼거렸다.

"아, 몰라. 나도 내가 왜 이러는지 모르겠어. 그녀가 보고 싶다가도 막상 내 눈앞에 그녀가 있으면 화가 나서 미치겠어."

크리스는 한숨을 쉬며 유리의 어깨를 조심스럽게 두드렸다.

"그게 사랑입니다."

"뭐, 사랑?"

유리가 눈을 꿈벅이며 되물었다.

"빠지면 누구든지 패가망신하게 된다고 셰익스피어가 말한 그 '사랑'?"

"네. 셰익스피어가 그렇게 말했었죠."

"여자와 자고 싶을 때 반드시 읊어줘야 하는 베드 에티켓(bed etiquette)?"

"그건 아니고요."

"네 녀석이 수년 동안 바보처럼 한 여자를 그리워하면서 앓고 있는 그것?"

그 말에 표정이 약간 굳어졌지만 대답하는 크리스의 목소리는 침착했다.

"네. 바로 그게 사랑입니다."

"설마."

결단코 아니라는 듯이 고개를 젓는 유리의 얼굴에 비장한 표정이 떠올랐다.

"이런 게 사랑이라면 사람이 어떻게 살아? 그 여자를 생각하면 하루에도 수십 번씩 심장이 오그라들었다가 풀렸다가, 숨이 콱 막히다가 갑자기 한꺼번에 공기가 들어와서 허파가 터질 것 같은 느낌인데."

크리스는 웃지 않으려고 이를 악물었다. 유리답게 사랑에 대한 정의가 참으로 단순하고 형이하학적이다. 그러나 지금까지 그가 만나온 여자들이 익은 감이 떨어지듯 먼저 그에게 안겨온 전적을 생각해 보면, 쉽지 않은 상대인 사빈우에 대한 유리의 감정이 그렇게 혼란스러운 게 당연했다. 처음에는 남자인 줄 알면서도 모든 걸 버리려고 결심하게 만든 상대였고, 그녀가 여자라는 걸 안 뒤에는 그런 자신의 낯선 모습에 충격을 받아 결단코 자신이 아니라고 부정하고 싶었을 것이다.

그러나 부정한다고 쉽게 잊혀진다면 그게 어디 사랑인가?

한 번도 느껴보지 못한 이 감정의 정체를 알지 못해 힘겨워하는 유리가 안쓰러운 한편, 그를 이토록 안달하게 만든 여자가 존경스러웠다. 그 어떤 여자도 해내지 못한 일을 사빈우가 해낸 것이다. 남자의 모습으로 유리에게 다가와, 여자가 된 후에는 난공불락의 요새처럼 자신을 감추고 있는 그 여자가 말이다. 그것도 보름 만에.

"사장님, 심술 피우지 마세요. 사빈우 씨, 만만한 상대가 아닙니다. 지금까지 사장님이 만나온 여자들과는 전혀 달라요. 진지하게 다가가지 않으면 사장님을 상대해 주지도 않을 겁니다."

크리스의 조언에 귀를 기울이고 있던 유리는 절망적인 한숨을 길게 내쉬었다.

"다가갈 기회나 줄까 몰라. 전화도 안 받고, 어디로 갔는지도 모른다던데."

사흘 전 호텔에서 그렇게 나간 뒤 빈우는 감감무소식이었다. 그녀의 비서로부터 사장의 행방이 묘연하다는 말을 들은 후부터 유리는 술을 마시기 시작했던 것이다.

얼마나 자책했는지 모른다. 몇 번을 돌이켜 봐도 비열하고 유치했던 자신의 실수만 떠올라 죽고 싶었다. 평소엔 그렇게 냉철하고 영리한 녀석이 사빈우를 상대로 왜 그렇게 어리석은 짓만 했는지…….

사빈우, 날 만나줘!

마음속으로 외치던 말이 입 밖으로 나오려 했다. 바보 같은 유리.

자조하며 유리는 머리를 두 손으로 끌어안았다. 이 지독한 두통에 약은 오로지 하나뿐이다. 사빈우. 그녀뿐인 걸 아는데, 일어설 수가 없었다. 그녀에게 또다시 뺨을 맞으면 어떡하나 두려워서.

두 여자에게 뺨을 맞은 뒤 그는 미국의 한 여사에게 전화를 걸어 물어보았었다.

"엄마, '저질'이 뭐예요?"

한국말로 '저질'이란 단어를 말하자, 한 여사는 한숨을 쉬었다. 수화기를 통해 들리는 어머니의 한숨 소리가 어찌나 깊고 생생하던지.

[그 말을 누가 했어? 남자니, 여자니?]

"여자요."

잠시 침묵하던 어머니, 한 여사가 이윽고 혀를 차며 대답하셨다.

[아들, 그녀에게 단단히 미움 받고 있구나.]

충격.

한국말로 '저질'이 '나는 당신 같은 남자가 죽어도 싫어'라는 뜻이라는 걸 그때 알았다. 왜 아니겠는가? 두 여자를 떼어놓으려고 이 여자, 저 여자 동시에 집적대는 연기를 펼쳤는데. 내가 사빈우라 해도 이런 녀석은 '저질' 하겠다. 그것도 아주아주 저질.

"'저질' 받은 내가 무슨 수로 그녀를 찾아가겠어?"

유리의 가라앉은 목소리에 크리스는 안타까움을 느꼈다. 유리의 삼십이 년 평생을 통틀어 이렇게 처절한 순간이 또 있을까 싶었다.

"용기를 내세요. 그녀에게 진실을 밝히고 진심으로 다가간다면 사장님을 이해해 줄 겁니다."

"그녀에게 다가가서는? 그런 다음에는 어쩌라고?"

"사빈우를 어떻게 하실 건지는 사장님의 마음에 달려 있는 거죠."

"내 마음……. 아, 사랑? 나도 아직 잘 모르겠는 그거?"

중증 환자의 전형적인 모습을 보이는 유리. 자신의 병명을 결코 받아들일 수 없다고 버티는 무모함. 발뺌하기. 잡아떼기. 그러나 그래 봐야 병의 증상은 나날이 깊어지고, 벗어나려 발버둥칠수록 더욱 깊이 빠져드는 게 수순이지 않은가. 그건 경험자인 크리스가 확신하는 결과였다.

"사장님, 일단 일어나세요. 같이 머리를 맞대고 작전을 세워 봐요."

"네 녀석이랑 뭘 같이해?"

"심술 그만 피우라니까요."

크리스가 살벌하게 눈을 흘기는 유리를 일으켜 세우려고 그의 겨드랑이에 손을 끼운 순간, 휴대폰이 울렸다. 액정의 번호를 보니 호텔의 프런트에서 걸려온 전화였다. 휴대폰을 열어 상대의 말에 귀를 기울이던 크리스는 잠시 후 묘한 얼굴로 전화를 끊었다. 그는 엎드려 있는 유리를 흔들면서 말했다.

"사장님, 지금 룸에 사빈우의……."

거기까지 말했을 때, 유리가 갑자기 벌떡 일어나 출입구로 걸어가기 시작했다. 어찌나 재빠른 동작인지 미처 잡을 새도 없었다. 유리는 비틀거리면서도 정확히 출입구를 찾아내어 달려나갔다.

멍하니 서 있던 크리스는 다시 스탠드 앞에 앉았다. 그리고
유리가 마시던 술잔을 들어 올려 허공에 대고 말했다.

"사랑을 위하여!"

한입에 술을 털어 넣고 인상을 있는 대로 찌푸리는 크리스 쇼
어 군이었다.

쾅!

문을 소리 나게 열어젖히고 뛰어들어 간 유리의 눈에 그녀가
보였다. 거실의 창문 앞에 등을 돌리고 서 있는 사빈우.

긴 모피 코트를 입고 있어 그녀의 머리 위쪽밖에 보이지 않았
지만 유리는 알 수 있었다. 저렇게 늘씬하고도 남자처럼 키가
큰 여자는 오직 그녀밖에 없다는 것을.

"나, 당신에게 사과할게."

유리는 헐떡이며 말했다. 속으로는 기도했다.

이번에는 빈우에게 저질당하고 싶지 않아요. 도와주세요, 하
느님!

"지, 지난번 일은 내가 잘못했어. 그래선 안 되는 건데. 여자
다운 여자만 좋다고 한 거, 그거 사실이 아니야. 여자답지 않아
도 괜찮아. 그게 뭐 어때, 중요한 건 당신이 여자라는 거지."

그녀의 어깨가 움찔했지만 돌아서지는 않았다. 그에 용기를 얻
은 유리는 자꾸만 엉키는 발음을 신경 쓰면서 단호하게 말했다.

"당신이 유리애와 사귀고 있는 걸 알아. 그래도 괜찮아. 당신이 그녀를 잊어버리도록 내가 최선을 다할게. 나는 유리애가 싫어. 내 이름과 비슷한 그 여자의 이름도 듣기 싫어. 그러니까 나는 그녀와 당신을 공유하고 싶지 않아. 당신은 나만의 사빈우여야 돼. 내 것이 되어줘, 제발. 내가 당신을 독점하게 해줘, 응?"

그래도 돌아보지 않는 빈우. 그런 그녀가 야속해서 한걸음에 다가선 유리는 그녀를 와락 끌어안고 외쳤다.

"우리, 사귀면 안 될까?"

그때였다.

"좋아요, 우리 사귀어요."

깊은 울림의 허스키한 음성. 그녀의 것보다 더 낮고 굵직한 음색. 남자다!

"으악!"

유리는 비명을 지르며 떨어지려 했지만 늦어버렸다. 돌아선 남자의 두 팔이 그의 겨드랑이를 파고들어 등을 힘껏 끌어안았기 때문이다. 그 순간 유리는 뻣뻣이 굳어졌다. 남자의 가슴에 안겼다는 걸 깨달은 순간 그의 머리에서 발끝까지 소름이 좍 돋으면서 호흡마저 멎어버렸다. 패닉 상태로 빠져드는 그의 귓가에 즐거워하는 남자의 목소리가 울렸다.

"사빈우 따윈 잊고 우리 연애해요. 내가 싹 잊게 해줄게."

유리를 끌어안은 남자의 팔이 더욱 단단히 조여들었다. 패닉에 빠져 있어도 유리는 녀석이 누구라는 걸 알아차렸다. 빙글빙

글 웃고 있는 변태 자식은 사준, 그녀의 오빠였다.

"놔…… 놔!"

겨우 말문이 트였다. 그러나 준은 그를 놓아줄 생각이 없는지 가슴을 터뜨릴 듯이 힘차게 끌어안았다.

"두 번째 고백을 받고 보니 나도 마음이 동한다구요. 남자끼리면 어때요? 금단의 사랑이 더 뜨거운 법인데."

"놓으라고…… 놔!"

"사장님~ 우리 연애해요, 네?"

"크, 크리스! 살려줘, 크리스!"

"키스하는 장면을 보이고 싶지 않으면 입 다물어요, 사장님."

즐거워하는 녀석의 경쾌한 음성에 유리는 움찔했다. 정신이 돌아오면서 무시무시한 분노가 파도처럼 밀려왔다. 삽시간에 거기에 휩쓸려 버린 유리는 자신보다 마른 체격에 약간 키가 작은 녀석을 확 잡아떼어 팽개치듯 던져 버렸다. 그러나 운동 신경이 뛰어난 녀석은 고양이처럼 멋지게 턴해서 바닥에 안전하게 착지했다. 수년간 닦아온 솜씨가 아니라면 절대 그렇게 하지 못할 것이다.

유리는 어처구니가 없어 말을 할 수 없었다. 들썩이는 가슴이 진정되기까지 시간이 더 걸렸다. 그러나 모피 코트를 입은 준이 여자처럼 머리를 터는 시늉을 하자 그의 인내심은 바닥을 드러냈다.

"너, 뭐야?"

으르렁대는 그를 준이 살짝 흘겨보았다.

"사랑을 고백한 상대에게 너무하는 거 아닙니까?"

"너…… 너……!"

얼굴이 빨개져서 버벅대는 유리에게 준이 윙크를 날렸다.

"나중에 혹시라도 당신이 빈우와 결혼하면 조카들에게 내가 말할게요. 애들아, 너희 아빠가 이 삼촌에게 두 번이나 사랑을 고백했단다, 라고요."

"닥쳐!"

"흐응, 그래도 너무했다. 상대를 봐가면서 고백해야 하는 거 아닌가? 어떻게 사랑하는 여자를 알아보지도 못 하나?"

"여자처럼 입고 있는데 어떻게 알아봐?"

"그래도 당신은 알아봐야죠. 그게 사랑하는 자의 도리가 아닙니까?"

유리는 울고 싶었다.

아아, 이 녀석은 그녀가 아니야.

분노가 물러가면서 허탈감이 몰려왔다. 비틀거리는 그를 준이 다가와 부축했다. 그러나 유리는 기겁을 하면서 준의 손을 뿌리쳤다. 준이 껄껄 웃어댔다.

"이러면서 빈우를 남자라 착각하고 원했다고요?"

유리는 침묵했다. 더불어 깨닫게 되었다. 자신은 결코 동성애자가 될 수 없다는 것을.

소파에 주저앉은 그는 두 손에 얼굴을 묻었다. 머리가 어지러웠다. 기대가 허물어진 충격으로 몸이 빠른 속도로 가라앉기 시작했다. 빈우가 먼저 그를 찾아온 줄 알았는데, 앞으로도 그럴 가능성이 없을 것 같아 더욱 절망했다. 그때 준이 그의 머리 위에서 말했다.

"빈우, 어디에 있는지 알고 싶죠?"

번쩍 고개를 든 유리의 눈에 준이 손에 들고 있는 메모지가 보였다. 손바닥보다 작은 종잇조각이지만 그걸 본 유리의 눈이 눈부시게 반짝이기 시작했다. 벌떡 일어나 그걸 낚아채려 하자 준이 재빨리 물러서서 머리 위로 그 손을 들어 올렸다.

"아니, 안 돼요. 공짜로는 절대 안 되지."

한 발짝만 더 다가서면 녀석의 손에서 그걸 빼앗을 수 있었다. 그러나 유리는 움직이지 않고 녀석의 눈을 바라보았다. 장난스럽게 빛나는 녀석의 눈동자, 그런데도 여동생을 보호하기 위해서라면 무슨 짓이든 하겠다는 굳은 의지가 엿보여 유리는 섣불리 다가설 수 없었다.

"내가 어떻게 하면 그걸 주겠나?"

"우선 내 질문에 대답해요."

유리가 끄덕이자 준이 싸늘하게 웃으면서 물었다.

"빈우를 다시 아프게 할 겁니까?"

"아니."

"빈우와 진지하게 만날 겁니까?"

"그래."

에두르지 않은 질문과 단호하고도 정확한 대답.

두 남자는 눈도 깜박이지 않고 서로 얼굴을 쳐다보았다.

눈싸움? 뭐든지 해봐라, 난 결코 네 녀석에게 지지 않을 거다.

그렇게 다짐하며 유리는 빈우와 똑같은 남자의 얼굴을 쏘아보았다. 사실 그녀와 똑같지는 않았다. 남자다운 눈이라든가 좀 더 높은 코와 덜 도톰한 입술, 수염 자국이 희미한 턱까지 이쪽은 아무리 봐도 남자인 것을.

다시 생각하지만 어떻게 이 남자와 그녀를 착각할 수 있었을까 싶다. 이렇게나 차이가 분명한데, 어쩌면 그렇게 바보같이……

"그리고 하나 더."

준의 말투가 약간 부드러워졌다. 그러나 녀석의 건방진 눈빛은 더욱 번쩍거렸다.

"〈빈우〉와의 제휴계약과 미국 진출 문제를 다시 생각해 보시죠."

유리는 생각할 것도 없이 대답했다.

"미국 진출 문제는 다시 고려하겠네."

"제휴계약은……"

"〈빈우〉와의 계약 문제는 사장인 사빈우 씨와 논의할 문제이고."

준이 나직이 한숨을 쉬더니 천천히 손을 내려 유리의 손에 종잇조각을 건네주었다. 유리는 펼쳐 보았다. 한국어로 뭐라고 적혀 있는데, 알아볼 수가 있나. 눈살을 찌푸리며 준을 쳐다보자 그가 싱긋 웃으며 말했다.

"택시를 타면 더 빨라요. 그 주소를 기사에게 보여주면 거기까지 안전하게 모셔다 드릴 겁니다."

"여긴 어디지?"

"청평, 내 소유의 별장이요. 소유주가 곧 빈우로 바뀔 거지만."

아버지가 남긴 유산을 한사코 거절하는 빈우를 설득하느라 몇 년을 고생했는지 모른다. 그래서 그녀 몰래 명의 이전을 하려고 준비 중이었다. 청평의 호수가 내려다보이는 별장을 특히 마음에 들어하는 빈우를 위해서 말이다.

"힘을 내세요. 사랑은 쟁취하는 거라더군요."

유리는 재수없는 녀석에게 위로를 받고 싶지 않았다. 그래서 아무 말 없이 침실로 향하는데, 그의 등 뒤에서 준이 소리쳤다.

"아까 유리애를 싫어한다고 하셨죠?"

뜬금없는 물음에 놀라서 돌아보자 준이 아이처럼 이를 드러내고 웃었다.

"계속 싫어하세요. 그 여자는 내 거니까."

유리는 고민에 빠졌다.

사빈우와 그녀의 연인인 유리애. 그리고 유리애를 자기 여자라고 말하는 사준.

뭐야, 대체? 혹시 얘네들…… 쓰리섬?!

또다시 충격에 빠진 유리를 본체만체하고 준은 거실을 나갔다. 휘파람을 불면서, 춤을 추듯 사뿐사뿐 걸어서.

『오스칼』 2권에 계속…

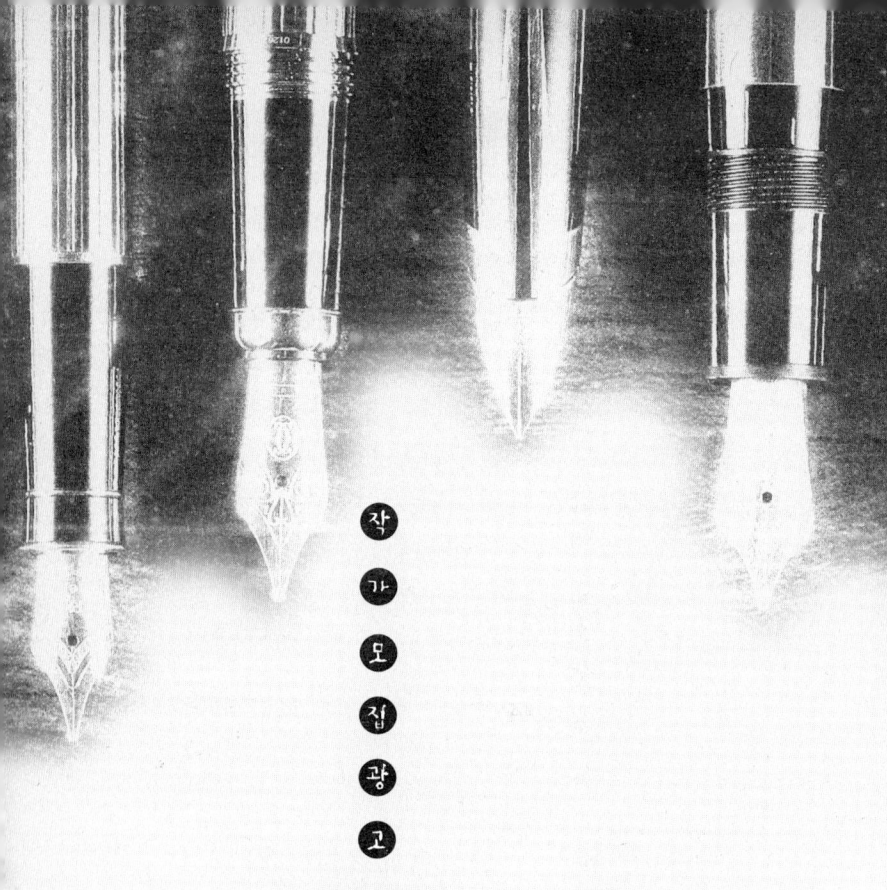

작

가

모

집

광

고

도서출판 청어람의 문은 항상 열려 있습니다.
실력있는 작가 분들의 많은 관심 부탁드립니다.

TEL:032-656-4452 • FAX:032-656-4453
http://www.chungeoram.com
http://chungeoram.egloos.com
e-mail:romance-eoram@hanmail.net